蓝雪

XUE

孙 琳◎著

电子科技大学出版社
University of Electronic Science and Technology of China Press

图书在版编目（CIP）数据

蓝雪 / 孙琳著. -- 成都 : 电子科技大学出版社,
2018.6
ISBN 978-7-5647-5858-5

Ⅰ. ①蓝… Ⅱ. ①孙… Ⅲ. ①散文集—中国—当代
Ⅳ. ①I267

中国版本图书馆CIP数据核字（2018）第045456号

蓝雪
孙琳　著

策划编辑　魏　彬
责任编辑　魏　彬

出版发行　电子科技大学出版社
　　　　　成都市一环路东一段 159 号电子信息产业大厦九楼　邮编 610051
主　　页　www.uestcp.com.cn
服务电话　028-83203399
邮购电话　028-83201495

印　　刷　三河市腾飞印务有限公司
成品尺寸　148 mm × 210 mm
印　　张　9.875
字　　数　257千字
版　　次　2018年 9 月第一版
印　　次　2018年 9 月第一次印刷
书　　号　ISBN 978-7-5647-5858-5
定　　价　46.80元

序一

读孙琳的《蓝雪》多有感受

孙琳在文学创作上是一个多面手，诗歌、散文、小说、剧本等都能从她笔下出来，可谓是文学多能。对于一般作家来说，进行多种文体写作，有利与不利的两面性。利在于可把自己蕴思于胸的题材，为其找到一个合适的文体予以外化，就像杜甫在成都感受春夜洒落的“润物细无声”的微雨，这里没有人物与情节，不适于付诸一篇小说，而只适于写一首五律。这对于只会写小说的作家而言，“春夜喜雨”这个题材就要失于作家视域之外了。而一个人多体写作的不利方面在于，一个人的精力有限，各体文学皆有历史与现状的广泛存在，其实践经验与知识积累繁多，方法与技艺层出不穷，欲成为各体皆通的行家里手，实在是一般人力所难及之事。特别是在现代文化、文艺和文学都已普遍进入分工精细以求胜出的今天，像苏轼与郭沫若那样古今少见的通才，今鲜有存在。民间有一句俗语：“样样通，样样松。”这对一些人是评价，也是告诫。孟子说：“人有不为也，而后可以有为。”奥地利著名作家茨威格说：“一个人用来局限自己的范围愈狭小，他在一定意义上就愈接近无限。”孟子和茨威格的话，用“在一定意义上”的分寸来说明范围的“狭小”与“无限”的关系，这既可让人知道自己施行范围多大为适合，也告诉人并不是施行愈小就能无限。不过他的意向主旨所在，却是教人有为之始切忌不要八方出手。在这方面的认识与评价，现实与公正的原则，是倡导不要从成为“通才”的目标点上出发，但对于终能成为“通才”的人又必须加以肯定。恩格斯在《自然辩证法·导言》中，对于欧洲在资本主义社会生产精细分工限制之前出现的文化“巨人”，如达·芬奇、丢勒、马基雅弗利、路德等，这些“在几个专业上放射出光芒”的人物，都予以热情赞扬。类似的人物，在中国现代我们不能不特别佩服郭沫若。作为诗人，他新体和旧体都写得绝好；他的散文和剧作也都各有名著传世；他也写自称是“五花八门集”的小说，以古人之事和自身所见为题材，寓言的、写实的、想象的，虽无杰作，但读来却别有况味；至于文史学术和考古及书法等，都有绝对的历史地位，足可谓百年一遇之“通才”。在中国古代文人中，最具“通才”资格的是宋代的苏轼。他文化积累渊博，对于儒、道、佛、禅无所不通，并以境遇而用，诗冠一代，词体开豪放之宗，散文成为“唐宋八大家”中的大家，书法、绘画成一代奇观，为官行政、知制诰与人品皆为世人称颂，统观其人之才华，都是为当之无愧的“通才”。

说到上述这些，使我想起三国时代曹丕在《典论·论文》中的一段话：“夫文，本同而末异。盖奏议宜雅，书论宜理，铭诔尚实，诗赋欲丽。此四科不同，故能之考偏也；唯通才能备其体。”曹丕这段话讲的是：以语言文字为媒介的四种文体，其本在于媒介体，也就是必须见诸文字乃成体，至于用文字写成什么，即分属为奏议，为书论，为铭诔，为诗赋，便取决于如何追求文字的不同效能。而作为当时所认为“文章”中的文学类的诗赋，其审美特性就“丽”，即华丽，用今天的话说就是以形象思维造成情思的感性显现，也可以称为“文学性”。“诗性”就是由表及里都有说不尽的美。而这对于其他三种文体类型，则不是必备的条件。这就是媒介虽同，但由于追求的文字效能不同，也就有了文体类型之异。那么，掌握文字运用之能的文人，是在专一的文体上施展才能，还是各类兼能，从古至今则各有不同。一般说来，一专者多，兼能者少。前者可谓“能之者偏也”，即有所偏长；后者可谓“通才”，即对四种文体的写作都才华兼备，“能备其体”。

对于孙琳来说，她能写多种体裁的文学作品，这种多向是否能助力于其中的某一种体式，而其中某一体式的写作，又能否助力于其他几种体式，只有作者自己最清楚，别人无法准确判断。而且我也没有通观孙琳的全部作品，但在多向所务的利与不利的权衡上，我觉得她如果侧重于散文或其他某一文学体式，这一专务文学体式的总体水平，一定会比现在更好，就其散文来说也是如此的。

不过上述的议论多是一般推断。就现在我所阅读的《蓝雪》来说，我看还是比较有文学散文的特点，不知这是否由于她对于文学多体之务所得来的助力。

在《蓝雪》这本书中我发现，孙琳的散文有小说一样的细致描写，实现了叙事散文以具象观照方式与感性显现生活对象的审美特征。我想，这如果不会用小说描写笔法，就不能达到这个境界。《父亲的中国结》是写她75岁的父亲为迎2008年北京奥运会与她一起上街买中国结的喜庆之事。在此文中父亲的形象被情节化，性格、动作、心理活动，以及未等奥运到来就因病离世，形成文章叙事上的转折、气氛上的悲喜互衬，俨然是一篇纪实性的小说。还有《杏林里的红色记忆》，满篇充盈的生活情境描绘与巧合，以及细节的真切性，使人读后感到：是不是作者用小说搬演了实际生活，还是丰富的生活形态本身就是有待转换成文字的纪实散文。她的《纸盆》是写巧手制作纸盆的奶奶，这位勤劳、慈爱的老人，为亲友、家人分别制作了许多样式与色彩各异的精品，以之作为生命的对象存在示人，在双目几乎失明的情况下，仍然争取时间为孙女制作了一套纸盆，至今四十多年过去，孙女依然珍藏着这些纪念品和其中满盛的奶奶之爱。奶奶的形象被鲜明生动地描绘出来了。在一篇题为《何处觅鸡晓》的散文中，她写老母鸡抱窝，那具体情景栩栩如生，纯是小说家状物赋形的写法："母鸡开始抱窝了。妈妈找出一个大筐，铺上细软的嫩草，放在炕头的角落里，选出最好的蛋放在筐里的草上，然后把母鸡抱进筐里，浑身火热的母鸡就心满意足地趴在鸡蛋上，不再出窝，专心致志地孕育它的下一代了。我去给它喂食喂水，它会用温情的眼神看着我，叽咕地叫着，像是在感谢我一样，然后才吃食喝水。……28天后，奇迹发生了，母鸡欣喜地不停地咕咕地叫着。再看它身下的蛋，有的蛋壳已被里面的小鸡啄了个洞，洞口在逐渐扩大，先是钻出绒毛湿漉漉的小脑袋，不到半天的工夫，黑黢黢湿漉漉的小鸡就出壳了。"接着她又写身为母亲的老母鸡哺育它的一帮幼小的儿女，领它们在院中散步；勇敢地保护它们，向来侵犯的猫狗发威；在夜晚半蹲着身子用羽翼温暖一帮雏儿。这种亲切、细腻的笔调，不仅是拟人的，也是感人的，没有农村生活经验，没有对于生命的热爱，没有小说写作手法，是写不出来的。

在孙琳的《蓝雪》中充满了诗意。在文学文体中，散文与诗最有亲缘性，所以才有散文诗。没有诗意的散文算不上是文学散文。孙琳在散文的诗性追求上，让自身的情思渗进事态与情境之中，虽然有不少篇章仍是略加叙事而侧重在抒情表意，但有的也可当作散文诗读，有的可当作抒情散文读。像《蓝雪》篇中的前半部分作品，以及《花香满屋》等篇，都是诗性很强的散文。

在孙琳的《蓝雪》中我感受到倾诉笔调的动人之力。我读她的散文，又评说她的散文，很遗憾，我们之前并不认识，更没有一面之缘，如按孟子知人论世的说诗原则行事，应是："颂其诗，读其书，不知其人可乎？是以论世也，是尚友也。"为此我甚感自己评论《蓝雪》的条件欠缺。因为是我在葫芦岛的老朋友张庆荣转托我为孙琳作序的，盛情难却，勉力为之，只有就文本说文本了。从《蓝雪》这本书的文字可以感觉到，在孙琳的心中积存了很多的人生感慨要倾诉出来，但情思是虚质无形的，不借助实体景物事端无法表述，而她一旦找到可以抒写的散文题目与题材，就"笼天地于形内，挫万物于笔端"，尽情地挥洒可以外现的情愫，文字所现之外有如冰山之下的存在，它们却以推动之力流于笔端，成为笔力，化成笔调，甚能感人。唐代诗论家司空图在《二十四诗品》中说："饮真茹强，蓄素守中。喻彼行健，是谓存雄。""天风浪浪，海山苍苍。真力弥满，万象在旁。""情性所至，妙不自寻。遇之自天，泠然希音。"这些形象性的诗论中，不论是"蓄素""真力"，还是"情性""自天"（心性之本然），所强调的都是诗文作者内心里需孕育丰沛的情思意蕴，经历中需积存丰富的人生感受，到写作时自然就"笔区云谲，文苑波诡"，有因内而符外的超越性的表现。在《蓝雪》篇之六里，她写一天晚上她站在窗前望着窗外的黑夜，所观的时辰虽是夜晚，但她所倾诉的却是自己的内心，在笔下流淌出来的却是心音："夜晚是神秘和美丽的，它是盛容梦魇的时间，当我邂逅它的时候，马路在灯的辉映下闪着蓝雪的光芒，苍白而令人沉醉。树枝上挂着雪化后形成的冰柱，空气凛冽、刺骨而新鲜，荒野般的空旷寂静，大街上没有一个人影。我伫立在窗前，在逐渐明亮起来的微光中回望，只有这时候，我才有回望的心情和可能。"她的回望，有自己特有的心音韵律，对往昔流逝的岁月，她像听取叮咚作响的琴弦一样再回首聆听，能再独享昔时那流畅的生命的舞蹈，然而"逝者如斯夫"，鶗鴂先鸣，百草不芳，在回望的心情中望见的和储存的只有更多的惆怅，谁知道在"灵魂深处那片荒芜的空白地上"，还能栽上几多花卉和树木？

读孙琳的《蓝雪》，心中留下的感受很多，但是在别人的书前写太多自己的文字，不论写得好或不好，都是不适宜的，因此就只能写到这里收笔了。

王向峰*

2017年9月1日

---

* 王向峰，辽宁大学文学院教授，北京师范大学文艺学中心研究员、博导，中国作家协会会员，辽宁省美学学会会长。曾获辽宁省人民政府首届哲学社会科学成就奖、国家教委学术专著奖、中国文艺理论突出贡献奖、全国第三届鲁迅文学奖、首届中华优秀图书奖。

序二

梦之蓝　心之旅

——读孙琳《蓝雪》随想

《辽宁散文》2008年第四期刊登了我的一篇文章。在我翻阅的时候，发现有孙琳写的“桂林散记”一文，我被吸引了，看了几遍不肯释手。文章从导游写起，介绍景点、吟诗，还一展歌喉，还说：“桂林人把朋友称为‘狗肉’。”这个莫导游还调侃地说“大家就叫我莫狗肉吧！”一下子就把游客逗得捧腹大笑，让游客感觉到桂林山好水好人也好。“莫狗肉”又动员她唱歌助兴。她说：“来桂林就要唱桂林的歌，记不住山歌的词了，只好现编一个。”于是唱道，“山歌好唱口难开，一直唱到桂花开。哥是树来妹是藤，妹来采花哥跟来。”一首歌很快把游人和当地人的感情融合在一起。接着导游领他们坐上竹排游漓江。

“这就是如诗如画的漓江吗？此时，我正与她的目光相接。那蜿蜒温柔的翡翠玉带般迷离的漓江，那默默静立在两岸苍翠的黛青色的远山、错落的水田、古朴的村寨、朵朵燃起的炊烟、摇曳的凤尾竹……”一段动词、形容词巧妙搭配的描写，形成描写语言的流畅美，动态美扩大了审美张力的程度，把漓江、远山、水田、村寨、炊烟、凤尾竹组成一幅绝美的山水画！把读者带入一个神秘莫测的神境。一起感受漓江“山含情，水含笑，身旁这温柔的青山绿水啊！我怎样把自己的全部生命倾注到你绚丽多彩的景象啊”“漓江啊，就像一本大书，我为读懂你而默默地思索”，好一个“读”字！漓江山水相依，相互缠绵，水的多情诠释了大山的雄伟，山的深沉赋予水的灵性。山有了水，可圈可点，水有了山，可歌可泣。通过形象叙述、描写、抒情、议论，调度整合。仿佛让读者在青山绿水中顿悟了，心灵也被洗涤了。拜山水为师，从此心如止水！一见漓江不忍离，忘却漓江难忘情！由此，使我们想到笔者的一片真情，天地大爱，这样的文人写不出好文章才怪呢！

同时，也让我们看到作者心胸宽广，把爱山爱水转化成人间大爱献给读者，怎能不让读者感动呢？更动人的是，作者把自然景观和文学手法相融相携，语言精美流畅，让读者回味无穷。我觉得，这也是一个散文作者应该具备的本事。

虽然曾拜读过她的文章，但未曾谋面。还是两年前，省散文协会文畅同志来葫，约她见面，幸得结识。第一印象：人如其文。端庄大方、谈吐文雅，有一个女作家的样子。在交谈中得知，她笔耕不辍，辛勤劳作，而且是个多面手，散文、小说、诗歌、文学评论，以及电视、电影剧本都有所能，已出版了散文集、诗集，文章多见于多种杂谈、报刊，多次获得各种奖项。

不久前，她将即将付梓的散文集文稿——《蓝雪》在网上发给我，并嘱我写跋，顿时让我摊开两手示难，对这类新散文，我少有阅读和研究。等我用了将近一周的时间，粗读了她的文稿，觉得开头的那篇文章的读后感太肤浅了！怎么办？又在她文集中读了很多篇，如“倾听开花的声音”“心灵的花园”“纸盆”“历史的足音叩响心扉”“陪父亲去照相”“烟雨西湖”“爱上一条河”“父亲的中国结”“英雄赞歌”“秋雨”等篇章中，觉得她的作品既有女性散文的特色，又有成熟作家的浑然大气。

其一，她的散文，有个人经验对客观叙事的直接介入与有相结合。从平常事，所见、所闻、所感，进行高度个人化和心灵化的讲述、描写、论理。脉络清晰，寓意丰富。以事观人，融入记忆中存储的表象、思绪与情感，对亲人、朋友、普通百姓、大自然景观等献出了由衷的热爱和真挚的情感。

其二，大爱无疆，用心思索。有许多文章是集深情与深思为一体的。有的是宏观大事，有的是生活琐事，既有精神追寻又有文体实验齐头并进，显示出多有沉潜与进取精神的篇章，彰显思想光彩或艺术动力。还有一颗“芬心”，即爱心的呵护与弘扬，幻化成作家面向读者的苦心叮咛和殷切期盼！

其三，许多篇章不仅调动了散文可以调动的表现手法，而且又以不一般的散文方式，把小说、诗歌、戏剧及影视的技巧和元素，积极引入散文的空间，以此营造出丰腴而陌生的表现效果，获得了人本和文本的双重价值，字里行间载着种种艰辛与欢乐、沉重与温馨、敬畏与悲悯、忏悔与询问，这些都植根于作者无法忘却的生活经验和追求。许多见解，启人心智。在此，我就不一一赘述了，恐怕读者读罢，更有深层次的见地。

我还要说的是，在她这种宁静淡泊的心态下，才能钟情文学、痴心文学，锲而不舍地继续，就会有活力、有创造，就会真情执着，乐此不疲，把兴趣爱好提升到文学艺术的创造上来。作家首先是思想家，因为作家的人格、地位、价值都是思想上的坚守、创造和追求中提升的。其次才能是作家。

以上啰里啰唆地说了这些，虽然长了，但都是我心中所想，有感而发，真话实话。有不当或谬误之处望作者和读者斧正！愿孙琳同志继续努力，担当起一个作家的社会责任，层楼更上，佳作不断！

张庆荣

目 录

Part 1：

心灵情韵

Part 2：

朝　花　夕　拾

Part 3：

血脉亲情

Part 4：

年　　华　　若　　梦

Part 1：心灵情韵

黑暗沉落，我逐渐地沉没至大海。咸涩的海水包裹着我的眼睛，有气泡升腾。屏住呼吸，面向北方，向那束光游去，向那个叫黑河的地方游去。

蓝　雪

一

北方的二月，下了一场春雪。

那雪是蓝色的。

雨后之雪，注定让我的生命陷入一种寂静而微弱的梦魇般的境况之中。

蓝色的雪是一种病。

窗外，雪发着蓝光。我在家里坐立不安，他的影子在我的大脑里徘徊，始终不肯离去。电话始终是静静的，偶尔响起来，却是邻人、朋友的声音，害得我每每兴奋地跳起来，又失望地委顿下去，有气无力地回答电话里的声音。我开始焦躁，血液沸腾。

四面粉白的墙壁，毫无生命地伫立，安静而理所当然的姿态，更让我心跳加快。

难道它也要阻止我的思念我的梦想？

你在哪里呢？我问到处存在的他的影子。

雪停了，风还在狂叫。一夜的雨和一上午的雪包围着整个世界，那种危险的美感刺激着我不安的神经。站在门的一角，靠着窗，怅然地看深蓝色的天空盛开着诡异清淡的蓝色花卉，把本来白色的雪映蓝。

雪，满世界的雪，告诉我，你原本就是蓝色，还是天空的返照和熏染?

满地被雪压折的树枝，光秃秃的树干显露着突兀的伤口，以神秘的姿态，凝固成翠绿的渴望。我又一次闻到了汁液的清香气味，多像人不可捉摸的命运。

他的脸及身影，在我的脑海里沉浮!

这个雨后的风雪终将过去，那么脸上洁净的爱情痕迹会永远存留吗?

我的心里燃起了熊熊的烈焰，它快把我烧化了。那即将毁灭的华丽很妖娆，轻轻地拥抱着我，留在记忆里的爱，仿佛是血液的声响，穿越地球的缺口，在蓝色的雪地上，盛开着大片的蓝色玫瑰花，深深浅浅，香气沉醉。

那是破裂的隐语。

远处，一家家正在营业的小店，似乎凝滞在蓝雪之上。饭店里，那些纵情喝酒的人们，吆五喝六地张扬着快乐和欢喜，那是浇了辣椒油的羊肉火锅沸腾的热情。马路上到处是冰雪和融化的湿漉漉的水。那灰黑色的水直接流进我的心里，破碎的失落，无声无语。

我的眼里，有蓝雪闪烁。

我的肉体和意志缓慢地沉落，被蓝雪覆盖。

二

那个下着蓝雪的日子，是2009年2月13日，黑色星期五。

兰说，这是最不吉利的日子。

这个不吉利的日子，我却被思念的孤寂和焦躁驱使，跑出门去，用血肉之躯，亲吻蓝雪。

黑色星期五，我看到蓝雪之上盛开着一朵红玫瑰。

踏着积雪走在路上，心里一片蓝光。树影与阳光交织的宽阔街道流淌着雪水，一脚踩上去水花四溅，发出凛冽的亮光，我尽量躲避着流水，寻找未化的稍硬实些的雪落脚。照相机在我的胸前摇晃，褐色的毛绒短大衣温暖着我的躯体，手里提着装满漂亮衣物的口袋，向等在公园门口的兰奔去。想象着那个站在雪地上幽雅而年轻的女人，我的心，就有一小团火焰在跳跃。

那是一束蓝色的火焰吗？

脚步零乱地穿过马路，走向梧桐树下的人行道，那叶的葱翠是记忆的海，她在那片蓝色的海洋里朝我微笑。我的血管里有激越的血液。

前面有一束蓝色的光，膨胀后的幻觉和阴影更加明亮，那是一种不动声色的孤寂和荒凉。

兰，若我们因为寂寞和缺少爱而感伤，那么，谁来拯救我们不安的灵魂？

那钉进骨头里的渴望，像远处海面上澎湃的潮声，与这被风旋起的雪一起，扬起细微的粉粒，和着我的血液，一波一波地席卷而来。我藏在灵魂里桀骜的个性慢慢地被释放出来，在雪的蓝光中，慢慢地闭上眼睛，感觉那蓝色的精灵与风的速度一样剧烈。

就是这样虔诚，无论是对爱还是恨。

远远地，我看见兰站在公园门前的一棵梧桐树下，她张望的身影苗条秀气，我欣喜地加快了脚步。

兰，我在爱。但这爱只给我无限的寂寥。

所以，我要与世间交会，与时空对峙。

我感觉，自己就是开满繁花的树木，临风招展，却哀怨至极。这种哀怨，只能低旋在心里，无法示人。

踏上人行道，我的步子迟疑起来。我知道，脚下的大理石上面一定有冰，冰上面覆盖着雪，搞不好要摔跟头的。但已经踏上来了，没有再退回去的道理，只有小心翼翼。我感觉头发和衣服在风中疾飞，储满了记忆的身体左倾右斜，发出被潮水拍打的微微战栗的声音。终于，脚下一滑，我一屁股坐在冰雪之上，右手本能地一撑，那破碎般的疼痛传遍了全身。我沮丧地躺在雪地上，用力控制发抖的身躯，茫然四顾，他的影子在蓝色的雪中闪现。

可是，你在哪里？

绝望如同汹涌的潮水淹没了我，我已无法呼吸。

那束神秘的蓝色之光，在时间的指缝中无声地穿梭，穿越无数磨难和痛苦，就如同他给我留下的细微的呼吸和肌肤的气味，渗透到血液里的印记，这是深刻的抚慰吗？

泪水顺着脸颊流进嘴里，咸咸的味道。

大街上寒风呼啸，阴沉的空气里有雪的芬芳和海的腥味。

报社的女记者辉正好走过来，她拉我起来，并给兰打了电话。

对面街上的兰，急急忙忙地跑过来，轻轻地握住我冰冷的手指。她的手是温暖的。

这个不吉利的下着蓝雪的黑色星期五。

三

断腕之痛，这是我一生肉体经历的最大的伤痛了。

现实生活的确比浪漫的写意残酷得多，那无法探测的蓝光，又有怎样静默的寓意呢？

这空旷有一种心碎之感。所有的一切是那样的意外和诡异，我听到蓝雪在风中呼啸的声音，风卷起一股青翠的绿苔和呛人的尘土，我的灵魂伴着疼痛飞跃在蓝雪之上了。

我与兰趔趄着身子走在雪和融化的水流中，强烈的阳光照耀着路，湿润的空气没有声音，只有清冷，让人的血液在疼痛中流动的速度变得缓慢，我担心它会在万念俱灰中停顿。

我在沮丧中啜泣。

这粗暴的创伤，只在一瞬间发生。

“兰，苍天给了我一支笔，它还要我体验人生所有的痛苦吗？包括断腕这样的伤痛？”

我闻到了风中花粉、草丛和泥土的味道，还有从心脏的每一条血管里弥漫出来的绝望的气味。

兰看着我，她揪心的眼神，如夜色般的潮水。

街道上行人不多，寂静中只能听见我们两个人的脚步声，那声音里有窸窸窣窣的节拍，那是命运前行的呼吸和隐语吗？

我的整个右臂在这奇异的景象中麻木，直直地垂在永远难忘的梦魇中。折断的手腕，像枯萎的花朵，垂下艳丽无比的头。

我回到家里，拿上医疗卡和钱赶去医院。

有人说，所有发生的一切，在发生的同时即消失，可我要忍受百天的躯体之痛——伤筋动骨一百天啊。那断裂之伤怎会马上消失？

“我将怎样忍受？”兰不回答我。

雪后的风很硬，我在刺骨的寒冷里哆嗦。兰跑去取X光片了，我坐在医院走廊里的蓝色塑料椅上，感觉每一根骨头都在哆嗦。右腕的疼痛，让我觉得正在真实地向黑暗的深渊滑落，故乡那纵横交错的河道及河崖上依附的苔藓，隐没在微淡的晨光里的老屋，在田间劳作的父老乡亲，还有他伟岸的身影……镜头在弥漫着药液气味的医院走廊中交替闪现，然后一格一格地凝固、凸现，变蓝，变模糊。

耳边响着的是“嚓嚓”的巨响，是飘落的蓝雪的声音吗？

啊！永远的蓝！

我的头发和衣服已被雪花淋湿，冰冷的水流进眼睛里，像我无动于衷的眼泪，肆意地流过脸颊，我听到什么东西在我的身体里缓慢破碎。

兰回来了，我看见X光片的报告：“右侧尺桡骨远端骨质断裂，断端错位，骨质未见异常，关节间隙适度。”

兰说：“医生说了，不重，没事的。”

我知道她在安慰我。不管怎样，我都得面对。

医生让兰使劲地抓住我的上臂，他用力拽着我的手腕，扭、捏、抻。我看见我的手被拽得长长的，我感觉到钻心的疼痛。我闭上眼睛，咬紧牙关，不让自己呻吟，感觉每一根骨头都在哆嗦，忍不住轻轻地颤抖着身躯。接着，去照X光片，依然错位！

还要再次正骨。医生说：“不然你做手术吧。”

兰向我眨眨眼，说：“手术要打钢板，还会留下大疤，非常难看。”

医生说：“那就再正一次吧。你忍着点。”

果然，这次比上次更痛。

我的呻吟带着哭腔直冲出来，那是从我的灵魂深处散发出来的绝望的哀鸣。我的头紧靠兰柔软的胸膛，使劲地咬着牙，感觉到了她紧张的呼吸和灼热的眼泪，有温暖从我的思绪中升起。

兰，我爱得很沉重、很痛苦。他对于我只是一个影子，像雾，像雨，又像风，来来去去无踪影。

窗外，蓝色的天空不时移来厚重的云层，又被风吹走了。天空更加蔚蓝，蓝得清澈，像撒满花瓣的蓝色的湖。突如其来的伤痛，如同压抑已久的岩浆，突然冲出地层，爆发激情。我跌进这剧烈的浪潮里面，身体被痛苦、焦灼和悲伤笼罩。

终于，医生说：“好了，去拍片吧。”

兰说：“医生，你给她打上夹板吧，不然又白拍。”

医生说：“可以。”

等片子的时候，我拿出手机给单位办公室打了电话，堂接了电话，我说：“麻烦你向领导说一下我的伤情吧。”

他说：“你自己说吧。”

我说：“我记不得他们的电话了。”

他说：“我告诉你。”

我心烦意乱地说：“我现在只有一只手，怎么记电话号码？”说完“啪”地关了话机，心里说，你随便吧！

半个小时后，X光片终于出来了。医生说：“还好，这次拍的片子行了。”他转身打开柜子，拿出石膏和纱布，铺开放好，然后又认真地捏住我的右手腕，抻、捏。疼痛又一次传遍全身，我把牙齿咬得紧紧地，使劲地闭上眼睛。锥心之痛后，我的右手小臂被石膏紧紧地裹住，外面缠上了厚厚的白色纱布。我真的像从战场回来的伤员了。

那是一种绝望的处境。

蓝雪上，他的影子在闪现，那炭火一样的眼神，在蓝色的烟雾后面盯着我，无声无息，像一轮遥远的沉静如水的落日，照亮了我的孤独和哀伤，那孤独和哀伤已成一片湖水。

我真的跌进那片蔚蓝色的湖水里了，而湖水被骄阳蒸发，还给大地的雪，竟是没有生命的残酷的蓝。

在这样的季节，我邂逅了姿势如此残酷而寂寞的春雪，它伸出血盆大口，在我命运之旅上咬断了我躯干的一部分。

我的孤独雪上加霜，若无其事的雪地，却开满了蓝色的玉兰花。

那长满蓝色玉兰花的二月，折断了我的一只翅膀。

四

我不知道该恨蓝色还是该喜欢蓝色，但我喜欢蓝雪。那狂风中的蓝色雪花已经堆满我的躯体，在岁月的雾霭中，结成琥珀项链，穿越苍凉和破碎的故事，阅读深邃的时间远处坚硬的爱情，我会用伤腕去捡拾曾写过情书的纸片的灰烬，走过蓝色的血液，将赤裸裸的相思，搁置到十八相送的亭台，让湿漉漉的蓝色影子，乘着劲风飞翔。

我有理由纪念蓝色的雪吗？我应该坚强地走下去，穿越痛苦和孤寂，在花开花谢中唱那首浸染千万年圣贤之气的《采薇歌》。让我无尽的相思和无涯的歌唱，摇曳着唐宋诗词的韵律，在袅袅的炊烟中起舞。

我像一只断了翅膀的鸟，盘旋在理想的蔚蓝的天空。

蓝色的憧憬，已在我文弱的文人血管里积聚了许多年。那梦幻离唐宋很远，却离千古诗韵很近。

我摔伤后的第一个晚上，萍扔下女儿来陪我。她一进来就拥住我低泣，她的憨厚和真诚，为我逐步驱散寒冷和寂寞。

萍是一个柔顺的人，性格中有天然的素净和透明的东西，晶莹剔透到内心。我们常在明朗温暖的阳光下一起讨论诗歌。

我们躺在床上，谈些无关紧要的话题，我知道，她是想分散我的注意力，减轻我的疼痛。

她的纯真隐藏在浅浅的笑容里。

我有一句无一句地回应她的话，心里却盼着他的消息。在医院处理完我的断腕后，我第一个发短信给他，已经过去十个小时了，为何仍没有消息？

我的想念在蓝色的氤氲中穿行，把疼痛隐藏到岁月侵蚀的空洞里，芬芳的雪色已零落成泥，只有你与我的影子相重叠。为何在我伤了翅膀之后，让我的牵挂隔着重重的山与水？我只有落泪，而月夜已静得只剩等待了。

窗外，暗夜的天空浮着冰冷的云层，喧嚣了一天的城市，像落幕的戏院，在空旷中变得寂静。在呼啸的冷风中，有我不可承受的脆弱。伸出左手，抚摩缠着石膏和绷带的右臂，在满目的荒凉中微微地颤抖。在这惨不忍睹的憔悴中，我感觉自己在疼痛中一下子苍老了。

我最需要的应该是他的牵挂啊。眼泪在黑暗中悄然滑落。

晚上十点半，他的短信游进了我的手机：

琳，我刚看到你的短信，你在哪摔的？摔伤了哪只手？严重吗？影响写作吗？真是急死人了！我在山西老家，我的姑姑去世了，她是我老家最后一位长辈。我抽出身就去看你。既来之，则安之。希望你增强信心，三个月定能痊愈。

握手！

霖

接着，他又发过来四五条短信，关切的话语像兰花般开在我惨不忍睹的右腕上，掩住刻骨的疼痛。

萍的眼睛里闪着晶莹的泪光。我知道，她在替我高兴。

爱真美，它会像烟花在寂寞的夜空绚丽地绽放再瞬间凋落吗？我根本无力左右自己的幸福和痛苦啊！

我侧过脸去，看着玻璃窗外的夜色，深蓝色的夜空中未来的命运是渺茫的。

我的心里，有一束火焰在燃烧，像是喝了烈性烧酒。有光射进屋里来，我和萍低下头，清冷的街道上，停着数辆出租车，车灯的光，穿透氤氲的束缚，散发着温暖的气息，一股暖流涌上心头。

霖，在湿湿的红尘故事里，我的爱，溅起雪的蓝色水花，倾听你渐行渐近的脚步声，响在凋谢的蓝色雪花中。

孤独而漫长的等待，是这样的遗憾和伤感。我真想放声大哭，直到一片蓝色的雪花飘落，濡湿我鹄望的眼眸。

我只有等待，在炼狱般痛苦的绝望中等待。

五

睁开眼睛，天已大亮，太阳透过窗户温暖地照射进来，像一匹柔软的丝绸，覆盖着我和萍慵懒的身躯，几乎一夜未眠的我们，真想永远这样躺下去，什么也不想，什么也不做，在那一缕细如微风的叹息中，回到无梦的岁月中去。天空泛着淡淡的蓝光，那千丝万缕的蓝纠结在一起，纠结在我的心里。那满世界的雪也融进这蓝的世界，透明的诗意，能否掩住刻骨的忧伤和疼痛？

萍伸出双臂，身子拧成麻花，她的懒腰伸得好痛快，我也想伸出双臂，可为什么右臂这样沉？为什么会有钻心的疼痛刀剑般地袭来？

我记起了伤腕之痛，那刻骨的哀绝是蓝色的。

短暂的睡眠短暂的忘却，但还是被疼痛惊醒，记忆才如潮水般涌来，泪水濡湿了绣枕。让我一直睡过去有多好，我会带走所有的苦难和忧伤。

萍急忙按住我欲抬起的右臂，说：“不要啊，很疼吧？”

我笑了，脸上挂着泪珠。“没事，我只是忘了。”使劲地爬起来，穿衣、刷牙、洗脸，拒绝了萍的帮忙。从今天到之后很长一段时间，我只能用左手自理，尽管别扭，却别无他法。包括两个月后我写这篇文章和组诗《鹄望一座城市》的时候，都是左手打字，打得飞快，键盘的“嗒嗒”声更让我自信。

我将洗脸的水倒掉，那“哗哗”的声音像千古的泪水在奔流，空茫的心，在未知的命运里翻腾。

那千古之水翻滚着蓝色的波涛，那沧桑之色清澈透明，弥漫着大地上生命的悲凉和欢喜。它不会停留，我也不会。

虽然命运多舛、思绪流浪，但那只能算人生过程中的疼痛，就像正在开放的花被风雨侵蚀的伤口，那优美的绽放和轻盈的凋零，也是一种自然律动。幸福中隐含苦难，纤细连接强韧，柔弱交织刚强，飘落的柔软的蓝雪之花，深藏着的美，令人震撼和战栗。

蓝雪赐给我的手腕之伤，就是鲜艳之花的伤口，也是被折断的娇嫩的树枝凄美突兀的伤口，那惊心动魄的疼痛，有一种穿透灵魂的快感。

蓝雪是我内心最本质的呼唤、豪情和象征。

萍弯腰叠着被子，她浑圆的肩膀和微胖的身躯及裸露的手臂自如地活动着，让我羡慕不已。两只手都健康的时候，我却没有这样的体会。她白嫩的双手下，传来窸窸窣窣的声音，让我记起了漂泊路途中坚持的桀骜和流离，也让我感觉到了温暖。

萍的生活窘迫，她的外表异常朴素，但是她是快乐的。她对古体诗词的写作几近痴迷。她平庸的脸，就像深山里一朵充满水分的花，旁若无人地绽放。

“姐，如果没有爱，活着就像没有水分的花，枯萎和盛开都是如此寂寞。”她说。这一瞬间，她的声音明亮、表情娇憨、眼里闪动着洁白的光泽。

爱情是寂寞的安慰，在她的暗淡和残缺中，我感觉到了孤立无援的挣扎和无处逃脱的寒冷。

所有的情缘都被岁月注定，只有写作是唯一的安慰。

手腕受伤不会让一个人心死，那流血的伤疤，是幻觉破碎的时刻。我把左手放在右臂洁白的石膏上，独自微笑，那突如其来的伤痛，已成为我回望生活的最佳角度。谁都渴望温暖，都需要幸福和真爱，可时光在我的心底留下的纹路是黯然的。那带着荒凉和慵懒的企盼，是我灵魂深处的声音，它负载太多的前世和今生。

我在北方的二月，闻到蓝雪那浓郁的芳香。

六

时光苍凉，眼泪清澈。我已漂泊得太久，蓝雪却在这时给了我刻骨的创伤，这创伤会在时间的流动和疼痛中缓慢愈合，可我要在等待中惆怅爱恨的纠缠。

萍忠实地履行着她看护的职责，她在轻轻的叹息中做饭、打扫房间。她在厨房里做事的时候低声吟唱，声音细弱，却甜美明朗。这是我们两人在这特殊时刻的一次圆满的相聚。我的满足接近溢出，如蓝色的湖水，荡起阵阵涟漪。

房间里寂静清凉，一束阳光照在我的床上，我在疼痛中轻轻地呻吟，她走过来，轻轻地叫着我：“姐，姐。”从后面抱住我，把脸贴在我的后背上。她的叹息，散发着淳朴、善良和春天的醇香。我背对她，彼此的意念，在心里涌动。

她就是这样的女人，情深义重，别无所求。

谁能体会疼痛的深刻？这样的深刻，是一种心灰意冷。

我害怕宁静的房间弥漫着蓝雪和天空的悲凉。我的思绪在凛冽的寒风里流浪，像一片飘零的叶，被风的手指碾碎。我久久地凝望窗外的阳光和景致，那透明的蓝和白色，已经开始让我感到悲哀，脆弱得经不起一丝风、一粒沙的撞击。那朵云却从容地从蓝天飘过，并把它凝结成蓝色的美丽花朵，撒向人间。树也正在孕育嫩芽，花也在等待开放，世界在按照它固有的规律发展，它不会因我的手腕受伤而停留。

我的内心有像阳光一样透明的颜色，清晰明朗，那只心灵之蝶的羽翼坚定而蜿蜒地飞向缥缈、神秘的远方。神旨一样的蓝雪的花瓣，就像一本被春风吹开的书，每一页都流动着蓝色的血液，流满幸福或悲惨的人生，它们终将被时空的海洋淹没，就像月光从花瓣间滑过，冰雪也终将被阳光融化，变成明亮的流水。

这个沧桑的时刻，弥漫着优雅和谦卑、繁华和朴素、痛苦和忧伤，还有震撼和追求，让人不容置疑。在命运残缺的温柔中，我感觉到巨大的压力和悲痛，泪水在无边无际的雪色和苍茫中滴落下来。

萍在拖地，她那绘着蓝色花朵的衬衣，不断地因为她的动作而撩起，露出浑圆的小臂和雪白的腰部，显露生命的美好和健康的珍贵。

我躺在床上，仿佛看见天上的蓝和地上的蓝连成巨大的幕布，那旷世的璀璨和喧哗从四面八方飞溅而来，不用拉开这人生的幕布，我已经看到他的影子，那个晶莹剔透到心里像雾像雨又像风的影子。

我的心一阵酸痛。

那巨大的幕布里面，一定有璀璨的珍珠宝石般的美景，像蓝雪一样发着光，那些细碎隐约的光又能照亮什么呢？没有轰轰烈烈的爱情，人生总是不完美。像我的寂寞和无助，在这样伤痛的时刻，我需要他在我身边，我不需要一个像雾像雨又像风的影子，尽管那个影子始终徘徊在我的脑海里。我曾在许多个瞬间羡慕依偎在爱人怀抱里的女人；我也曾在漫天蓝雪的时候，渴望命运之神的降临，盼着他来到我的身边。然而，我的神经里面有这样的人生图腾——信仰、事业和爱情——爱情只占人生的三分之一，可这三分之一对于人生是多么重要啊！

在无限的寂寞中，我只能在文字中度过时光。这正是信仰的姿势。

这种姿势是寂寞的，它像火星在梦的花蕾里轻轻地爆裂，也像美丽的恋歌落地。

我知道，人的梦想和生活是有一定距离的。

我要走过疼痛，渡过难关。沉入海底的我，多么需要出海面透口气，呼吸是我必须要做的。我知道，我得加油。

下午四点过，六十岁的姐姐赶来了，脸上带着坐长途公共汽车的疲倦。我望着她疲惫的眼神，想象着牛一样喘息着的公共汽车是怎样穿过冰雪覆盖的三百多千米的路途，把我的同胞姐姐和亲情的温暖带到这里来。放下旅行包的姐姐来不及喘口气，就问我的伤情，一张脸在暮色中闪烁着耀眼的光泽。她走过来轻轻地抱住我，用手心抚摩我的额头，眼里涌动着眼泪。“姐姐来了，你就不用怕了。”声音细腻婉转，在她温柔的话语里，我闻到了百合花醇郁的清香。那芳香的味道，打开了我被孤独、焦虑和悲伤封闭的身体。我的眼泪在苍茫的暮色里倾泻，闪着蓝雪的光芒。我聆听她起伏的呼吸，感受她深如大海的姐妹情。她总是在我需要她的时候，匆匆地赶来，帮我渡过难关后离去。

吃过晚饭，萍回家去了。我站在窗前，望着她慢慢消失在暮色里的身影。她的身影在蓝色的雪光中清晰分明，我的心里汹涌着怆然的温暖。

夜晚是神秘和美丽的，它是盛容梦魇的时间，当我邂逅它的时候，马路在灯的辉映下闪着蓝雪的光芒，苍白得令人沉醉，树枝上挂有雪化后形成的冰柱，空气凛冽又新鲜，大街上没有一个人影。我伫立在窗前，在逐渐明亮起来的微光中回望，只有这个时候，我才有回望的心情和可能。人生多么需要不断地回望啊！我们可以站在死的角度回望生，站在苦难的角度回望幸福，站在烦恼的角度回望快乐，站在喧嚣的角度回望宁静，有了这样的回望，才会有清醒和明亮，才会以一种深刻的特立独行的形式，行走在生命的旅途。寂寞就是特立独行的生活永恒的舞步。那慢慢流失的岁月，就像叮咚作响的琴弦，发出悦耳的音乐，渐渐老去的青春伴着我的舞步，优雅而深沉地舞蹈，就像随心所欲的蓝雪，独享那流畅的生命的舞蹈。

享受寂寞，享受独舞。蓝雪带我穿越无限广阔的原野，穿越茂盛的森林和河流，在我灵魂深处那片荒芜的空白地上，栽上了神奇的花卉和树木。

我手腕受伤后的生命，闪着蓝色的光芒。

长夜漫漫，我握住姐的手，看见她眼里有怜惜的泪光，像月光一样闪烁。

我把右手手指蜷缩成寂寞的姿势，它和蓝雪一样，盛开着丰盛而剧烈的幻觉和回忆，激情无限。

这个时候，那个像雾像雨又像风的影子，又出现在脑海里了，与我的寂寞形成一样的姿势，那是肢体的伤和心灵的伤交织在一起的姿势。

那是我极喜欢的姿势。

七

人生的旅途注定是一条漫无边际的无法预测的路。

就像没有人知道，那个下着蓝雪的日子，我会摔断手腕一样。

养伤的日子凄惶而悲凉，经常有窒息的感觉进入骨髓。一想起做手术要在骨头上夹钢板、钉钢钉，就吓得不得了。其实，如果当时做了手术，痛苦会很小，而且好得会很快，不会拖两个多月手还肿着。我端着裹着石膏的右臂，和姐姐跑遍了这个滨海小城里所有的医院，最后找到一位颇有名气的医生，他看过X光片后说："你不用手术，好好养着吧。"我和姐姐长长地出了一口气。

人是要学会珍惜的，珍惜当下遇到的一切。两只手都健康的时候，我从来没有想过，伤了一只手会怎么样？现在我知道了，少了一只手，而且还是右手，生活是多么别扭。穿不上衣服；拉不上拉锁；打不开药瓶；用左手炒菜的时候大勺会乱动；一头秀发披散着，想梳上去也不可能；洗完衣服不能拧干，只能湿漉漉地晾上去，任水满阳台肆意流淌；更要命的是，左手一用力，伤的右手就刺骨地痛……

我变得异常脆弱和暴躁，想想自己的孤独和无奈，眼泪就簌簌地落，心碎得像凋落的花瓣和摔落在地上的露珠。

我的心，在这样的疼痛中煎熬。

姐姐来后，我的日子好过多了，她替我做好了所有的事情，穿衣、洗脸、梳头、叠被子、洗衣服……不着闲地忙碌在厨房和所有的房间里。屋子洁净了，饭菜备好了，她的手下，常常发出细微的声响，像音乐一样美妙。她替我记着吃药的时间，时间一到，她就端着冒着热气的水杯，先递给我红色的药片，然后，嘴对杯子吹着气，等她认为水温合适了，才让我连药一起喝下去。我像一个四体不勤的大小姐，接受着她的伺候，我还没有开口说出我的需求，她已经去做了。

我记起了父母对我的照顾和娇宠。

我在血肉相融的亲情里觉得安稳，慢慢地闭上眼睛，沉沉地睡去。那个夜里，我看见暮色中盛开的百合花，璀璨的花朵怒放在我的寂寞里。

爱是恒久的，而且，永不停息。

醒来的时候，窗外的晨光正慢慢地洒进屋里来，淡白色的光芒一点一点地挪到床上，我看到姐姐坐在床头，看着我，眼神里的慈祥和怜惜散发着丝丝温暖，一股股灼热的情感浪潮逐渐包围了我，心底的疼痛和伤痕如潮水一样泛滥起来，落魄、流离、孤寂，压抑的哭声回荡在渐渐明亮的房间里。

姐姐立即紧张起来："不要，不要哭。"她的呼吸急促，急急地说，"琳，我知道你难，我恨不得代替你去受伤。可是我无法代替你，我只能好好地照顾你。你要坚强。"她的眼睛湿湿的。

她慢慢地挪过来，轻轻地拥抱我，低声叫着我的名字，然后，擦掉我的泪水。她清晰的心跳声，一下下地击打着我的脸。我感觉有灼热的露珠，一滴滴落到我的脸上，那是她的泪水。我像一棵幼小的树苗，在亲情的浇灌下，依靠身边的一棵参天大树，安稳下来。

窗外，天际涌起簇簇温暖的火焰。

上午十点过，单位的堂打来电话，问：“你住哪家医院？领导要去看你。”

我说：“我没住院，打了石膏在家养着呢。”

“哦。是这样啊。”

放下电话，我对姐姐说：“快，整理一下房间，领导要来看我了。”心里涨满了欢喜和温暖的浪潮——领导还没有忘记我啊！

姐姐迅速扫地、擦桌子和柜子，然后，又洗了一大盘子水果放到茶几上。她麻利的动作里，也渗进了欢喜和温暖的成分。“他们来了再沏茶吧。”她喜滋滋地说。

等待中，孤独溢满了沉静。我们坐下来，看着窗外渐渐到来的暮色和夕阳，心里的寂寞像潮水涌上沙滩。“怎么没有来呢？”姐姐惆怅地说。

夕阳落下，天际一片血红。无边的黑暗逐渐笼罩大地。

“不用管他们。来更好，不来也没有办法啊！”我幽幽地对姐姐说。脸上挂着装出来的笑容，心沉到漫长而寂静的回忆中。

那片海还在无限空旷中澎湃吗？我被迅疾赶来的荒芜感所包围。

两天过去了，我没有看到领导的影子，他们也许是忙吧。我只觉得疲惫和窒息。那种荡漾在内心的坚持，发出强大的声波。独行的道路，没有一个人，只有桌上朋友送来的紫色、粉色的花草在绿叶的衬托下，旁若无人地散发着泥土和新鲜花瓣的芬芳气味。曾遭遇的贬谪之痛加上骨伤之痛，从一个黑暗的洞穴神秘地喷射出来，足够我在寂寞中反复咀嚼。

从何时起，心里的激情已和痛苦相伴？像澎湃的血液一样涌动？

他的影子又一次浮现在蓝雪之上，表情淡漠，眼神流转。哦，霖。亲爱的你呀，知道我正在满头大汗地寻找你吗？不要再躲我，只有你才是拯救我脱离黑暗和无望的桥梁。

拿起电话，心里潜藏的欲望是这样激烈和丰盛。野性、桀骜和落拓充满我颤抖的声音："我去阜新养伤，请求单位派车送我。"

我的脸色，一定和右臂上缠着的石膏一样苍白，泪水顺着脸颊冰凉地流淌，它一定与蓝雪一样寒冷。

刘局的声音传过来，在寂静的空气里是那样的震耳："本来，我们是想去医院看你的，一问，根本就没有那么回事。"

我的怒火腾地燃烧起来："你所说的'根本就没有那么回事'是什么意思？是说我根本就没有骨折吗？"心脏激烈地跳着，似乎马上就要破裂。

"我是说你根本就没住院。"

我说："骨折不一定都住院，住不住院也都是骨折了。不住院给国家省了多少钱！"

"你以后有事不要找我，找具体办事的人吧。"

冷漠已将我淹没。如果我不是用生命去坚持美好，如果我能理解一切似乎违反常规的现象，我能如此失意、落寞吗？我已带着淡淡的忧郁和悲剧的阴影，独自深深地潜入海底，我只听见黑暗的海底，有一只美丽的海豚在轻声地尖叫。我在这汩汩流淌的寂寞中，寂静无言。快乐和愤怒，都不能影响竞技场上战斗的人们，也不要指望这些人来关心爱护你。

八

火车轰隆隆地前行，窗外飞快地掠过荒芜的田野和闪光的蓝雪，阳光分外明亮，一个个小山村迅速地向后退去。我躺在火车的长条椅上，享受着姐姐无微不至的照顾和旅伴们关切的问候。我蜷缩着身子，那姿势有点像躬起腰的龙虾，只有如此姿势，才能减轻断腕的疼痛。我的手机，不断地响起短信提示音，那是文友们的问候，我很费劲地用左手敲着手机键盘，传递着我的感激。

这是成人的方式，我要极力控制痛苦，要让它像一把发不出声音的刀刃，锐不可当地插进自己的身体，让所有的激情被岁月沉淀。

我是不能出声的，即使说了，又有谁来听呢？

其实，这一切不过是一场注定破碎的幻觉，那气氛适合沉默。

现在，只有姐姐的亲情和朋友们的关心和问候让我感到温暖。我走之前，兰送来一箱牛奶，说是为我补钙；火车开前，萍满头大汗地跑来为我送行，她的手里提着一兜水果，有苹果、橘子和香蕉。我看见所有的负重都在姐姐的肩上，嫌沉不肯拿。她急急地说："这三样水果有寓意。"

我笑她："几个水果有什么寓意？"

她更急了，右手拂去脸上的汗珠，说："这是吉祥平安的意思啊。"

我嗫嚅着不说话，心里的感动如翻涌的潮水。

我沉在黑暗中的灵魂，被她的赤诚所淹没。萍，你这样朴实善良，你一定会获得幸福。

我伸出手去，握住她的手。她盈盈含笑的眼眸、白瓷般的肌肤，与她的善良一样让人感动万分。

这一瞬间，我的手心，热得燃烧起火焰。

这个春天的一场雪，像缠绵的蓝色的玫瑰簇拥在一起，当寒风刮起时，就有无数柔软细碎的花瓣，宛转着飘落，落在窗玻璃上。融化后像泪滴般蜿蜒流淌。

在这个到处飘着清醒而疼痛的空气里，我不是独自萧瑟。我只是在伤了右腕的时候，怀念双手健全的日子，那美丽而修长的手指曾带给我多少幸福？那个时候，我怎么没有感觉到一双手的重要呢？也许，人都是在失去的时候才懂得珍惜。

那个影子捧着蓝玫瑰向我走来。

我感觉到了，蓝雪在温柔地亲吻我的伤口，手腕和心灵的伤口上有蓝色的花瓣盛开。

蓝雪上闪着的光芒，是所有的灵魂都需要倾听的旋律，它是一条温暖的线索。

我知道，我已漂泊得太久了。

晚上十点半的时候，我和姐姐来到她居住的城市，这是个空茫、沧桑的城市，是我伤后停靠的一个角落。疾驰的车子，带着我和姐姐及简单的行李穿越霓虹和夜色，来到一栋黑黢黢的楼房前。我将在这个陌生角落里，度过养伤的日子。

可不安的灵魂，却无法找到停泊的港湾，就像一株开着花朵的树木，无法找到适合它的潮湿、肥沃的泥土一样。

外甥女玲亲热地拉我走进她的闺房，说："我妈怕挤着你的手腕，你住我屋吧。"

我说："那你呢？"

"我住沙发。"她表情娇憨地朝我笑笑，伸手去为我铺棉被。裸露的手臂，肌肤闪着柔润、洁白的光芒，灵魂里的寒冷在这一刻变得温暖，我忙屏住呼吸，不让眼泪流下来。

接下来的日子是愉快的，我几乎过着衣来伸手、饭来张口的日子。饭桌上，我会比别人多一碗汤，先是外甥媳妇枝买了猪骨头，后是姐夫的一个朋友听说我在这里养伤，杀了两只鸽子，我喝完骨头汤喝鸽子汤。想吃什么，只要跟姐和姐夫说一声，餐桌上就会有什么。

姐姐给我洗头、洗衣、叠被子，替我做所有的琐事。我常常看着姐和姐夫在厨房忙碌的身影，心里的不安日益加剧，我所能做的，就是忍受伤痛，尽量快乐。

我靠在床上，尽量让右腕舒服些。左手拿起美国女作家玛格丽特·米切尔的小说《飘》，如饥似渴地读。异国那一个个凄艳的生命，以独特的方式和鲜明的个性燃烧着，以一种骚动和激越展现了美国南北战争时代的画卷，浓烈，朗明。我喜欢这本书，是因为它不是一般地描写战争，而是虚写战争，实写战争对人类心灵的影响。读累了，我就站在窗前，望深蓝色的天空，那种辽阔和寂寥让我激动。

在这个时候，心的每一条纹路都被梦想所覆盖。蓝雪又浮现出明亮的光泽，在我的心里闪闪发光。

那灵性带着智慧诡异的清香，在我伤感、野性、优雅的情绪里，慢慢地散开去，充满了诱惑。这个时候，我忘记了所有的痛苦。灵敏的灵魂，就像原野上繁盛的蓝紫色的野花，在风中烂漫。

生活对于我，从来都是艰难的旅行，激情常常烧沸血液，像大海的潮水一样飞涨，却在现实残酷的狂风暴雨中，压抑着昂奋奔突的水流，那喧嚣而空洞的声响里，有我被揉搓得痛苦的灵魂，在清新而寒冷的风中颤抖。我又看见窗外马路上蓝雪融化的水流在寂寞地流淌。

那坚硬的伤痕，在我的心里疼痛。

那个影子站在雪地上和暮色里，那深蓝色的天空好似破碎的丝绸，遮住了他明亮的微笑，那微笑里，散发着诡异的气息，让我向往。

养伤的日子很难过，就像穿越一条弥漫着腥臭味的黑暗隧道。我趔趄着前行，脚下踩着泥泞的积水，挣扎在疲倦和寒冷中。右手手腕被沉重的石膏包裹着，像是卡在冰凉的水泥管子里一样，放在哪里都极不舒服。我时刻盼着拆掉石膏的那一天早日到来，姐姐和外甥女坚决不同意我提前拆掉那沉重的束缚和压迫。姐姐在我闭着眼睛躺着的时候，抚摩我的头发，她的手细腻而温暖，我睁开欲睡未睡的眼睛，在她的叹息声中蜷缩起身子。她的眼里，充满了焦灼的光芒。

窗外的路上，传来骑车急刹车的尖叫声，那是蓝雪制造的路障。

在这个清冷而空茫的春天，蓝雪送给我一个印象深刻的梦：克雷式骨折。这是我有生以来肉体上遭受到的最大的创痛，我在这样的创痛中，看到他的影子。

我已经好久没有收到他的短信了。无边无际的蓝雪，淹没了他的影子。

九

我在盼着他的消息。灵敏的耳朵时刻关注手机的声响。

这感情的需求太强盛了，以至于掰着手指头算日子，煎熬着所有的时间和伤痛，并在这所有的时间里，寻找喧嚣和动乱来填补空缺的灵魂。我听到了他困倦时细细的呼吸，他的蓝格棉衬衣在黑暗中散发淡淡的烟草味，他温暖的大手骨节突起，放到我的肌肤上，让我感觉到几乎窒息。

透过蓝色的梦，我看到一片阳光下，蓝色的雪花在风中融化。那里，有我的低音浅唱，光线一样的声音在空洞的灵魂里游刃有余。

窗外，细碎的雪花飘落，迅速融化，消失。远处的楼房在黑暗中伫立，只剩下山峰的轮廓。我的手指在手机键盘上“嗒嗒”地敲着，很快，手机发回报告，他收到了我的短信。轻轻地放下手机，跪在床上，左手捂住脸，泪水从指缝间流淌，连同我的情感及屋外的雪水一起流淌，流到一片蓝色的世界里，那里广博而苍凉，有大片蓝色的花朵，繁盛而艳丽。

终于，盼到了拆掉石膏的日子。

姐说：“去哪个医院呢？”

姐夫说：“我来吧。”竟不知从哪里找来了小钢锯。

外甥女说：“爸，你不像医生啊。”

姐夫说：“是啊，没有白大褂子啊。”

外甥女说：“你到下面的粮店去借一件吧！”引起大家哄堂大笑。我知道，他们是在逗我开心。

外甥女走过来说："小姨，不如我把黄大锤找来吧。"

我说："一锤得八十元钱啊。"

外甥女说："这八十元我掏了。"

我说："如果一锤不行，砸个十锤八锤的怎么办？"

她挤挤眼，说："没关系。"然后，穿上银灰色的长外套离开了。

在她的身后，有我们脱离现实的笑声昂奋、清朗。

人的一生有许多预料不到的事情。本以为拆掉石膏，我就得到了解放，伤也好了，我又像以前一样，什么都可以做了。然而事情完全相反。当我急急忙忙地跑回自己的城市，到医院检查时，医生说："伤腕错位，你做手术吧。"

所有的盼望在这一刻被残酷的现实击得粉碎，我听到花瓣在风中飘落的声音，它和我一样在寒冷和疼痛中流浪吗？

霖，我需要你，我不要只是湿漉漉的影子，你从风雨中走出来吧，别让雾霭成为你的面纱，我要看到你明朗的容颜。

那来自心灵深处的呼唤，让我在灵魂深处的空白中，蜷缩成蓝雪一样寂寞的姿势。

我原来想象着一个月后，我的右臂不再受石膏的束缚，我将自由地飞翔。那时，霖会驾车来姐家接我回去，我会在他的精心照顾下度过美好的时光。谁知，他对我仍然是一个可望而不可即的影子，我能看到雾、雨、风，却不能看到他。

我的右手仍然肿胀，不能做任何事情，独立生活还是困难重重。我将何去何从？

一个活着的人，每时每刻都在路上，虽然我们不去探询目的和结局，不管面对寒冷还是温暖，终究是要往前走。颓败、沉沦是不可取的，活，就要亮丽，就是烟花也要有瞬间的耀眼。

在喧嚣嘈杂的火车站，姐姐和外甥明与我挥手告别。转身的那一刻，泪水溢出眼眶。我将如何面对一只手的生活？凄惶地走进车厢，面对一群熙熙攘攘的旅客，和对面那个笑容灿烂的女孩，心里涌动温暖的潮水，那是姐姐一家留给我的阳光般的温暖，我将在这温暖中，穿过清澈的蓝天和幽深的山崖，穿过暧昧的蓝色，穿透生死两岸的苍凉，获得安宁和豁然。

不顾姐姐的劝阻，我像一条冷流里迁徙的鱼，带着蓝雪留给我的创伤，游回了大海。只有这里，才是我栖息的巢。我只有在内心的往事和文字的模糊及暧昧的蓝色中漂泊，才能感觉到那个影子的缠绵和粗暴，以及他的温暖。

远处，尚未融化尽的蓝雪散发着诱惑，像美丽姑娘的蓝色裙裾，飘在夏日的暖风和阳光里，那蓝色的花瓣也在风中飘落。我仅仅是暂时失去了一只手，我的豪气和意志一点都没有遗失。

我听到自己在行走时夹带着的流动的风声，绮丽、繁华。它正和我一起与生命的空洞对抗。

听从文友们的建议，我赶去省城的一家骨科医院看伤，主要的目的是对是否做手术做出决定。我孤零零地坐上去省城的火车，三个小时后，我又坐上去姑妈家的公交车。

我左手拎着行李，站在摇晃的车厢里，怎么也掏不出零钱来，正着急时，司机粗暴地催促着，我告诉他：“我的右手骨折了，我得慢慢来。”

他说："谁让你骨折了！"我哭笑不得，冷酷中，我的浑身开始冒汗。

有雨水打在车窗玻璃上，大街上人头攒动，林立的大厦，伫立在灰暗的天空和微风之中，无所依靠的悲凉潜在心底。

一个小伙子站起来，把座位让给我，并替我买了车票。那一刻撞击灵魂的水珠，带着蓝雪的旋律，穿越了孤独和寂寞。

其实，我很喜欢这种起起落落的人生。虽然，人性的脆弱和复杂难以面对。

那个下午，我带着一大包中草药赶回家，心里充满了热切的期望。

十

伤痛中，我继续过着自己无法改变的生活。

那里，充满了我行我素，沉默和恣意的灵魂，闪着清奇、淡泊和绮丽的光芒，那是蓝雪留给我的。

在深夜和凌晨的寂静中，我光着脚，将头发散开，乌黑的发丝乌云一样倾泻在肩上，左手不停地敲击键盘，我的灵感和思绪如潮水般涌上电脑屏幕，挤在一起的文字，刻录着生命里的爱恨纠缠。在无边无际的回忆中，诉说心底的温暖和寒冷，涉及诗歌、小说、散文等各种体裁的文字，蝌蚪般畅游在思绪里。

那些从灵魂深处奔涌而出的激情，蓝雪一样艳丽。我在未知的风声里狂奔，默默地向远方前进。

我自己做饭、洗衣，跟我的双手健康时一样操持家务。

我的左手毫无怨言地承担着本来右手应做的所有的事情。朋友们建议我找个保姆，我却觉得，家里再多一个人，就不能保持绝对的安静，就会影响我写作。离开写作，我的生活还有意义吗？

“给我一支笔，我让世界哭泣。”远方的一位朋友看见我在聊天软件上写的这句话，说无论怎样一定要认识我，看看是什么样的女人，能做到让世界哭泣。其实，那只是我的目标而已。

因为理想，我只能独行。

我只有在寂静中不停地写。我的思想，就像我的眼泪与融化的蓝雪一样流动。

我的朋友华美丽的容颜又浮现在我的眼前。她失去右手的胳膊很自然地垂落，袖口插进衣服口袋里。以至于我认识她许久，都不知道她失去了一只手。直到有一次，朋友请我们吃饭，她约我去她的家，说是给丈夫做饭。她的左手灵活得如蝴蝶飞舞，一饭两菜很快端到桌上，又去换衣服，我说帮她，被她拒绝。所有的家务都是她用左手完成的。她不上网，剧本或小说，都用笔来完成。她左手写的字很漂亮。

她能做到，我为什么不能？况且，我只是右手受伤而已。

生活是无奈的，意志却是不可摧毁的。

于是，我的左手承担了生活全部重任，写作、操持家务。开始时真的很别扭。双桥好走，独木难行啊。遇到难解之题时，我会用牙齿帮助左手，比如打不开酱油瓶盖。

左手对右手情深意长，就像兄弟。外出时，它小心翼翼地托着它；每天三次用中草药熏洗它，碰药水的次数增多，以至于它也被药水熏染，手指呈褐黄色；晚上睡觉时，它温柔地抚摩右手，垫在它的底下；

早起出去散步时，左手给右手戴上手套，而自己却置身于寒冷之中……一个个感人至深的镜头，那亲情就像姐姐对我。

当我写不下去的时候，坐在窗前温暖的阳光里，喝着巴西椰奶咖啡，看城市碧蓝的天空、尘烟和风景时，左手拿几个垫子放在膝盖上面，轻柔地将肿胀的右手放上去，让它有个舒服的位子。

我的右手，在这兄弟姐妹般的情谊中感到温暖，那温暖驱逐了我灵魂深处意味深长的伤感。

春寒料峭，北方葫芦形的滨海小城灰暗寒冷，风景单调。我用棉衣紧紧地裹住自己，坐在电脑前让想象驰骋。我的左手，每天要敲击两千多个字来。休息的时候，它又去灶台或洗衣间忙碌了。在沉思的时候，它就握住右手，或揉搓它的每一个骨节，或握紧它的腕部，用力握拳，恢复它的功能。

我的荒凉之感，竟在这忙碌中，像蓝雪一样融化。

2009年春天的一场雪，湿而凉，那雪是蓝色的。

我写这篇文章的时候，时间已经进入四月下旬，窗外大雨如注，雨滴打在玻璃窗上，如帘流动。一种激越的情绪飞跃在明亮而愉悦的色彩中，那色彩是蓝色的。

那么大的雨，是蓝雪被太阳蒸发后，凝聚成云的泪水。

生命的疼痛，是幸福的出口，像这场大雨，痛快淋漓。

破碎带来愉悦，绝望带来清醒。

那个站在蓝雪之上的影子啊，你蓝色的目光已不再空茫。

我的灵魂，已在蓝雪中重生。

孤独地写作

坐在那里，听时钟的时针“咔咔”的转动声，感受置身于时间之中的宁静，它的不可停留让我忧虑，让我渐渐地忘记了诉说。面对一个人的日子，睡眠、阅读、煮饭、吃东西、上网，然后，观世间风月，把身边发生的事写下来。

在夏天的风里，书写只是我个人的事。灵魂、意志的沉落，密密麻麻地沉落在干净的白纸上。笔尖在纸上轻轻地摩擦，发出声响，写下温柔、暗淡、昂奋的只言片语。一束神秘而明亮的光线，带来华美盛大的撞击，其中的感觉让人无法言语。

生命的光束里，飞舞着无数细微的尘埃，随风起落，像一块大海绵吸满了水，再一点点地挤出。变成文本后，就得接受他人的阅读和评判，永无止境。

在这个过程中，我会感觉到自己的存在。

孤独地写作，落寞，难熬。非常清晰的文字，却更为直接地面对日常生活。人们与事物、时间与地点，简单，却如星辰般难以捉摸。

写作是一个人的事，它是孤独的，但它更是一种精神的活动，因为需要独立思考，意味着生活与某种虚幻联结，需要长期认真地面对自己的内心并与当今社会呼应。

在耀眼的阳光中，我打开电脑，写什么呢？在这样一个无雨无风的夏天，我望着被阳光照耀的书房，我已经感觉到一种写作的幸福。

曾几何时，写作是我认定的属于我自己的生活方式。这种方式其实是一条带血的漫漫长途，它是我最终走向自己并实现自己的路线。

明亮的阳光或者子夜的台灯已经将我彻底照耀，我在这种照耀中感到幸福。

我有时因写作忘了时间，任窗外的太阳升起和降落，任厨房冰锅冷灶。我的时间，却在思考和文字中得以蔓延和扩展。这就是全部的意义所在。

千年一遇

2007年7月7日，是一个千年一遇的日子。

这是一个7与另外两个7相聚的日子。

那是一瞬间的惊动，含苞的蓓蕾绽放了，树的枝叶舒展了。2007年7月7日，是一朵粉红色的蔷薇与另外两朵浅白蔷薇的告别。

这一天，与其他的日子没有什么不同，就像碧草一样，在夏日习习的风中舞蹈。

我却在遗忘了所有的事情后，记住了这个日子。

在晨曦中醒来，窗外有清风吹过梧桐树叶的细碎声音，床帘在轻轻地舞动。远处有隐约的狗吠和鸡鸣。我蜷缩在铺着白色床单的大床上，沉醉在充足睡眠后的幸福里。手机响了，一条短信像鱼儿一样游进彩屏："今天是千年一遇的2007年7月7日，祝你：今顺明顺，日日顺，月月顺，年年顺；心顺气顺，工作顺，生活顺，事事顺！”

落款是一位接触不多的异性朋友，名叫海涛。

我已没有时间概念的头脑，却记住了这个日子。

三七相会，千年一遇。

朋友，谢谢你，如果不是你的提醒，这一天我会稀里糊涂地度过。

虽然这一天与我的余生没有什么关系——我曾失去多少比这更重要的日子。

可是，我别无选择地要度过这一天，就像我不能轻易地改变现状。

拿起话筒，拨号，那位不太熟悉的异性朋友海涛，那充满磁性的声音就从话筒里传了过来。聊后忆起两年前那个会议上他伸出瘦弱的手，使劲地握住我的手，然后，对我说：“我叫海涛。”眼神坚定通透地看着我，带着笑容。他的眼眸里有一束温暖、灿烂的阳光。

烈日当空，透蓝的正午，孤独的生命，竟在这样千年一遇的一天里灿烂起来。

记得小时候，在牛郎织女相会的那个夜晚，和姐姐躲在葡萄架下，偷偷地听他们的絮语。点点雨滴落下，母亲说，那是织女的眼泪。从那时起，我心里就刻下了爱的痕迹。

是那个留下粉红记忆的夏天吗？

在超市里，我买了一盒蒙牛的冰激凌，杏仁奶油口味，这样的好滋味，让我觉得好快乐，仿佛看见屈原的香草美人款款地走来，西施、貂蝉也迎面走来。对于一个刚刚从沼泽里爬上来的人来说，我已经不相信爱情，呼吸夏天清新的空气就足够了，它可以让我对抗生命的空洞。

三个七重逢的日子，海涛脸上那憨厚的表情，已经足够让我在寂寞中反复咀嚼了。爱情是一朵耀眼的烟花，灿烂绚丽，留在黑暗寂寞的夜空中。

颤抖着手，拿起笔，心里的激情和痛苦像血液一样涌动，人性深处的情感总是震撼。无限感慨中，稿纸上清秀遒劲的字迹，蝌蚪似的游动着。

把自己关在屋里整整一天，我的长篇小说的一整章诞生了。

晚上，雨点敲打窗户的声音，真像海涛发来短信时手机的提示音。

这真是夏季独特的一天。

腿疾与舞蹈

清晨，一直在跳舞。

那次，与朋友琴同去商场购物，商场的老板说：“你们是母女吧？”

朋友琴涨红了脸，问：“那你看我们谁是母亲呢？”

我忙给老板使眼色，可她不看我，说：“当然是你啦。”

琴沮丧地说：“我老，七十岁了！”

我连忙说：“不是的，你搞错了，她是我的朋友，只大我几岁。”

那老板尴尬地向琴道歉，我也莫名地尴尬。

那天我一身牛仔装，戴着白色遮阳帽，步履轻盈，自我感觉很清爽。

回家时，坐出租车，下了滨海立交桥，我跟司机说：“能稍微停几分钟吗？”

司机停了车，说：“可以。”

我奔出去买牛奶。司机问琴：“她多大年龄？”

琴说：“你猜。”

司机说：“四十岁出头吧。”

琴说：“她五十多岁了。”

“她真年轻！”司机感慨。

我手拿一袋牛奶，钻进出租车。司机说：“大姐，你真年轻，气质真好。我姐才五十岁，好像比你大十岁呢！”

我的心里很自豪、很骄傲，挺起胸脯。

这一切，得益于我常年坚持的晨舞。

晨舞让我步履轻盈。当我款款移动脚步、轻轻摆动腰肢、双臂随婉转的旋律舞动时，我的身心会散发出浪漫的气息。晚上，我常常一个人随舒缓的音乐舞动身躯，那时，心情就会豁然开朗，快乐如潮水般涌来，觉得自己年轻了，浑身充满了活力。我曾写过一篇散文《舞尽风流岁月》，记录了我的舞蹈。

谁会想到有一天我的腿出了问题，不能再舞了呢！这对我真是残酷的打击！

春天的时候，晨起去舞，每次都是大汗淋漓。为了少出点汗，我早早地就把衬裤脱掉了。虽然有点凉，但开始跳舞后，出了汗就特别舒服。进入夏季，腿就开始痛。我不管它，仍然跳舞，腿就有了意见，肿得很粗，只好一步一回头地离开晨舞广场，一个人寂寞地坐在阳光下，看着窗外夏日的风景，眼泪成串地流出。那种心到腿不到的悲哀，是刻骨铭心的。

躺在医院洁白的理疗床上，任超短电波温暖我的双膝。腿上的水肿很快消失了，我迫不及待地出现在晨舞广场上。这个靓丽的新兴城市是我宿命中美丽的辞藻。站在清新的空气中，舞动着肢体，感受那种酣畅淋漓的会感觉和久违了的浪漫，就像时光在我心底留下渴望，它负载今生欢乐的灵性。

我听到自己畅快的心跳。

渐渐地，我的舞步开始迟缓，腿又开始刺痛了。

咬牙坚持了七天，不得不再次离开心爱的晨舞广场。

每天，我都在晨舞的时间醒来，却不能出去，只能无聊地躺在床上，时钟的指针“咔咔”地转动着，一点点舔舐心脏的疼痛。有时，我站在窗前，看玻璃上的雨滴滑落的样子，急促、破碎、短暂，像我烦躁的心。

舞蹈，我心爱的舞蹈。

寻遍名医，每日用三块五一斤的散酒和着草药面糊到膝盖上，再用白色的纱布缠住腿，像个伤员似的在家里一跳一跳地做家务，就是不能下楼。朋友琴每天给我送来新鲜的蔬菜和水果。

裙子是不能再穿了，穿着一条厚厚的衬裤，外面再穿一条厚牛仔裤，紧紧地裹住我的双腿，在炎热的三伏天中，浑身的汗肆意地流淌，实在不舒服。

整个夏天，我的房间里都弥漫着中草药和酒的味道，不知道的人会怀疑这是一个酒鬼的家。

人生有太多的遗憾是我们不能控制的。我的腿疾，却是因为我没有遵循春捂秋冻的规律造成的。我们是不能违反规律的，违反了，它就会惩罚你。

在这个热闹的夏天，我停止了舞蹈，舞蹈情结也在盛开的鲜花中枯萎，赘肉迅速在腰部和腹部生长，心在脆弱、寂寞中徒劳地挣扎。

告诉你，我是多么留恋那旋转的动作。

花香满屋

端午节那天，我的腿剧烈地疼痛。我龇牙咧嘴地躺在床上读莫泊桑的小说，电脑里循环播放着贝多芬的《命运交响曲》。阳光透过玻璃窗暖暖地照进来，寂寞的房间里流动着沉醉的气息。吃下药片，“咕咚咕咚”地喝下一大杯白开水，体会这位文学巨匠的小说的深层意义，以及那些距离我们的时代较远的人物。

夏风轻轻地吹进来，窗幔舞动着它难以释怀的激情，发出只有它才有的声响。

电话响了，听筒里传来航燕的声音：“孙老师，听说你病了，我去看你。”

我说：“别麻烦了，你挺忙的。”

航燕说：“别客气，我二十分钟后到，等我。”

当有节奏的敲门声终于响起来时，我站起身，一瘸一拐地走过去。

打开门，我看到站在门边的女孩航燕，乌黑的头发、细腻而白皙的脸庞、一条玫瑰红的长袖丝裙紧裹着她苗条的身躯，手里捧着一束鲜艳的粉白的百合花。

“你好，孙老师。”她的声音很轻，头发上红色的蝴蝶发卡闪着光，像一小团火焰，柔和，温暖。

我去沏茶的时候，看见她手足无措地站在客厅里，看着墙壁上挂着的那横条狂草字幅：“所有的火焰都充满激情，但光芒却是孤独的。”

她直愣愣地看着说：“真好！这话是谁说的？”

“阿莱克桑德雷·梅洛的名言，是诗友为我写的。”我递给她冒着热气的茶水，说，“谢谢你送我的花。”我把那束粉白色的百合插进花瓶。

她眨眨眼，精巧的五官掠过婉转的柔情：“孙老师，你是我的偶像，你是最配这束鲜花的。”她抿了一小口茶，沉静地坐在那里。

航燕是情感类散文作者，也许是爱情不顺的缘故吧，她爱的人和爱她的人都不在身边。她在等待的时候，就有凄婉、零落的文字出手，用语婉转情深。

我望着开得如火如荼的百合花在夏天的微风里轻轻颤动，像是航燕等待爱情中沉静的笑容，那笑容里隐藏着她情感生活里怎样的秘密呢？

我送她我的新诗集《花开不寂寞》，她惊喜地接过去，细声说：“谢谢你，孙老师。”她的皮肤触到我的手，我仿佛感觉到她的血管里血液流动的声音。她安静地翻动书页，一目十行地读着诗句。

“我喜欢这书名，寓意深刻，真好！孙老师，为何起这样的书名呢？”

我换了一张CD，放爱尔兰音乐给她听，音乐柔和，我在那单纯的节拍里吟道：“花开不同赏，花落不同悲。欲问相思处，花开花落时。”

她的眼中有晶莹的泪在闪动，好像夏天丛林里碧绿的水洼，漂着粉白的花瓣。落花流水总是情啊。

“孙老师，谁的诗？”

递给她一个苹果，我说：“唐代才女薛涛《春望词》，她的诗细腻婉转、感情炽热，有时间读一读吧。”

“我会的，真羡慕你的知识面那么广。”她从黑色的皮包里掏出两页纸，递给我说，“这是我写的散文。孙老师，帮我修改一下吧。”说完后站起来告辞。

送她出门，看着她的身影消失在阳光照耀的空荡荡的走廊尽头。风将百合花的清香送过来，让人沉醉。

在满屋的花香中，我突然觉得眼睛里有泪珠在滚动，这是一瞬间的幸福。

面向北方

“我叫炎雨，炎热的雨季。”他在网上给我留言。

在夏天轻柔的风里，我渐渐地记起他棱角分明的脸。诚实、忠厚，眼睛里有一束温暖、灿烂的阳光，额头、嘴唇、下巴的轮廓隐于暗中。臂膀和手指掠过微薄的光线，朝我伸过来。

我在他请求加我为好友的提示信息里，点了确定。

键盘的敲击声在空气里轻轻地摩擦，只言片语跳到屏幕上。那束光里，有无限的惊喜。是因为在苍茫的大地上，那遥远的黑河边，有一个人与我并肩而立。

他是我的光。

我找来地图，铺在床上，膝盖跪在地板上，寻找那个叫黑河的地方。那是一个寒冷的地方，夏季很短。一年中，大部分时间是在风沙和冰天雪地中度过的。

“我想到你那去。”在语音聊天时他告诉我。

抬眼望去，玻璃窗外面是起伏的山峦、延伸的丘陵、深深浅浅的绿，它们连着那个叫黑河的静静地伫立在边境线上的遥远城市。天上的云朵，还有远处海涛翻涌的声音，艳丽得让人觉得有无限的惊喜。

我端坐在那里，面对闪动着荧光的十七英寸的电脑屏幕，阅读电邮，然后，一封一封地删除，触摸着他的情感，却不曾见面。

分不清是哪个夏夜，我在空荡荡的家里，打开电脑，却寻不到他充满激情的电邮，他的头像也没有闪动。我无法入睡，彻夜地亮着灯，他的脸隐于暗影中。我蜷缩在被窝里，抱着头，听厨房的水龙头发出“吧嗒，吧嗒”滴水的声音，隔壁传来邻居洗麻将牌的哗哗声和小孩子的哭闹声。

窗外是夜色中寂静的葫芦型的滨海城市，我却恍然不知身在何处，又在何时。

一阵轻柔的夜风吹进来，窗幔舞动，我的手指在手机的键盘上敲击。然后，点击发送，默默地等待，直到东方发白。

我听到自己的呼吸沉重而有力。我在夏天清润的气息里，感到对这个世间无所依傍，亦无所需求，只剩下自己用右手握住左手。

我觉得寒冷，来自北方的寒冷。

我在这夏季的寒冷中失望并且坚韧。

窗外，阳光灼热。我在寂静中，望着深渊般的蓝天，在寂寞的电脑上敲出一行字：“你怎么像断了线的风筝，杳无音讯？”

雨天昏暗的暮色中，他的脸靠近我，非常逼真，好像整个人安静地站在我身边，触手可及。

夏夜的雨声里，他的聊天软件的头像在跳跃，我点击了一下，一行字出现在对话框里：“因某种原因，我不能去你那里定居了。”

音乐响起，是柴可夫斯基的《悲怆交响曲》，我被震住了，手中的笔也不由自主地停下来，随着乐曲的深入，整个人沉浸在音乐中不能自拔，那著名的抒情主题是那么凄婉、哀怨，在定音鼓如命运的重锤敲击的背景下，那高吁长叹、肝肠寸断的无尽呻吟是心灵的啜泣，充满了真挚的精神力量。

黑暗沉落，我逐渐地沉没至大海。咸涩的海水包裹着我的眼睛，有气泡升腾。屏住呼吸，面向北方，向那束光线游去，向那个叫黑河的地方游去。

这永久的感情缺失所带来的渴望，他使我流离失所，找不到归宿。

想了想，我在对话框里敲上去几个字：“猜到了，祝你幸福。”

略微停顿，对话框里又出现了他的一行字：“花落自有花开时，蓄芳待明年。”

炎雨，我喜欢真诚而浓烈地活着，即便那只是我的幻觉。我觉得自己在轻轻地哆嗦。

接着，对话框里，有我敲上去的最后一行字：“待到明年花开时，能否携君归？”

然后，我关闭了聊天软件，打开留言板，删除了他给我和我给他的所有留言。双手捂住脸，眼里流出滚烫的热泪。

我猝然离开屏幕，不让自己继续看下去。

碰到喜欢的人，总是要留一分清淡的余地，才会有中正的情缘。若即若离是因为希望存在并长久地自制，绝不容许自己沉溺。

北方雨季的雨滴，在我的血液里激越。

小令一样的女人最美

岁月轻浅，过往如烟。

冬去春来，谁留下的痕迹如此鲜活？如同那首浸染千万年圣贤之气的《采薇歌》，穿越痛苦和孤寂，在花开花谢中，走过无尽的相思和无涯的歌唱，摇曳着唐诗宋词的音律，那是女人如花的姿势吗？就像一首小令，从宋词的意境里款款而来。

未来的憧憬，已在女人的血管里积聚了许多年。那梦幻离唐宋很远，却离千古诗韵很近。

我在一半明亮一半斑驳的桌前读一首小令，抑扬顿挫，平平仄仄，五十八字以内的小令，内容竟然如此丰饶，如花蕾初绽、鸟儿歌唱，让春天火焰燃烧，让夏天清风明快。好似女人款款的脚步声，走出一个又一个晶莹的故事，不安的灵魂，试图拂去沧桑，续写黎明和黄昏的篇章，点亮眺望的眼睛。

时间在暗处，谁与岁月为伍？如花朵一样绽放，又如花朵一样凋谢。

刘索拉，小令一样的女人，著名音乐家、小说家，她的音乐作品和文学作品散发着小令的韵味和意境，眼镜片后面的眸子闪着熠熠的光，她以中篇小说《你别无选择》一举成名，在旅居英国后定居纽约的生活中，穿越东西方文化的差异，创作自己独具特色的作品。1997年，她在纽约成立自己的音乐制作公司，使中国传统音乐以一种新形象进入世界音乐界。回国发展后，脚步款款，韵味十足。她的小说，在读者中产生了巨大影响。

《四库全书总目》卷一百九十九引《类编草堂诗余提要》曾记载：“词家小令、中调、长调之分自此书始。后来词谱依其字数以为定式，未免稍拘，故为万树《词律》所讥。”

穿过尘世的喧嚣与繁华，那小令一样的女人清逸优雅，在春秋岁月中波澜不惊、平静安然，有一种天然随兴的淳朴与雅韵傲立，不染铅华。抚琴、浣纱、读书、撰文、商场打拼……小令一样的女人，徜徉于幽雅与灿烂边缘的心境，像极了天上的仙子，是这个世界一道亮丽不可或缺的风景。

读过许多著名词人写的小令，特别喜欢马致远的《天净沙·秋思》，那意境美得让人叫绝：

枯藤老树昏鸦，
小桥流水人家，

古道西风瘦马，

夕阳下，

断肠人在天涯。

马致远的这首小令先是写萧瑟的景色让人产生满目凄凉的心境，再用安详、温馨的小桥流水人家反衬，使愁情更为凄厉。写景之妙衬托着路途跋涉之艰辛、求功名之困苦，这样催人泪下的场景，使这首小令流传千年。

女人就如同一首小令，是独立的个体，她们像小令一样，活出了优美的意境，徜徉于人生的场景中，却被赋予飘逸、清雅的内涵。梅花和雪花一样一起装点冬天的情韵；莲花一样，卧在绿叶丛中，让世界更加洁净淡雅；芍药花一样，让世界绽放如火的热情；牡丹花一样，让人生充满高贵淡雅的风韵。

特别喜欢李清照的《如梦令》：

昨夜雨疏风骤，浓睡不消残酒。

试问卷帘人，却道海棠依旧。

知否，知否？应是绿肥红瘦。

整首小令显示出大词人的教养，以及温文厚道的大家闺秀性格。

当我沉醉在小令的意境中，忽然想起辛弃疾《粉蝶儿》：“昨日春如，十三女儿学绣，一枝枝不教花瘦。”

明澈如水的语言含有无限意蕴和情思，这是小令的最高境界。美妙华美的词句，犹如丹青画一样呈现在我的眼前。

当女人在诗一样的夜晚，捧一杯香茗，在氤氲的茶香中，融进唐诗宋词意境深处，吟哦那个素淡的女子“陌上花开缓缓归”的情愫，将心靠岸，那是多么雅致美好的时光。

我听到了一首小令，和着花一样的女人的心声，绽放在锦瑟流年。

兰心蕙质的李亦非曾获1977年全国武术比赛青少年组冠军，出演影片《神秘的大佛》和《火烧圆明园》。毕业于北京外交学院国际法专业，于1985年赴美深造，获得贝勒大学国际关系硕士学位。1987—1990年，李亦非于美国纽约联合国总部公共信息部任职。1990—1993年，李亦非在美国纽约市专业律师事务所担任中国业务顾问。1994—1999年3月，李亦非在美国博雅公关公司担任中国区董事总经理，现任MTV全球音乐电视台中国区总经理，负责MTV全球音乐电视台中国地区的业务。成为美国《财富》杂志及CNN（美国有线电视新闻网）评选的“亚洲最有影响力的商界女性”之一。

这个小令一样的女人，款款的脚步闪着宋词一样的光辉，花一样盛开。

我也曾写过《如梦令·秋》：

霜染秋山红遍，叶落人间幽怨。
寂寞对残荷，醉眼蒙眬问艳。
不见，不见！一曲旧歌弦断。

虽登不上大雅之堂，却沉醉其中，不亦乐乎。

写这样的小令，仿佛站在鲜花盛开的门前，不忍心触摸那圣洁的花瓣，却赢得了一分懂得和一分洒脱，淡看人情冷暖，写下心间暖意。

小令是那遥远的妩媚吗？每一首都是我悠长的牵挂。

我拿笔的手指，写下小令的每一个字，心灵的感动溢于言表，那是将善良的花蕊、雨后的天空，都看作世间最美的风景，如微风吹过女子的发髻，是一种微颤的感觉。那粉白色的嫩蕊滋润着心扉，不由得湿润了双眸。

在旧书漫卷的时光里，将新词旧梦写成无字的歌，那个如同小令的女子，从宋词的韵律中款款而来，看阳光爬满青藤，随着光阴的脉络，思索、执念，多也好，少也罢，深也好，浅也罢，从从容容，坚定地前行，那是兰花的清雅、山菊的恬淡、草露的清澈，那是曾经的执念、不懈的坚持，渴望生花之妙随心而舞，独处中不慌不忙，沉淀中不紧不慢，直把三千冷暖读作寻常，在指尖上落定。

一笺心语一生梦。

同样的词牌，同样的小令，李清照写得风生水起，情义绵浓，而我却是在婆娑之中牵强起舞，恰似春花明月各半，明媚而忧伤，喧嚣而沉寂。矛盾中，走进跌宕起伏的生活，看此生彼长，来来往往，看似无常，却是有常。

小令一样的女人通透、灵秀，宁静淡泊地为生活留白，即使打捞心底的记忆，也能与心河潺潺对酌，安之若素，聆听草木低语，拥抱暖阳，即使梦想已渐渐湮灭、牵挂已渐渐斑驳，也不会阻止行走在风景里的脚步。

时光如梭，如白驹过隙，又是灿烂的春夜，明月辽阔，搁浅的那一抹乡愁，在孤寂中燃烧，我在相思的语境里，感受到了细微的苍茫。那词与词之间升起的炊烟，是藏在心底里的闪电。又吟哦出一首小令，不管是《天净沙》还是《如梦令》，活跃的思维，在那一杯香茗的氤氲中，如素淡、优雅的女子，迈着小令一样的步伐。

她是在寻找自己的前生，还是寻找梦想的翅膀?

沉醉吟哦中，宋代词人璀璨的小令，在春花盛开的季节里、夏花烂漫之时，荡漾着亘古以来的风华。

不论是秦少游的“指冷玉笙寒，吹彻小梅春透”，还是向镐的“野店几杯空酒，醉里两眉长皱”，抑或李清照的“常记溪亭日暮，沉醉不知归路，兴尽晚回舟，误入藕花深处”，无不如诗如画。夕阳斜照、渔舟唱晚、灯火闪耀、酒香四溢，恍若世外桃源、人间仙境。仿佛莅临寒山寺外，倾听令游子断魂的钟声；犹如看到苏堤六桥烟柳，孤山风雅处留下的梅花；抑或当年被送到敌国去的美女貂蝉、西施，体会到了王昭君临行前心中的悲凉；南齐名妓苏小小埋骨于西冷桥时那种孤单寂寞，必然不同于绝世而独立的李夫人离别武帝时的心伤，更不同于荆轲刺秦王所怀的必死的决心。

小令的特质，内容和浪漫相容，艰辛与向往饱含其中。

书香久远

在岁月中跋涉，想象不到没有书相伴是什么样的情景。

近期看到一篇文章，一个外国人说中国人读书者甚少，中国的城市，麻将馆多、图书馆少。

是人怎能不读书？的确，部分国人不看书，真的让人忧虑且不解。但愿这篇文章能够起那么一点作用，唤醒沉溺于灯红酒绿中的人们。捧起书本吧，开卷有益！

我从小就养成读书的习惯，一天不读书就像少了什么。近年经常伏案疾书，读书不如以前多了，心，杂草丛生，不免有些荒芜。闲暇之余，伫立在书橱前，目光游移在静静伫立如士兵一样整齐的书本上，它们静若处子，永远庄重地站在那里，将过去的生活铺陈在文字里。久久品味，顺手拿一本，翻开来，仔细辨认较为细密的纸上那些暗黄的宋体字，体会着语言的激情和张力。时光仿佛一下子凝滞，恍若隔世，体会书中人物在他们的那个时代的喜怒哀乐，以为拥有了世界上最美好的东西。那些铅字变为发黄的文字，承载着岁月的负荷，在光阴流转中永远地存在；文学作品中的那些人物栩栩如生地站在我的面前；捧着书，就能感受到那些书、那些字里深藏的生活、包含的艰辛，甚至能触摸那个时代的生活气息。

我像赶回故里的旅人，在那密密的文字里漂泊，长久的收留和慰藉。一颗不安的心，安放在家一样温暖的汉字巢穴里，孕育着更遥远的脚步，行走希望，停泊力量。工作后，我怀揣文学梦想，边工作边学习，手不离卷，笔不离纸。

那一年，年轻的我在出租屋里，捧着《红楼梦》，眼睛在文字间跳跃，心的满足、欣慰难以言表。忽闻敲门声，房东大惊小怪地嗔怪我："还要不要你的锅？"原来是我读书竟忘了锅里蒸着馒头，待我慌慌张张地跑去厨房一看，新买的大铝锅底部烧了个大洞，完全不能再用。为了看书，这样的事不知发生了多少次，那种生命的形式，唤醒身处市井的我，在安静一隅，实现自己久违的、心灵深处的对知识的皈依。我零散的、破碎的知识体系也逐渐得以整合，西方史诗的壮阔与唐诗宋词的典雅，莎士比亚悲喜剧与李、杜的浪漫豪放风格，给了我一个放大的纯净的知识氛围和不甘的、奋进的、期冀的方向。

青灯如豆，捧一卷书，任时光将空空的大脑填满知识，就像绿洲一片片地扩大，将岁月深处的珍贵东西珍藏。

从第一本小人书看起，如今，我已经读过多少本书无从记载。倒是我现在已经写了几本书了。那年，我在书店发现了钱钟书的《围城》，如获至宝般买回来，一气读完。那种精神的畅快淋漓，不亚于赴一次盛宴，尽管《围城》曾给过我无与伦比的惊艳，但我还是认为钱钟书首先是一位学者，其次才是一位作家。我佩服他始终保持着那颗赤子之心，鲜为世事所左右。他的《人·兽·鬼》《写在人生边上》都是大智慧、大写意，他是能够在二十世纪的中国文学史上写下浓墨重彩的一笔的。《围城》更是被夏志清在《中国现代小说史》中评为民国最优秀的小说。其才学于此可见一斑。还有，我曾在月下读乱世才子毛泽东，领略他浪鳌飞舟、读遍诗书、指点江山、投身革命的雄才大略和睿智从容；我曾在火车上读鲁迅的奋笔疾书、唤醒国民，有感他的坚韧和果敢；我曾在葡萄架下读徐志摩的风流俊雅、花前月下，感叹他诗如莹玉；我曾坐在河岸边读中外文学名著。书籍让我明理，让我豁达，让我在人生的道路上找到自己的位置，在文字里行走，在文字里永恒如行路，一路艰辛，一路风景。

我特别喜欢在安静的房间里看书、写字。最好窗外飘着雨或者雪，迷迷蒙蒙的，在回荡着的音乐里，我的双眼对书里的文字，绽放着热情的火花，我敏感的心会被书中人物的命运所撞击，带给我无限的灵感，我笔下的文字会深厚得如同夏天的草地，如绿如茵。我的心，会在思考人生意义中，独享读书的寂寞，品味孤独的滋味。

写作夺去了我读书的时间，我会像挤海绵里的水一样挤出时间来，如饥似渴地读着各种书籍，汲取精神营养。我在睡前、做饭的间隙，都会读上一章，那种孤独和寂寞中的满足和慰藉，真是妙不可言。

是人哪能不读书?

读书吧，你会走进绿荫和花海，你的日子会变得从容、芬芳。

一种凝望，抒发你内心的沧桑；一种等待，闪动你若有所思的沉默；一种语言，酿造你散落满地的诗句；一种思绪，收藏你久远的记忆。

而读一本书，你会思绪万千，胸有诗书气自华。

书香芬芳，弥新久远。

心灵的花园

——纪念我在搜狐建立博客一周年

我的博客是我灵魂的栖息地；是我心灵的花园；是我血液潺潺流动的河，日夜不停地流向梦的远方。

这里，居住着梦幻者，从李清照的《声声慢》中走出来，用爱恋的渴想，装点、栽培各种鲜花；在酒后惆怅的时候，去做一个采薇女，倚着那株桃花树，瘦了西风，绿了芭蕉；在寂静的月色中，与清风一起翻读《诗经》，吹皱一池春水；梦想唐朝的河上，独钓寒江雪，钓几片诗句，把酒临风，挥毫长短句，斩断无尽的哀愁；在无萧、无笛、无箜篌时，把盏交欢笑语盈舟，那唯一的古月，挂在唐宋的残风里，我在半边墨迹的渤海湾，犹似醍醐，高歌呦呦，锋芒毕露，而夜已埋伏了千年。

一年前的今天，我接受近古堂先生的建议，在搜狐开博客，认认真真地写作。按照日志的规则，定期把自己认为像样的文章贴上去，像一只刚刚学会飞翔的鸟儿，抖动翅膀，飞翔在蔚蓝的天空，让美的元音回荡在我灵魂的国度。

几年前，我还不懂什么是博客，只听朋友说，博客就是你自家的客厅。还有朋友说，博客就是你的个人网页。当时真的感觉有点云山雾罩般的神秘。懵懂中在一家大型网站开通了博客，发上去数篇文章，竟被残酷的现实撞击得粉身碎骨。近古堂先生告诉我，在搜狐上开博客的人，大都是学者或高级知识分子，人文环境极好。于是，我与他脚前脚后地在搜狐找到了这片心灵的花园，开始认真地经营这片情感的世界和心灵的自留地，让流浪的思想有了歇息之地。我的日子，也不断地使沉重的日常生活逃离平庸。

当夜晚的风声响起，我在台灯下敲击键盘的声音，让我与每一个鲜活的汉字互相燃烧，留下一行行感情真挚的血性文章。博文让我沉睡已久的心猛然苏醒，我怎甘愿在习惯性的命运转轴中继续前行？于是，博文便成了我不间断的自然分泌。我时常感觉自己腾挪于变幻的世界里。笔下的风沙，将生活给予我的感动，变成地心里沸腾的岩浆，演化成我充满生命激情的文字，我像一个做着刺绣活的手工女子，用手指，抑或用嘴唇、舌尖、心脏和血液，来经营我梦的故乡。我变成一只鼓胀的水囊，不断被思绪之针扎出小孔，让我的文字之水涓涓地流出。

我在喧嚣而迷乱的城市，静静凝望自己的灵魂，在这片心的花园，找到了那根内心与世界息息相通的火线。我在西窗那孤独的剪影，与各地的博友共度美好时光。

博客成为我现实生活中的月光，照耀着我略带忧郁的心灵，让我的语言，有了白银的光芒。

相逢是首歌。我像个辛勤的劳作者，常常在自己的花园里锄草、浇水、栽花；也常常去别人家的花园赏花，看到博友的花园有好花，也像喝牛奶一样吸吮那甘甜芬芳的馨香，借鉴一番，并抽空去跟帖，写下自己的心得和感悟。我真的是受益匪浅。

我看到一个个生命个体与世界紧密联系的温柔地带所发生的对命运和存在的思索。同样是一种远古长留的龙的子孙的风景，却有当代人与众不同的各种情绪，有现代人对个人体验的强调、对人性的关爱、对内心的挖掘，以及对意境的营造、对语言的修炼、对抒情的重视，都在博友的博文里得到了展现。就像一片片叶子里住着一个神灵，显露出每个人对世间万事万物不同的感悟。无不印上现代人的生存境遇、知识状况与精神结构的痕迹，实现生命的集结式的爆破和情感瞬间性的释放，震撼和刺激我的神经，成为我思想的起点和契机，成为我诗情燃烧的点火棒。

我的阅读是愉快的，常常看见一个个具有独特的价值观和生命观的个体，在生命主体与描述对象的生命对话和心灵交流中迸发才智。

我听到他们的心跳和血液流动的声音，我也听到那一首首醍醐灌顶的圣曲。

我在那一篇篇蕴涵深刻寓意的博文里，汲取了丰富的营养，回头再来经营自己的花园时就得心应手多了。那精神启迪的意义是无可估量的。

最让我感动的是，我得到了众多博友的支持、关注和厚爱，我的每篇博文的后面，都有他们热情如火的帖子，那些火辣辣的语言和鼓励的话语，以及对我文章和诗歌中肯的点评，常常让我感动和惭愧，那眼潮心动的时刻，真是永生难忘。

在这里，我谨向支持、帮助和鼓励我的博友表示深深的谢意！

在这里，我借用博友苏忠的话，来表达我对博友的情感：“我用笔为他们拓下一抹剪影，贴在日作月息的纸上，作为过客对过客的纪念。”

当华美复杂了你的灵魂，你会喜欢这心灵的花园的淡雅和朴素；

当你风尘仆仆地追求过辉煌，你就会选择在这纯净、优美的花园里栖息；

当你有了对自由和尊严的体会，也是在你有了心灵的花园之后。

问候所有的博友，祝你们愉快、健康、幸福！

永远的搪瓷缸

暮秋的夜晚，清凉如水，我却睡得大汗淋漓，爬起来，在客厅的茶几上准确地摸到了那个白色的搪瓷缸，在窗帘透进来的月光中，搪瓷缸闪烁着熠熠的光芒，这一幕触摸到久违的记忆。我打开灯，搪瓷缸上那个能激起人无限遐思的图案映入眼帘——一棵枝繁叶茂的榕树上有一个结实的鸟巢，鸟巢旁有一句富含哲理的话“我们都是文学小青年”。这一句话，是我前进的动力。

我喜欢搪瓷缸子里的水，温暖且能滋润肠胃。

我握着杯子熟睡过去。仿佛看见一群文学小青年在崎岖的山路上前行，而我就是其中的一员。是的，文学让我们年轻。此时，我大口喝掉了缸子里的水，一种旱地得到雨的快感油然而生。

有一年的暮春时节，在朋友的介绍下，我认识了独上月楼大姐，她引领我来到雀之巢。雀之巢是中国最大的中文网站下的一个文学社团，独上月楼为社长。我进去后，受到大家的欢迎。那种有了精神之家的感觉真的很美好！

不久，中秋节来临了，雀之巢发出了中秋征文的信息，我的散文《故乡月》获了优秀奖。独上月楼大姐给我寄来奖品。接到单位取邮件的电话，我急急忙忙地跑到单位，看见这一个有历史性纪念的奖品——一张大纸包着一个纸盒，迫不及待地打开一看，一个白色的搪瓷缸呈现在我的眼前。

雀之巢是以独上月楼大姐为首的中老年人组成的文学团体，如今，我们就像一群叽叽喳喳的年轻的雀，在大榕树茂盛的枝丫上放飞思绪，在枝丫上的巢里让灵魂得到栖息。岁月的磨砺、生活的洗礼，浮躁的心渐渐地被一篇篇精彩的文章平复。那只搪瓷缸从此佳茗飘香，陪伴我走过春夏秋冬，迎着清晨的朝阳和黄昏的暮霭，在美妙、浪漫、深沉的文字中，在尘世间，躲进精神家园——雀之巢休息养生，任“声喧乱石中，色静深松里……我心素已闲，清川澹如此”。

饮一口搪瓷缸里的茶，看着那句“我们都是文学小青年”，刚刚还觉得喧哗，还有人间烟火熏染的点点浮躁，刹那间如临清溪观碧石，整个意境都安谧了，生命也在那虚无缥缈中激发出无边的遐思。

望着眼前的搪瓷缸，似飞雨洒轻尘，情思爽朗满天地，无限的情思纠结成了搪瓷缸情结。

记忆中的少年时代，扎着两只羊角辫，跑去离家不远的小商店打酱油，看见绘有牡丹花案的搪瓷缸摆在柜台上，随即若有所思：我什么时候能有这样的搪瓷缸呢？

初冬的一天，放了学，回家伏案写作业，忽听自行车铃声清脆地响起。

“爸爸回来了。”我欢叫着跑了出去，只见父亲跳下自行车，拎着一个纸包走进屋。他喊着我的小名，我急忙跟着他进屋。父亲一脸喜色，将一张大红的奖状放在桌上，上面写着爸爸的名字和被评为先进工作者的字样。他郑重地坐下来，打开纸包，变戏法似的拿出一个搪瓷缸！

“丫头，给你了。”我急忙接过来，看见搪瓷缸的一面是一朵鲜艳的牡丹花，另一面用鲜红的漆写着“先进工作者奖”。

我高兴地跳起来：“噢！我有陶瓷缸子了。”

母亲在一旁说：“丫头，那可是你爸的奖品啊！”

我忙说：“妈妈，你放心吧。我长大了一定像爸爸一样努力工作，当先进工作者，得好多好多的搪瓷缸。”父亲伸出手，摸摸我的脑袋。

从此，我的小书包的带子上就挂着这个搪瓷缸。它一直陪我走过小学，直到中学毕业。

1971年12月，17岁的我工作了，被分到煤矿的工程处打井工地上做播音员，我的前任播音员每天只是到时打开音响，放样板戏和革命歌曲。我接任后，学着县广播站的样子，办了工地新闻节目。每天上午去工地采访，然后写成稿子，再拿到事迹发生的单位找领导审批，第二天上午十一点，我把茶叶放进爸爸送我的搪瓷缸里，倒满热水，喝一大口水，滋润一下嗓子，然后打开扩音器开始播音：“现在是工地新闻节目。”然后，一条一条地播工地上发生的好人好事及工程进度的新闻。

领导和工人师傅简直不敢相信自己的耳朵，这么一个小小的姑娘，竟然搞起了工地新闻节目，竟然把自己的事迹在大喇叭上播了出去。附近农村的人也说：“大井工地上来了个广播员是个小姑娘，你听，她在播工地上的事，她的声音多好听啊！”

大家纷纷跑到广播室门前，要看看播音员长啥模样。

三个月后，我被调去处宣传部，任新闻干事。到年底时，我被评为先进工作者。单位的颁奖大会一结束，领导就带着军乐队穿过那条弯弯曲曲的小巷，到我家门口送喜报。领导声情并茂地当众宣布了我的先进事迹，然后，授予我奖状和奖品。我红着脸站在我家的黑大门前，低着头，不说话。领导的话一讲完，邻居们热烈鼓掌，羞得我把头低得更低了。那天晚上，母亲特意改善了伙食，给我炸了鲭鱼、炖了鸡蛋糕、烙了白面饼，还炒了木须肉、做了小米水饭，家里过年一样喜庆。我拿出单位奖给我的大搪瓷缸，递给父亲说：“爸，你的水杯都掉漆了，你拿去喝水吧。”

父亲高兴地把手在围裙上擦了擦，接过缸子，看着上面鲜红的大字“先进工作者奖”，说：“瞧我闺女，都当先进工作者了。好！爸爸留做纪念啦。”

从那以后，我年年获各种奖励，三八红旗手、优秀通讯员、先进工作者等，大大小小的搪瓷缸不知得了多少个。

那是我做新闻干事的第二年的春节，我得知劳动模范翟鸿儒年三十下井值班，我跟领导提出要求，要跟踪采访劳模事迹。领导同意了，但很不放心，一个十八岁的小丫头，大年三十在千米井下过，真是闻所未闻，就派了梁副处长跟着我下井，保护我。晚上六点，我来到矿灯班取了矿灯，在更衣室穿上防水工作服和大水靴，戴上矿工帽，提着矿灯就上了马可尼人车，车子轰隆隆地朝井下奔去，风也在耳边呼呼地刮着，当车顺着斜坡箭一样越下越深的时候，我害怕起来。

梁副处长跟我开玩笑说：“孙记者，我今天不是处长，是你的保镖。”同车的工人们哈哈大笑。

翟鸿儒说：“了不起呀，孙记者，梁大处长给你做保镖，啥级别能享受这待遇啊！”

梁副处长说：“老翟，还不是为了你。这丫头的工作干劲没比的。”

到了井下，黑乎乎的，只有几盏矿灯闪烁着光芒，岩壁湿漉漉地流着水，脚下除了岩石就是工具和哗哗流淌的水。翟鸿儒带着工友们抱着上了钻头的电钻枪上了掘进面，我走过去，想跟他们一起干，但梁副处长说什么也不肯，让我在离掘进面十米外观看。不一会儿，掘进面上布满钻眼，他们装上炸药就撤离了，梁副处长带我走到另一条巷道躲避，只听一声巨响，巷道里布满了烟尘，待烟尘散去，我和梁副处长走过去，看见翟鸿儒他们已经在掘进面上往车上装矸子石了，我忙抓起一个铁锹，弯下腰去，往车上装矸石。这样反复了两次，巷道又往前进了一大截。这时候，马克尼人车来了，我看见井口大食堂的赵师傅带着人送来饺子和各种炒菜及热水。工人们呼啦一下子上去，拿起盛着饺子的饭盒，蹲在地上吃起来，吃得好香。梁副处长给我拿来一盒饺子，说：“吃吧，丫头，恐怕这是你一生中最有意义的年夜饭了。”我点了下头，端过来，学工人们的样子，用手抓起一个饺子塞进嘴里大嚼起来，忙活了半天，还真有些饿了。快吃完的时候，一个工人师傅端着一个大号的搪瓷缸走过来说：“喝吧，孙记者。”

我抬起头，看见那黝黑的脸庞上，两只眼睛闪着亮晶晶的光，再看那搪瓷缸子黑乎乎的。我接过来，喝了一口，知道是饺子汤。那师傅说："喝吧，原汤化原食。"我又喝了几口，感觉心里暖暖的。我将缸子递给他，他接过去就喝，完全没有嫌弃我。后来，在是否评我为当年的三八红旗手时，有人提出："今年的三八红旗手是不是给别人，不能年年都是她。"

梁副处长激动地站起来说："你说，哪一个小姑娘大年三十不在家过年，跑去井下和工人同劳动、同吃苦，第二天，就让劳模新纪录的事迹在矿工报上刊登出来，谁去过就换谁。"那人不吭声了。

说起来，也许有人不信，我至今仍用搪瓷缸喝水。尽管当今社会水杯已经更新换代了，我家也有漂亮的磁疗杯、青花瓷杯、水晶玻璃杯等，但我依然钟情于搪瓷缸。我的朋友到我家来，说："看你这杯子，啥年代了，谁还用啊？"说着就要给我扔掉，我急忙拦住她，把缸子放回茶几。这么多年来，一直舍不得丢掉。

没有想到，时隔四十年，榕树下雀之巢给我的征文奖品竟然是搪瓷缸。捧在手里真的又惊又喜。惊的是没想到，喜的是又一次圆了我的搪瓷缸情结。

榕树下雀之巢的社长独上月楼大姐给征文奖品确定为搪瓷缸，这一创意，让我的思绪翩跹。心由物显，物由心知。缸内浸满了欣喜振奋，思绪里放飞了所有的热情和奔放，这一瞬间找到了雀之巢里无尽的欢乐和精神归宿，精神和情感也升华了。

和副社长天山鹰谈起我的感受，他也说："搪瓷缸的确引起我们许多美好的回忆，仿佛回到了过去的岁月，无限的意境，在余香袅袅、回味无穷中绵延。”

哦，永远的搪瓷缸！

巢里乾坤大，缸中日月长。

痴迷搪瓷缸，不经意间，我就拥有了很多很多。

河边浣衣

黄昏，在农人们热闹的生活闭幕前，静静地来临。

女人吃完晚饭，利索地收拾碗筷，喂完鸡和猪，回屋从土炕上把男人脱下的充满汗臭味的衣服拣到盆里，又扯下全家人的被单、床单、枕巾和门帘子放进盆里，端起来走出屋去，来到院门前，伸出右手，用力推开梨木大门，在吱吱呀呀的门轴的转动声中，歪着身子，端着衣盆朝河边走去。

远远地，她看见，河对面大柳树下的石蓬上，已经有几个女人在搓洗衣服，一阵阵的笑声遥遥地传过来，她加快脚步，静悄悄地来到河边的一块石头上，放下盆子，抬头望一眼天的西边，那一抹晚霞挂在天空上，绚丽得像她刚结婚时化妆用的胭脂似的。女儿灿若云霞的小脸出现在眼前，那张粉红的脸白里带红。唉！天边太遥远了，那一抹红霞她只能看看而已，女儿却天天在身边，她脸上的那抹红霞她是天天看得到的。可是，女儿要出嫁了。

她摇摇头，低下头去，叹了一口气，把脏衣服倒出盆子，放盆子的时候，盆底与岩石相撞发出“当啷”一声，惊得柳树上的几只喜鹊扑啦啦地飞跑了，噢，七只喜鹊呢。她边数喜鹊边把贴在脸上的头发捋到耳后去。心想，七是个吉利的数字，看来明天女儿相亲一定顺利。女儿二十二岁了，就像一只小喜鹊，成天乐呵呵的。喜鹊在院子里天井边的那棵老槐树上跳来跳去，叽叽喳喳的，女儿从白天到黑夜围着自己转来转去的，嘻嘻哈哈地笑闹着，跟一只小喜鹊似的。如果明天女儿相亲顺利，她就要出嫁了，要嫁到百里外的王家村去，就像刚才惊飞的喜鹊一样飞走了。

她的心里涌出不舍的浪潮，像脚下翻卷着浪花的河水，眼里蒙上了一层雾气。闺女，你是娘身上掉下来的一块肉啊，你走了，娘咋受得了！唉！我一定会几天几夜睡不着觉、吃不下饭的。她狠狠地抽了一口气，把眼泪压了回去，狠劲儿地搓洗起衣服来。这时，就听见有人叫她：“张家二嫂子，你咋悄悄地杀上来了？过这边来呀。”

女人抬起头，远远地望见河那边的几个妇女在互相撩水笑闹，洗好的衣服静静地躺在盆里，她挥挥手说：“不了，我得赶快洗。”说着忙把衣服泡湿打上肥皂，一件一件地搓洗起来。儿子娶媳妇、女儿出嫁，有多少事要忙啊！她做娘的不张罗谁张罗！

女儿走了，家里除了老公还有婆婆和儿子，就算添了新人，那也冷清了不少。女人的心里空落落的，还是孩子们在身边好啊，她叹了一口气：“女大不可留啊！”

女儿的婚事是换亲。大儿子是个聋哑人，快三十岁了还没娶上媳妇。当家的就在王家村给大儿子找了个姑娘，女方家提出要让女儿嫁给他哥哥，她才肯嫁过来。她以为姑娘的哥哥肯定也是残疾人，谁知那男孩长相端正，身体好得很。女儿一见就看中了。这两门亲事，自家是不吃亏的。可怜儿媳了，嫁个哑巴。虽然，哑巴是自个儿的亲骨肉，但她还是替儿媳惋惜，想起来心里就不好受。

河面上飘荡着肥皂沫子，像是浮着一层厚厚的油腻腻的东西，一群小鱼摇着尾巴朝远处游去。她赶紧伸出胳膊捞漂浮的肥皂沫，越急越捞不到，眼瞅着被更急的河水冲走了，忙了半天，也没有捞回肥皂沫子，有米粒大小的汗珠挂在脸上，她懊恼地甩了甩手臂，自言自语：“明天不能来河里洗衣了，把水打上来洗，有肥皂沫的脏水倒远处去。鱼呀，今天对不起了。”

头顶的柳树枝上响起喜鹊的叫声，她抬起头，看见喜鹊无忧无虑地在枝丫上跳来跳去，弄得枝丫都在摇晃了，一只小喜鹊掉到不远处的草丛里，她赶紧跑过去看，树上的老喜鹊一定很着急，那应该是它的女儿吧。还没等她走到跟前，黑尾巴白肚皮的小喜鹊就展开黑翅膀扑啦啦地飞了起来，唧唧地叫着飞远了。

她想起女儿说的：“妈，我不嫁人，我要陪着妈。”

她搂过女儿，说：“傻孩子，哪有女孩子不嫁人的。再不嫁就不值钱了。”女儿哭了，她也哭了。她拿起女儿给她绣的花手绢轻轻地为她擦泪，又抹了抹自己的红眼圈。

“唉，闺女，咱俩哭啥呀，你出嫁是喜事啊。”她拿起女儿绣的花门帘子，那上面有一棵老槐树，树上有两只喜鹊并肩站着，也是白肚皮、黑尾巴、油亮亮的黑翅膀，跟真的似的，“丫头呀，你早晚得离开妈，人祖祖辈辈不都是这样的吗？”说着又有泪水溢出眼眶，她不去管它，任它慢慢地流过脸颊，手轻柔地搓洗着那个绣着喜鹊的门帘。那是女儿刚学刺绣的时候绣的第一个门帘，有的地方针脚不是很匀称，她却一直宝贝似的留着，直到女儿问她：“妈，你怎么不挂门上？挂吧，我再绣啊。咱家的门帘我包了。”她才拿出来挂上，每天都要瞅几眼心里才踏实。

她低下头去，用劲搓洗这一个被单，那是婆婆的。婆婆年纪大了，容易出汗，被单油腻腻的，她反复地打上肥皂，反复地搓洗。洗赶紧后喜滋滋地放进盆里，心想，这回婆婆盖着会舒服些。又拿起一条炕单，是公公婆婆的，油腻腻的很不好洗，她把它放进水里浸泡，泡透了才好洗呀。

她抬起头，看见几只喜鹊站在河边喝水，一边喝一边把水甩到身上去，然后，支棱着小脑袋，抖着全身的羽毛，很享受的样子。她停下手来，看着小喜鹊倚在老喜鹊的身边撒娇，又想起女儿依着她的情景，那情景多么难忘啊！她弯下身子，使劲搓洗手中的衣物。

山里的秋天透着凉意，河边的叶子一片一片染上了金色，逐渐泛开来，染透了一树的叶子，再也无处染了，就一下子红了。她抬起头，望了一眼晚霞辉映下的树林，金灿灿的，秋天真美啊！当年自己出嫁的时候，不也是这样舍不得爹娘，爹娘也舍不得自己吗？她伸了个懒腰，低头把洗好的衣物装进盆子。她看见喜鹊绕着她飞来飞去，报喜似的叽叽喳喳地叫着，和她抢着呼吸河边的空气，小鱼呢，它们游到哪里去了呢？

往家走的时候，她已经不再伤感了，得赶紧回家替女儿准备嫁妆。喜鹊跟着她，前呼后拥地护送她回家。河对岸的女人嘻嘻哈哈地嚷嚷：“张家二嫂子，你家有喜事了？看喜鹊都围着你转呢。”

她挥挥手，大声喊：“少不了请你们捧场呢。”

春　雪

春雪终于在人们的期盼中飘然而至。

置身于一片银装素裹中，欣赏那一片圣洁，平静的心竟涌出丰收的喜悦——瑞雪兆丰年。

踏上冰雪之路，脚下一滑，身子一个趔趄，差点摔倒，兴奋变成了担忧，出门时父亲嘱咐："千万别滑倒。"

从街上回来，走在通往自家楼前的小径上，忽见有人挥舞着铁锹铲雪，几百米的路径已无雪痕，一份感动油然而生。走近一看，是邻居已六十多岁的金大姐，寒风中的她只穿了件毛衣，额头上细密的汗珠在春阳的照耀下和雪花一样晶莹剔透。

"扫雪呢。"我与她打招呼。

"嗯。"她微笑着站到一边给我让路，"大家出行方便些。"

"真不好意思，就你一个人扫。"我看着路边的雪堆说。

"你们都忙，我只当锻炼了。"她抬手擦了一下额头上的汗说。

一股暖流像晶莹的白雪滋润了我的心。

正月十六是我们健身舞队歇冬后的第一次复练。下楼走出家门外寂静的街口，朦胧的晨曦中，雪泛着白色的光芒。远远地，我看见有一个人推着自行车踽踽而行。车前一把大铁锹，车后挟着一把大扫帚。我以为是清洁工，却听见她喊我的名字。走到跟前一看，是七十五岁高龄的莲姨。她去年秋才参加健身舞队的。

"你这是？"我问。

"我想把咱跳舞的广场上的雪清理一下。"她说。

"噢。"我的心又一次受到震动，那股久违了的感觉冲击着我的心脏，"这么多人的年龄都比你小，可……"我轻轻地呢喃着。

"你们住楼房的哪有工具啊！"她真诚地笑了。

到了广场，她拿起铁锹铲起雪来，我怎么要她都不肯给。看她那生龙活虎的猛劲，哪里像七十五岁的样子。我拿起扫帚把铲下的积雪扫到场边。过了一会儿，我与她换工具，我铲她扫。我们在大汗淋漓的劳动中，看见逐渐扩大的场地，想着她处处为别人着想的个性，我的心被飘飞的雪花净化了。其实。我是被莲姨的高尚情操和美丽的心灵所所净化了。

那天铲雪后，我们站在干净的广场上，随着优美动人的音乐，踏着轻盈的舞步。

谁知，第二天，天空又飘起了雪花。我去老区大药房给父亲买药，被雪花打湿了脸颊，那舞蹈着的精灵落在脸上凉丝丝的。一会儿，我的帽子和肩上就落了一层洁白的雪花。迎着春雪在街上漫步，真的别有一番情致在心头。

无风无日，绒绒雪片轻柔地飘来，似九天仙女撒下的朵朵洁白的花朵。那花朵挂在树上，覆盖在房上、路上，晶莹似玉，让人不忍心去碰它。

午后，我站在窗前，轻撩窗纱，看到雪下大了。大片大片的雪花飘飘洒洒地从天而降，带给我们一种苍凉的美。太阳出来后，雪花还在飘，那美丽难以形容。它们就那么轻轻地降落，没有方向，没有目的。走出家门时，我又一次惊呆了。雪中，我的那个邻居金大姐正拿着铁锹回来，一条干净的水泥路呈现在眼前，路的两边是洁白的雪堆。我的眼睛湿润了。

"乘雪还没化把路扫出来。"她微笑着说。

我在单元门前不知说什么好。她看见我脚下的雪，用力铲了几下。

第二天早晨。我们害怕摔跤，没有出去锻炼。当我们再出去时，广场上又是洁净的了，雪被堆在路边的草坪上。一打听，才知道又是莲姨用上午时间清除了雪。她是拖着一条有伤的腿为大家扫雪的，她的这一义举，导致腿伤犯了，那肿得很粗的腿，让人看了很是心疼。

其实，无论这个世界怎么变化，总有一些美丽的心灵如出岫的云，清爽得如新抽的柳丝，晴朗、洁净，让人的心，在希望和憧憬中得到净化。

永远忘不了这两场春雪中发生的故事，忘不了那春日雪后的黄昏，两位老人春雪般晶莹剔透的心灵，洗净了虚伪和造作，扫净了伤感和惰性，执着地闪现着深沉的情感之光，呼唤着真善美。

何处觅鸡晓

“喔……喔喔……”一只硕大的雄鸡站在高高的鸡舍上，颤抖着红红的鸡冠，昂头一阵鸣叫，农人听见后就起床下田，新的一天就这样开始了。这是中国山村最亮丽的风景之一。

“狗吠深巷中，鸡啼桑树颠。”那嘹亮的鸡鸣，是报时的钟声，一鸡先鸣，群鸡响应。“峨峨赤帻先群辈，喔喔长鸣盖四邻。”随着时代的发展，金鸡报晓已不是城里和大部分乡村报时的工具，但仍是人们不能忘怀的记忆。

钟声叮当，睁开睡眼，冬日灿烂的阳光已洒满神州大地。我们带着昨天的执着和期待，以及珍贵的回忆，伫立在城市的钟声里，开始了新的踌躇满志的生活。在温馨团聚、欢乐祥和的爆竹声中，分明已看到春姑娘在鸡鸣声中走来，绚丽的春花已散发着幽幽的清香。

没有了鸡鸣，我们在广阔的时空里，应该怎样去实现雄伟的理想和期待？在千姿百态的春华秋实中，怎样让心灵的波光热情而浪漫？

金鸡就像时间老人，注定为人们报晓。

头上红冠不用裁，满身雪白走将来。

平生不敢轻言语，一叫千门万户开。

小时候，住在辽西老家的小山村，家里养了一大群鸡。我常常帮助妈妈拌鸡食，看着鸡拼命争抢食物，心里总是盼着它们快长大、多下蛋。鸡蛋、鸡肉的味道，在那个物资匮乏的年代是很诱人的。看着鸡吃得香，我心里就别提多高兴了，每次都是快步把水端来，放在鸡食槽边，心满意足地伫立在那里，看吃饱后的鸡喝水的样子。

平时，顽皮地拿个小木棍伸进鸡窝，逗得鸡咯咯乱飞，我也高兴得又蹦又跳，给鸡挨个起名“小金星”“大冠子”“杜鹃红”“小白鸟”“曹操白”等。说来也怪，每当有强壮的鸡调皮，欺负弱小的鸡，不让它们吃食，或啄它们，我就叫着它们的名字训斥，它们就会老老实实的了。

那时家里喂鸡，是为了吃其蛋、肉，有时也用其换油盐酱醋、针头线脑什么的。我常常跟着妈妈去集市卖鸡蛋再买回所需要的东西，还跟着妈妈四处寻找爱丢蛋的母鸡，为了让它们恋自家的窝，把下蛋的鸡窝铺上柔软的细草，看着它们趴在暖暖的草窝里下蛋，心里就非常高兴，往往不等它们暖好蛋，就伸手把热乎乎的蛋从鸡肚子下掏出来，惹得母鸡咯咯乱叫，狠劲啄我的手。我抖着被鸡啄疼的手，大声叫着妈妈，妈妈忙跑来，一把把我拽到她的身后，一边用棍子拨凶神恶煞地护着蛋的母鸡，不让它们再扑上来。一边安慰我说：“妞，别怕！”

我忍着痛，龇牙咧嘴地让妈妈看我又红又肿的手，说：“妈妈，鸡妈妈好坏！”

妈妈笑了，说：“谁让你去招惹她的孩子？”我低下头不吭声了，想想也是，鸡妈妈护蛋也是母爱，挺令人感动的，谁还会忍心再去惩罚它们呢！这时的妈妈满脸慈爱地为我洗手，用热水浸泡毛巾后，将毛巾敷在我的手上，让我以后千万别再去招惹鸡妈妈了。晚上，妈妈煮了鸡蛋给我吃，吃了鸡妈妈的宝宝，我还真的有点不好意思！

大年初一的早晨，我和妈妈来到院子里，用木棍画一个大圈，逢有雪的日子，我会用扫帚清理雪，再把米撒在圈内，把鸡从鸡笼子里放出来，鸡就撒着欢地跑进圈子啄起米来。那只红羽毛大冠子的雄鸡望着黄羽毛的母鸡咕咕地叫着，献殷勤地将米啄起，又放在地上，看着它心爱的黄母鸡吃，不时轻轻地啄黄母鸡脖颈上的羽毛，高兴地在母鸡的前后左右地跳着。黄母鸡便撒娇般依偎在雄鸡的身边，心安理得地吃米。看到这一幕，我的心，也会被小动物的爱情所感动，再撒一把米，让它们吃个够。

最让人感动的是母鸡抱窝。妈妈找出一个大筐，铺上细软的嫩草，放在炕头的角落里，选出最好的蛋放在筐里的草上，然后把母鸡抱进筐里，浑身火热的母鸡就心满意足地爬在筐里的鸡蛋上，不再出窝，专心致志地孕育它的下一代。我去给它喂食喂水，它会用温情的眼神看着我，咕咕地叫，然后才吃食喝水，像是在感谢我一样。当我顽皮地将手伸进它的肚皮下摸鸡蛋，想看看是不是有了变化时，它立即狠狠地啄我的手，直到我知趣地躲开，它仍警惕地做随时战斗状，喉咙里发出咕咕的叫声。它的母爱，正像高尔基说的：“爱孩子，是连母鸡都会的。”

二十八天后，奇迹发生了，母鸡不停地咕咕叫着。再看它身下的蛋，有的蛋壳已被里面的小鸡啄破了个洞，洞口在逐渐扩大，先是钻出湿漉漉的小脑袋，不到半天工夫，黑黢黢湿漉漉的小鸡就出壳了。母鸡轻柔地啄小鸡身上的湿羽毛，梳理着，像是在给它的孩子做出生后的洗礼。看着还没破壳的蛋，母鸡耐心地等待，绝不帮小鸡弄破蛋壳。两天后，全部蛋壳都破了，小鸡叽叽地叫着围在母鸡的身边。

我和妈妈拿米喂母鸡，母鸡慈祥地望着它的孩子们，啄起米又放在地上，咕咕地叫着——它在教小鸡啄米。几天后，母鸡昂首阔步，率领它的孩子骄傲地在院子里散步。她绝不容许任何异物侵犯她的孩子，不论是猫还是狗，只要靠近鸡群，它随时准备对来犯者进行还击。夜晚，雏鸡钻进母鸡的羽翼下静静地睡了。

那年，我家搬进县城，在艰苦的生活中，妈妈总要养几只鸡。刚开始是买小鸡，后来也让母鸡自己孵小鸡。记得有一次，卖鸡雏的人说，他带来的鸡雏都是母鸡，妈妈就信了，买来养大后，却都是公鸡。此后，妈妈在买鸡雏的时候，都要千挑万选，仔细辨认。小鸡长大后，她留住母鸡，挑一只雄壮、声音嘹亮的公鸡留下，其余的公鸡则全部杀掉。她在窗户朝阳的位置垒了个大鸡窝，窝上再垒几个下蛋窝。为了让鸡能多下蛋，给我们姐弟增加营养，她每天到市场拣菜帮子，回来把菜帮子剁碎，掺上谷糠拌匀，咕咕地叫鸡吃食。鸡下了蛋，她舍不得自己吃，除我们姐弟三人吃外，剩下的就放在小筐里，等攒到十几个时，她就洗净放到锅里煮，然后让我们给奶奶送去。每隔十天半月，我和弟弟或姐姐就拿着妈妈给奶奶煮的十几个鸡蛋去看奶奶。

那时，做着厂长的父亲每月收入只有四十五元，养着五口之家，生活的艰难可想而知。一个月也不见荤腥，而鸡蛋对于我们就是最好的营养品了。当时妈妈的身体不好，患着支气管炎和肺气肿，急需补充营养，我却从来没看见她吃一个鸡蛋，养了几只鸡却只想着我们兄妹和高龄的奶奶。我长大后听说，妈妈做媳妇时，没少受奶奶的气，就说妈妈傻，为什么不知道心疼自己。

妈妈却说："你奶奶养育了八个儿女，也不容易。再说，看在你爸的面子上，我也要孝敬她老人家。"这就是善良的妈妈。我十九岁那年得了肺病，整个人骨瘦如柴，边工作边治疗。妈妈怕我吃不消，每日给我煮两个鸡蛋，那是当时最好的营养品了，同样病着的妈妈却舍不得吃一个。

鸡年正月十五花灯展中，看到最大的灯是一只芦花雄鸡，它站在灯展显眼的地方，被里面的灯光辉映得栩栩如生。那雄鸡让我浮想联翩。上小学后，学了一篇课文，叫《高玉宝》，里面的故事也与鸡有关。地主周扒皮为了让长工多干活，半夜钻进鸡窝学鸡叫，结果被聪明的长工把他当作偷鸡贼地狠狠打了一顿。

我喜欢鸡，一个和鸡有关的故事至今让我不能忘怀，每次想起，都要大笑。1984年春，我参加广播电视大学入学考试，设有考场的小学离我家有半里之遥。上午，我顺利地考完语文就回家吃午饭。饭后，换件衣服再进考场，准备考数学。开考前的几分钟，监考老师检查准考证时我才发现，我的准考证在换掉的衣服口袋里，忙向老师请示："你在上堂考试已经认识我了，我不是替考，不回去取准考证行不行？"

监考老师说："不可以，没有准考证不行。"我一看，非回去取准考证不可了，忙奔出教室，老师冲着我的背影说：“开考后半个小时内有效。”我连头都没回，几步冲到大街上。经过闹市时行人见一位三十多岁的女人狂奔，非常惊讶，我哪里还顾得上这些，只顾拼命跑。当时还没有出租车，一心只想快去快回，因为半个小时后不能回到考场，就会被取消考试资格。跑进家门前那条长长的小巷时，一群鸡正在悠闲地散步，看见我跑来，大惊，片刻就飞到墙上树上，“咯咯……喔喔”叫成一片，扑腾起阵阵尘土。我开门进屋，以最快的速度抓起衣服，掏出准考证，又奔进巷子，那只金红羽毛的大公鸡站在墙头上，看见我跑来，立即抖起鸡冠，一副要与我拼个你死我活状。我哪里管得了它，一路奔去。等我赶到考场，还差五分钟开考。我满脸大汗地坐下定定神，开始答卷，顺利地考上了广播电视大学。

住进城里的高楼大厦后，我们不再养鸡，不再听金鸡报晓。鸡报时的时代离我们越来越远。我买了一个上弦的金鸡闹钟，每当报时铃响起时，红羽黄毛的鸡就不住地磕头，我就想起唐代徐夤的诗。

名参十二属，花入羽毛深。
守信催朝阳，能鸣送晓阴。
峨冠装瑞璧，利爪削黄金。
徒有稻粱感，何由报德音。

远离了柴桑门扉，我们的心却留恋田园风光，盼那鸡鸣再次响起。

金鸡鸣叫了，天已大亮，难道我们还不该开始新的跋涉吗？时代在进步，我们对于没有鸡报时的时空，大概都已赋予了崭新的意义吧！

元宵的味道

我喜欢吃元宵。

那透明的圆圆的吃食，入口是浓浓的蜜糖香，在嘴里软糯甜腻，那种味道难以言述，连呼吸吐气都如兰香。这让我想起大门口那副鲜艳的红春联“除夕除旧，春节春临”，在大红浓烈的滋味中，遒劲的墨迹带着无限的绿意姗姗而来，像老屋后墙根杂生的毛毛草和三叶草。

今年闹胃病，实在不宜吃元宵，因为这吃食是糯米做的，有黏性。母亲生前没少叮嘱我，胃不好，少吃或者不吃黏的东西。随着噼噼啪啪的鞭炮的炸响，春节很快过去了，元宵节来临了。我决定，为了自己的胃，今年不买元宵了。走在街上，年味正浓，红对联、红窗纸、红灯笼，红红火火的一片。红得似火，红得浓烈。正月十五应该是年的又一个高潮，满大街的喜庆气氛，飘荡着团团圆圆的味道：大红灯笼高高挂，映出团圆笑脸庞；彩色元宵热腾腾，现出团聚好年华。

正月十五这天，早起去市场，看见卖元宵的摊位一家挨一家，摊位上方挂着“现做元宵”的字样。卖元宵的商贩站在一个类似搅拌机模样的机器前，里面一个个晶莹剔透的白色小元宵正翻滚着，摊位上摆着十几个敞口纸盒，里面装着加工好的各种馅料的元宵，有五仁的、枣泥的、草莓的、菠萝的、芝麻的等，心里骚动起来，买吧，吃一顿也不见得把胃吃坏。在侥幸心理的支配下，终究没有抵挡住元宵的诱惑，买了一斤五仁和黑芝麻馅的元宵，美滋滋地回到家。

这天晚上，月光如水，我穿着碎花棉睡衣，舀了水倒进锅里，然后，打火，看着旺燃的火苗，一种幸福感油然而生。待水烧开后将元宵下到里面。旋即跑到客厅，打开音响，贝多芬的《月光鸣奏曲》回荡在屋子里。我站在炉灶前，等待锅里沸腾。终于煮至汤白白的、黏黏的，锅里飘出阵阵香气。我拿起不锈钢汤勺，舀起一个个元宵，盛到碗里，又盛了些汤，放几片菠菜叶子作为点缀，然后迫不及待地拿来筷子，将一个元宵拦腰夹开，破裂的元宵立即流出褐黄色的或者黑色的糖液，那褐黄色的是五仁的，黑色的则是黑芝麻的，不论是五仁还是黑芝麻，都与红糖紧密纠缠，像一场生死之恋。赶紧吸溜着嘴，吹了几下，避开热烫，咬一口软糯、甜腻的元宵，立刻满嘴喷喷香。

我七岁那年，正月十五的时候，母亲早早起床，炒了自家种的葵花籽和南瓜子，叫我和姐姐剥皮，然后，她把炒熟的瓜子放进捣蒜缸，捣得细碎，把家里仅有的一点红糖倒进去，捣了几下，攥成小团，放进盛着一点糯米粉的竹编笸箩里摇动，左三圈，右三圈，直到一个个小元宵成型。她点燃炉灶，将元宵下到锅里，沸水里，小元宵晶莹剔透。

父亲则点亮大门口的大红灯笼和土屋内的彩灯，瞬间，土屋里温暖、恬静，华光流转。

我们姐弟接过母亲递过来盛满元宵的碗，欢呼着："吃元宵啦。"看着小小的元宵，全家人团团圆圆地围坐在一起，真是幸福。看月亮、吃元宵，那元宵的味道也就非常香甜了。

饭后，土屋内灯光微弱，窗外月光如水。父亲问我："知道元宵的来历吗？"

我摇摇头。

父亲说："元宵节是中国的传统节日，在两千多年前就有了。赏灯、吃元宵的习俗始于东汉明帝时期。那一盏盏精巧、多彩的灯笼，是春节期间娱乐活动的高潮，吃元宵也就成了一种习俗，一直延续至今。"

"那为啥叫元宵节呢？"我穷追不舍地问。

"哦，这里有许多传说故事，相传很久以前啊，有个名叫元宵的姑娘，被选进皇宫做侍女，因为长年见不到父母，要自杀，被宰相救起，为了让元宵姑娘见到亲人，他用计骗过皇帝，说是为了辟邪，十五的晚上皇帝要点亮灯，煮元宵给百姓吃。这样，元宵夜，所有的百姓都到皇宫前吃元宵，元宵姑娘如愿以偿地看到了父母。"

"哦，真是个美好的故事啊！"

当我想到这里时手机响了，原来是一条短信息：

圆圆的元宵圆圆情，

圆圆的十五圆圆梦，

圆圆的月亮圆圆镜，
圆圆的佳节圆圆庆，
圆圆的真情圆圆升，
圆圆的祝愿圆圆成，
祝你元宵节快乐！

碗里的元宵、朋友的祝福，像轻风夹带着浓浓的深情把我包裹起来。

此刻，我看到，雪花拉着春风的手，裹着梅花的香，踏着春歌的鼓点，和着中国梦的节拍，以空灵静美的神韵，徜徉在欢腾的人海之中。

Part 2：朝花夕拾

一个人总要走陌生的路，看陌生的风景，听陌生的歌，然后在某个不经意的瞬间，你会发现，原本费尽心机想要忘记的事情，真的就这么忘记了。

独自过年

一

琴打来电话说：“到我家过年吧。”

此后，我又接到许多亲朋好友的电话，都是邀我去他们家过年。

每逢佳节倍思亲，何况是一年一度最盛大的节日呢！全家老少亲亲热热地围在一起过大年的情景，像发烫的故事，停泊在我的记忆里。

经过反复思考，我还是谢绝了亲朋好友的好意。不是不喜欢热闹，在合家欢乐老少团聚的日子，我为什么要插足别人盼了一年的融融的气氛中呢？

还是一个人过吧！家里除了家具，就是白色的墙壁，映着我孤独的身影。

人生无常，时光荏苒，叹世事沧桑。在似水流年的尘世喧哗中，我至爱的双亲先后去世，留下我一个人在孤独寂寞中默默地走剩下的日子。怀念和哀思时时都在撕心裂肺般地灼痛我的心。我无论如何也不能忘却，母亲的深情守望和父亲的谆谆教诲。没有他们，我一个人如何去承受那难以割舍的情结，怎能减去日趋浓烈的思念？那永远的怀想，恍若一根无形的藤蔓掠过心灵的湖面，荡起圈圈涟漪，何况父亲走了还不到两个月！

“谢谢！”我放下电话，倚在窗边遥望远方。

二

一个人过年也要快乐，也要融进那红红火火的喜庆气氛中去。

不再去为逝去的双亲而悲伤，至少，这几日不要。琴对我说：“新年时，千万不要哭泣，否则一年都不顺。”父亲活着的时候也曾说：“父母不能跟你一辈子，我希望你能快乐。”我知道，此刻，我至爱的父母亲，一定在天堂柔情地望着我，为了他们，我必须快乐！

也不再去想那个让我既爱又恨的人，不堪的苦痛已没有任何价值。人到中年的我，已不能再做梦。我的高傲，已跌在印着那个人足迹的土地上，也许，得不到他的爱，恰恰才是得到了。

更不要再去想那些不公正的往事，不再想那令人愤愤不平的烦心事，让懊恼和忧愁远离我。

我像一只涅槃重生的凤凰，绝望的生离死别唤醒我对生活的无限眷恋，飞越凄冷的巢穴，驮着人世的沧桑更迭，在如烟的往事中振翅飞翔。

街上人声喧闹，车辆川流不息。我拉着琴的胳膊，躲过飞驰的车辆，穿过人流和货摊，顶着刺骨的小北风，穿行于年味十足、披红挂彩的大商场和露天市场中，嘴里呼出的白色热气让心雀跃起来。我们大呼小叫地讨价还价，满不在乎地花钱，那姿态，潇洒得像个亿万富翁，又像过了这个年就不再过日子了。

终于，我们提着年货满载而归。回到家，将货物堆满地板，有新鲜的肉类和蔬菜，还有糖果、衣物。反正，除了鞭炮外，什么也不缺了。

哇！一个人过年，物资这么丰富！

爸、妈，如果你们还在，我们一起过年，该有多好啊！这样想来，眼圈又红了！

三

我早已做了打算，年前的三天不看书，也不写东西。除了彻底放松精神，就是准备年货、打扫房间、清洗被褥和衣物，剩下的时间就玩。后来，有朋友问我："一个人玩什么？"

我回答说："坐在床上捡扑克或在电脑上玩游戏，自得其乐呗。"

累了两天，房间焕然一新，心情也豁然开朗，哼着小曲，唱着京剧，在房间里走来走去，空气是一种模糊而又熟悉的清香。

一个人过年怎么了？照样快乐！

一个到中年的女人，没有家庭，没有孩子，刻骨铭心地爱着一个人，又总是不能如愿。在事业道路上，又总是遭到各种打击。难道，这不是失败的一生吗？

长期以来，我总是陷落在这样巨大的人生悲哀中，心中回荡着一种难以描述的忧伤。在这样一个令人窒息的氛围里，童年和父母在一起过年的记忆霎时重现在眼前。那是多么温馨而又幸福的一幕啊！

这时，窗外的阳光变得柔和起来，我那小小的空间也瞬间明亮了。我好像走进了另一个世界里，在那里，时光滞留不前，我心里的忧伤也变得甜蜜美丽起来。

四

终于，年三十到了。早起，我打扫完房间，手机就嘀嘀地响个不停，不断有贺年的短信过来，每接到一条，心都愉快一次。

“爆竹砰、砰、砰，响响辞旧；金狗汪、汪、汪，声声迎新！大外甥祝您狗年，精力旺财运旺事业旺！每月都有好收入，每天都有好心情，每早睡到自然醒！新年快乐！”

远在外地的大外甥的短信让我很高兴，我赶紧把诗妹发给我的短发过去：“除夕的钟声响了，纷纷飘落的是心灵的祈愿！让我的祝福如日之升、如月之恒，永远带给你喜悦！让欢乐散播在你的四周！拥有每一天的幸福！”

这一天，我忙得团团转，收到四十多条短信、无数个电话。我一边收发短信和接打电话，一边准备年饭。电话接打爆了、短信收发爆了，晚上充电的手机不到一天就没电了。

中午，我为自己做了四菜一汤：糖醋猪排骨、苹果炖鱼、虾仁焖油菜、白菜炒黑木耳、冬瓜梭鱼汤。在邻家的爆竹声中，一个人有滋有味地吃起来。给自己倒一杯干红葡萄酒，自斟自饮，独自吃了一顿年饭。个中滋味，恐怕这一生也不会忘记。

饭后，我把饺子包好，一个人在满城不间断的开锅似的爆竹声中睡去，为的是守夜。

觉也没睡好，总有来电铃声和短信提示音响起。蒙眬中，感觉春天来临了，那深深浅浅、红红白白、粉粉紫紫的花开了，我在那条路上朝前走去。

是得朝前走，人生就是如此。尽管只有我一个人，尽管走得很慢，但要朝前走。

我坐在沙发上，手拿遥控器，与千家万户的人一起看春节晚会，我不时地爆发出笑声，这时的我并不孤独。我笑的时候，那千家万户的人也一定在笑，那个我爱着的人，也在笑吧。

五

初一早晨，我在一阵高过一阵的爆竹声中醒来时，太阳已经出来了。伸了个懒腰，窗外风轻云淡，好一片温馨景象。

吃过早饭，坐在梳妆台前认真地化妆。然后，找出年前购来的衣服穿上，把自己打扮得光鲜靓丽。站在镜子前左看右看、上看下看，那个体形不错的人就是我吗？这不还像年轻人一样健美吗？那脸上的笑容里有无限的期待。感谢这面镜子，让我有了自信。

休息了三天，真的不能再耽搁了，忙坐在书桌前，拿起书，如醉如痴地看英国现实主义作家狄更斯的著作《雾都孤儿》，渐渐地进入那跌宕起伏的情节中。

2006年的春节期间，我读了三本书、两本杂志，写了近三十首自由诗。我在众多亲朋好友的关爱下，愉快地度过了这个永生难忘的节日。

谁还会说我孤独？

读书写作累了，我就站起来，在屋里徘徊，边走边唱：“涉江采芙蓉，兰泽多芬芳……采之欲遗谁，所思在远道……”唱的时候，已没有了惆怅与悲伤，我已感觉到春天拂面的风在空气中飞行，那个开满桃花、杏花的景色就在眼前。

那么，不管前面的道路怎样坎坷和艰难，我也不会有遗憾了。

寂寞是一个人的狂欢

腊月二十九的晚上，我依窗独望，看见外面大雾弥漫，朦朦胧胧的雾气笼罩着滨海小城，灯光费劲地透过雾，顽强地将光芒散发出去。路上没有一个行人，偶尔有车辆小心翼翼地穿过，两个车灯像两只猎狗的眼睛，贼亮贼亮地穿透雾，天地之间静得连心跳都听得到。想起那句老话："下雾不过三，过三十八天。"就是说，下雾三天就会有雨雪，如果三天不下，就得等十八天以后了。入冬以来，还真的没有痛痛快快地下场雪呢，太阳整天高高地挂着。

一夜睡眠，已养足精神，睁开眼，天已大亮，房间里也洋溢着节日的气氛，空气中飘浮着很小的灰尘，眯眼看着这个喜气洋洋的世界，听着窗外噼噼啪啪的鞭炮声，待在被窝里不肯起床。但是想到今天已经是大年三十了，便一跃而起，穿衣洗脸、整理房间，然后到厨房给自己做了一碗炸酱面，就开始准备中午的菜，洗了鱼、切了肉，很快就把青菜准备好。把几样切好的素菜放入盘中，又泡上饭豆，站在厨房，仔细盘算还要做点什么，竟然没有往窗外看一眼。

窗外是什么样的景致？

自从父母相继去世后，我就一个人过年了。一个人好过，吃得不算马马虎虎，但也不怎么好，因为一个人做太多就得顿顿吃剩菜剩饭，不如少做、常做。随着年龄的增长，对于过年，已经无所谓了，不像小时候，总是盼着过年，天天撕月份牌，算着还有几天过年，那种期盼真的很幸福！那时日日盼着贴窗花、对联；盼着穿花袄、戴头花；盼着吃饺子、吃黏豆包和大枣糕；盼着拉着妈妈的手，去给叔叔大爷们拜年；盼着骑在父亲的脖颈上，到街上看大秧歌。

现在，别说吃饺子，想吃什么都有。刚进入冬季，市场上就有卖黏豆包和大枣糕的，大枣糕上面，除了大枣还有小红豆、芝麻及红丝、绿丝，切一片下来，各色相间，好看又好吃，逗得馋虫直打滚，不由得让你掏出钱来买上一块，咬上一口，闭上眼睛品味道，摇着脑袋叫好。饺子馅更是花样翻新，韭菜、酸菜、芹菜、白菜、猪肉、羊肉、牛肉或者驴肉，想吃什么馅就做什么馅。今年的年夜饺子我就做了四鲜馅：猪肉、韭菜、白菜和虾仁，好吃死了。现在的平常日子也像是在过年，那么，谁还盼年？年，也就失去了吸引力，没有了盼头，心态就平和多了，不急不缓地过着日子，但年终归忍不住，自己悄悄地来了。

天长等世事化云烟，地久待沧海变桑田。每年过年，如何打发日子？

过年这几天，倒成了我的工作日，做几道菜，吃饱喝足，把屋子收拾得亮堂堂的，就一个人在坐在电脑前写东西，两耳不闻窗外事，一心只想好文章。往往这几个假日特别出活，灵感来了挡也挡不住，佳句像泉涌一样。我的许多作品就是过年期间写出来的。比如，散文《女人与长城》、组诗《冬天的幻想》和《冬天的歌吟》，还有中篇小说《修鞋匠老杨的罗曼蒂克史》和短篇小说《开门》等。今年过年，姐姐和弟弟及远在大连的堂妹雅丽，都叫我去他们家过年，我没有动心，还是想利用这几天写点东西。我的长篇小说《火鸟》已经写了八万多字，我想接着写，大好的时光不能浪费掉。

淡泊知诗味，寂寞著文章。我知道，亲戚朋友们是怕我寂寞，可谁会知道，当我沉浸在文中人物的喜怒哀乐时，是怎样的快乐！

曾经以为自己不会被寂寞打败。一个人的日子里，方知寂寞是一种瘾，戒不掉。当悲伤的泪水滑过苍白的脸颊，是否可以接在掌心，开出坚强的花？

今年的除夕，格外填了道彩，给我惊喜。

正在网上奋笔疾书，小麦草的头像动了，打开对话框一看，她说："出去拍照吧，景太美了！"那红色的字，像鱼一样摇头摆尾地看着我。

我抬头，窗外似是阴天，站起身，依窗一望，所有的树梢都挂上了银色，那树成了名副其实的银树。雾凇，北方人也叫树挂！我立即跳起来，关电脑，穿衣服，胡乱地收拾一下头脸，找到照相机，拿了两件衣服，就飞奔出去，凛冽的空气，每次呼吸都感觉身心被洗涤了一般。跑到集合地点，朋友已在拍照了，树木、小河、楼房，还有远处的山峦，都笼罩在朦朦胧胧之中，天地一片苍茫。

小麦草说：“快！站到那片草地上去。”我一看，空旷原野上弥漫着幻觉与雾气相融的光芒，使人产生一种隔世的错觉，所有的景物都笼罩在雾霭里，视野之中的背景是一棵繁茂的大树，树枝被晶莹的白色雾凇所覆盖，这是一棵好看的银色的树。我急忙跑过去，站在它的前面，却发现裙子穿反了，很是羞愧，还好是黑色的裙子，不容易被人看出来，照相也肯定不会有人发现。换了一处风景，看见朋友的白帽子好看，就带上拍照，照完一看，穿着米黄色的獭兔上衣，戴一顶白色的绒线帽，简直不伦不类。

“哈哈……”我和朋友们笑岔了气，树上的雾凇也被震得哗哗下落。

“下雪了！”我欢呼起来，孩子一样地蹦蹦跳跳。

等我们照完了相，赶回家时，雾凇在太阳光下，渐渐地融化掉了。我闻到了春天的气息，伴着泥土的味道迎面扑来。

在这个寂寞而明媚的早春二月，我从单薄的时光里打马而过，穿过雾凇，穿过寒风，穿过时隐时现的悲喜和无常。

一个人总要走陌生的路，看陌生的风景，听陌生的歌，然后在某个不经意的瞬间，你会发现，原本费尽心机想要忘记的事情，真的就这么忘记了。

除夕中午的饭，一定要有滋有味，哪怕就我一个人吃。我开始在厨房里忙碌，阳光很好，雾凇化去。我穿梭在厨房、客厅和卧室间，突然，脚下一滑，险些跌倒，恍惚觉得有什么东西从脚下飞出去，细看，棉拖鞋里竟然飞出一块硬纸壳，扒开鞋底开线处一看，棉拖鞋底的夹层竟是纸壳填充的！真是很倒胃口！换了一双带鞋跟的新棉拖鞋，红色的腈纶绒绒面鲜艳、喜庆，脚面上粉色的圈子里，有两个红色的绒线编织的大字“如意”，写得龙飞蛇舞，煞是好看。

边做饭边构思一首诗：

来吧，春的火焰
我在婉约的诗意中呼吸
在篝火的跳跃中击缶
吻着阳光的花
埋葬了我

以至于吃饭的时候，竟没看菜是否上全，就一个人在诗意中开始除夕的午餐，正吃着，有电话进来：“喂！吃什么呢？”是飞花仙子，“有鱼吗？过年不能少了鱼，年年有鱼！”

我看看餐桌，我的鱼哪里去了呢？

左右寻找，都没有发现，我明明做鱼了啊！愣了片刻，突然，猛地拍了一下脑门，跑到灶上，揭开蒸锅，端出了我的醋喷鲤鱼。哈哈……自己笑，真是傻了，被一首诗弄傻了。原来，我先做的鱼，怕凉了，就放在蒸锅里保温，因脑子里全是春天的火焰，竟然忘了端出来。

晚上出去遛弯，回来时，把脚伸进那双漂亮的棉拖鞋的瞬间，忽然发现，鞋里黑黑的，心里想，坏了，说不定马上就要飞出纸壳片子了，这什么质量啊！沮丧中，穿鞋，然后靠着沙发看电视，一股凉气顺着腿爬上来，站起身去烧水，在睡前要美美地泡个脚。水很快就烧好了，把拖鞋脱掉的一瞬间，我看见一团绿色的东西掉在地上，捡起来一看，哈哈大笑起来，原来我错怪了鞋厂，不是鞋子坏了，那团绿色的东西是两个绿气球，是我买给姐姐的小孙女的，奇怪！它怎么跑到我的拖鞋里了？太有趣了！

寂寞空庭锁深冬。在这喜庆之时，在这冬去春来的美好时刻，我的快乐是寂寞的，寂寞里的开心像雾凇一样晶莹、透亮。有一首歌这样唱：“狂欢是一群人的孤单，孤单是一个人的狂欢。”尘世的喧嚣和明亮、快乐和幸福，如清亮的溪涧，在风里，在我眼前，汩汩而过。我没有奢望，只想享受寂寞，我的尊严、性格，都在寂寞里生根、发芽，还将开花结果。

寂寞也是一种明白。

桃花雨

晨起，桃花的香气伴着雨丝从窗外清清爽爽地袭来，激起阵阵醉心的舒畅。暮春的太阳不会再出来，它已经被云拦在了后面。将头探出窗外，小区院内的小径一片湿润。

有一个年轻的妈妈牵着一个四五岁的小女孩走进桃花雨的世界，突然，我的心被惆怅所笼罩，我多想有个女儿，多盼望她蹒跚着奔向我，牵着我的手，一起奔向桃花雨中。而一切不过是幻想。爱人走过来说："我们一起走走吧。"

我们踏着石径向飘着花香的方向走去，沐浴着桃花雨。这正是春雨潇潇桃花盛开的季节。我在雨帘里，任丝丝缕缕如牛毛、如花针、如春姑娘柔柔的发丝的雨轻拂在脸上，飘落在头发、肩臂上，轻轻、软软的，尽情享受春雨的抚摩，凉凉的。

我知道，欣赏桃花雨的人一定不少。城市生活久了，心思早被那分喧嚣、拥挤、匆匆所占据，难得有心情和空闲。寻觅一方净土，与天地日月、山水静静地低语，简直是一种奢侈。怀着这样一份痴想，我牵着爱人的手踏进龙湾公园，迎面便见到十多株桃树。那树的花枝缤纷灿烂，恍若闪动着女儿的脸。好像只要细听，就能够听到花的娓娓细语，时而还夹着欢快的笑声。

是的，那如女儿般的桃花，亭亭地立在雨中，被缠绵而娇羞春雨亲吻着，任花瓣上小雨珠嬉戏。一阵微风吹来，桃花恋恋不舍地摇落雨珠，却被雨珠把洁白的花瓣染得通红，好像在骄傲地告诉人们："桃花开了，春天就来了。"

桃花其实是春天的魂，雨则给春天添了一分情。我常到那桃花盛开的公园和路边去看桃花的芳姿，寻觅桃花雨的魂魄。从四月初到月末，整整一个月，那香气沁人心脾。你若仰起脸，便觉得那馥郁的芳香是从天上泻下来的；你若眯起眼，那蒙蒙雨雾和满是花蕾的桃树，好像一首爱得痴迷的音乐；你若幻想，便能感受到女儿花骨朵般的小嘴亲吻着你的脸颊，执着而纯洁的相思在你沉静的心灵中轻拂。你看，桃树下那一对对不舍离去的人，正是被这桃花雨般的相思勾去魂魄了吧!

啊，桃花雨，你美丽多情，让人与天地万物亲近；你清凉缠绵，让我与梦中女儿招手低语。

走在桃花雨中，我看到的更多是匆匆的脚步，只留下单调的滴滴答答声和桃花的倩影。桃花雨，你不要怨人们无情，如今的时代，人们只能在短暂的空闲时间欣赏你，你的缠绵与柔情已经拂去人们心身的疲惫了，你的执着与洁净已经为人们注入踏实与奋斗的生机，这就足够了。

我擦了一下湿漉漉的头发，捧起爱人给我买的一大束桃花，把它伸到雨中，我将把它插到家中的花瓶里，吻着它散发的香气，牵着梦中女儿的小手，用这不错的心情，开始一天的写作，酝酿着梦中女儿的模样，让那串桃花雨中的脚印留在心里，留在梦中。

夏日海滩

赶海去。

仿佛听到海的呼唤，于是，在夏日的某一天，朝海滩走去，欲扑进海的怀抱。

等我赶到海滩，已经是上午十点了。蔚蓝的海涌起浪涛，不断亲吻着金黄色的沙滩；五彩缤纷的太阳伞，如盛开的鲜花，在海风的吹拂下，徐徐展开，伞下的情侣们，或小憩或背上救生圈，准备扑进海的怀抱；一群少男少女穿着泳装，赤脚在沙滩上飞奔，青春健美的躯体，经海水洗浴，闪着黑黝黝的光。海滩上印着情侣的脚印，使我不禁觉得自己形单影只，与这浪漫的情调有些不相称，心中不免涌起忧伤，但大自然所展示的美，让我很快忘掉了低沉暗淡的情绪，融入这浪漫、愉快、神奇、有趣的图画中。

于是，我将目光转向那万里碧空。

“租浴衣吗？”一位中年妇女走到我身边，手里拿着花花绿绿的浴衣。

“不！”我从遐想中回过神来，目光移到海滩的深处。

海浪的歌声清脆悦耳，以它深深的恋情，不断地亲吻海滩，亲吻人们的躯体，亲吻孩子们的脚丫。我漫步于海滩上，任凭海浪一次次地爬上海滩，抚摩我的脚，打湿我的裙摆，我兴致勃勃地弯下腰去，拾起贝壳、紫菜和海白菜，一会儿，衣袋便满满的了。

我提着大海馈赠的礼物，坐回海滩，遥望远海，只觉得海天一色。眼前波涛荡漾的海水，让我想用被感悟的心，亲吻一下脚下的沙滩。

我该走了，留下数行孤独的脚印，逐渐伸向远方，耳边仍然是海浪的情歌。我知道，我已经融进海的怀抱了。

留下美好瞬间

深秋一个阳光灿烂的日子，我们健身舞队的姐妹相约去照相。

上午九点，三十多人身穿红色运动衣，神采飞扬地来到龙湾公园，天气出奇的好。大家三五成群，牵着手，说说笑笑地走进敞开胸怀的大自然，置身于秋景之中，不仅生出又是一年芳草绿又是一年橙黄时的感慨。极目眺望，园内绿色一片，秋菊正盛，串红耀眼。小路旁的树丛里，片片红叶如流霞。假山前一泓碧水里金鱼在悠闲地畅游，远处的群山在清爽的空气中绰约。“陵岑耸逸峰，遥瞻皆奇绝。”这是谁的诗？此刻，我在心中默默地吟诵。

“快来呀！”杨姐牵着我的手，跑向前面那片绿茸茸的草地，和另外几个姐妹或坐或蹲在绿毯般的芳草上，甜甜地笑着，仿佛一下子年轻了许多。红衣绿草衬着当年的俏佳人，真是美轮美奂。深入静谧的园林，一路走来，我们的心像一挂风铃，随风摆动，激起了年轻时代的回忆。我抬眼望向天际，白云恬淡悠然，秋风的吹拂别样轻柔，我真想卧在这绿毯上，享受收获后的喜悦，品味繁华的凋零。

接着，我们的教练提出照张合影。于是，我们这些年近半百和已近或已年过古稀之人，互相搀扶，来到假山前，相拥站在一起，甜美地微笑着，我和几位姐妹爬上一块巨石或坐或站，面对镜头，摆出各种姿势。快乐的女士中，有三位年长的老大哥静静地站在叽叽喳喳的娘子军旁。这是我们健身舞队仅有的三位男性，年龄最大的已经七十五岁了，他们坚持跳健身舞已十几年了。随着摄影师璐璐“一、二、三”的喊声，这三位老大哥也和我们这些娘子军一起大喊：“茄子！”我们高兴得像一群孩子。

玉月桥上、湖边亭前、曲径通幽处，姐妹们灿烂地笑着，兴高采烈地边游园欣赏美景，边留下永恒的纪念。

这里应该说一下我们的摄影师璐璐，她是队友高姐的女儿，听说我们要照相，就跟着母亲来了，做了我们的摄影师。她清纯秀美，站在我们这些满脸皱纹的中老年人面前，整个一玉人。她优雅地拿着照相机，像一位画家或诗人，陪着我们尽心地游玩，极有耐心地选景构图，不断地按动相机的快门。

走出了龙湾公园，姐妹们余兴未尽，相约来到报晓园。过了小木桥，一个大理石做的七弦琴摆在一泓碧水岸边，可惜，琴上的七根弦已被游人破坏掉了。往日，坐在古琴前，抬眼就会看见溅着白色水花的瀑布，顺着错落有致的岩石川流不息地流淌，《高山流水》的乐曲就会舒缓地飘荡在幽雅的园内，让人陶醉在高雅的艺术氛围中。这美妙的音乐从何飘来？仔细一看，湖边郁郁葱葱的树林中，星星点点、错落有致地生长着很大的蘑菇，有篮球般大，可都是水泥做成的，音箱就放在里边。瀑布流，乐曲起；瀑布止，乐声停。这里一般周末才向游人开放。这一天是周三，游人少，瀑布已关闭，璐璐拿出手机与园林管理人员联系，不到一分钟，白色的瀑布开始流淌，哗哗有声，水花四溅。这是园林专门为我们开放的。大家“啊”地欢呼起来，兴致顿高，真的很感动，也很感谢园林管理人员。

我们或个人或三五结伴，站在瀑布前的岩石上，留下珍贵的永恒。然后，孩子般跳到水流中的大卵石上，摆出各种姿势，留下人与自然的美好图景。张大姐跳到岩石上，一时站立不稳，张开双臂和抬起一条腿找平衡，样子既慌乱又逗人，又被璐璐拍了去。

我与教练来到淡泊亭，亭呈黄绿色，顶为茅草覆盖，站在亭前，仿佛回到远古时代。伏身在小亭四周的栏杆上，我们看见有一只小船荡漾在碧水中，湖里漂浮着叶片，正在感慨，璐璐一按快门，美又变成永恒了。

大半天过去了，醉人的秋景中，我们都醉了，醉在生活的美好中，醉在生命的精彩中，醉在自己的人生快乐中。我们的歌声和舞蹈，已融入秋天斑斓的景色中。

千年等一回

桌上的电话响起来，忙奔过去，抓起听筒，传来陌生的女声：“我回来了，猜猜我是谁？”

“雅丽！你这个死东西！你终于回来了。”我的眼睛模糊了。

“还有我哥哥，他想见你。”雅丽顿了一下，喃喃地说。

啊！他终于回来了。那个在脑海里久久徘徊的身影清晰起来。曾许我永恒诺言的他终于回来了！

我呆呆地放下电话，苦涩与暖意充满心房，那刻骨铭心的景致已成追忆。

我呆坐在桌前，望着与他的合照。那张年轻英俊的脸，在阳光里异常坚毅；那双纯净得如泉水洗过眼睛，在雾霭里那样清澈。

曾经的遗憾，已在如水的岁月里流逝了。黄沙般的寂寞和细碎的哀愁也在流水的声音里悄然湮灭。

为什么我的心仍然惘然，仍然期盼？

他健硕的脖颈、臂膀、腰身，他漆黑的剑眉下那双清澈的眼睛洋溢着温情。我打了个寒战——他一直在我的心中。三十多年过去了，他的形象竟这样清晰。现在，他猛地从一出绝美的悲剧中含泪而出，款款地向我走过来，这猝不及防的惊喜，让我晕眩，一时不知所措。

此刻，我的脸一定是惨白的。回眸，我的世界在逝去的时光里，雕像一样地寂寞着，那孤单的背影，在不动声色中等待。

啊！千年等一回！

那空白的时光，是刻意的留白吗？

对于我，那是空气，是一场下得纷纷扬扬的无尽无休的大雪，是雾里看花水中望月。那棵百年烟柳下等待的身影早已远行。

三十年前那个春日的清晨，我沿着不断鸣起散落的蛙声的街道，走向雾气蒸腾的家乡县城火车站，接出差回来的父亲。在出站口，我看见一个女孩子的背影，垂手静立在那砖红色的房屋边的墨绿色铁栅栏旁，在三三两两的人群中格外醒目。她是雅丽，我的同学和密友，她来做什么？接人吗？我走过去，刚要打招呼。出站口的铁栅栏门哗啦一声打开了。鱼贯而出的人流中，有一个年轻帅气的男孩，拎着精致的旅行箱，健步走出来。

我的心怦然一动。

雅丽欢叫一声，迎了上去。那男孩风尘仆仆，汗水在他青春的脸上闪着光，略显疲惫的眼神温存而真诚，仿佛人生的理想和追求都凝结在那目光的最深处。

在这永恒的一瞬间，我的心被震撼了，竟呆若木鸡般伫立在那里。仿佛有一道光，温柔地照进心里。

他是谁？与雅丽是什么关系？是她的男朋友吗？我的身子，竟在这样的轻问中颤抖，心也有了轻微的哀伤。

雾霭、蛙鸣都被白昼渐渐拾去，阳光穿透白纱般的雾。雅丽挽着他的胳膊迎面向我走来。我慌乱地垂下眼帘，无措地站在那里，脸上布满红晕，那样子一定很傻。我在人群的喧嚣之中，在心的温热复杂中，感觉他朝我走来了。

这是我期盼过千百回的相遇的情景吗？它是这样鲜活，这样令人难以置信，我真的分外庆幸和感激。

“你怎么在这里？”雅丽惊讶地问。

“我来接父亲。”我低着头喃喃地说，眼里已噙满泪水，心里想着，好你个雅丽，何时有了这么优秀的男友。脸上却尽力流露出与眼前的相遇毫不相干的表情。

雅丽像只欢快的鸟，拉住我的手说：“你怎么不高兴？霜打的茄子似的。来，介绍一下，这是我哥哥，亚强，大学毕业，刚回来。”

我猛然抬头，目光与他的目光相遇，一束温暖的火花迸出。他也定定地看着我。我看见他的目光里，有惊诧、热烈、温情，好像一束温暖的阳光，柔柔地照进我的心里。

我忙伸出手去，说：“亚强哥哥，欢迎你学成归来。”

雅丽满脸喜悦，她的目光狡黠地看着我。

我从他看我的第一眼里，看出他与我一样惊喜，那是亢奋的光和梦幻的色彩。我相信，他和我有一样的感受。

他不自然地握了一下我的手，说：“常听雅丽说起你，你比想象中要美丽。”他的手白皙而温暖，说着用另一只手挠了挠自己漆黑的头发。

把手从他温软的手中抽出来，看着他成熟的颈间积着浪漫的悬念，这亲切的特征，让我有一种一见钟情的美妙。

父亲最后一个从站台里走出来，疲惫而冷峻。亚强奔过去，硬是从父亲的手中拿过大而肮脏的旅行包，背在自己的肩上，热烈而亲切地与他交谈着。看得出来，父亲是喜欢他的。

那一刻，幸福感海浪般朝我袭来。

我的初恋就这样开始于那个春日的早晨。

就在我接回父亲的第三天，雅丽来单位找我，煞有介事地搂住我的脖颈说：“晚上看电影去。”然后，狡黠地转动眼珠，变戏法似的拿出张电影票，“日本电影——《追捕》，好看着呢。”

晚上，华灯初上，我走进影院，找到票上标好的位子坐下来，却不见雅丽。我不断转身朝入口望去，左等右等不见雅丽来。电影快开始了却见亚强走过来，他坐在我身边，一种男性特有的气味朝我飘来。我明白了，恼怒地站起来就走。

他拉住我说：“今天是我请你，不要走好吗？”

我的心快要跳到嗓子眼了，脸一定红得如熟透的苹果。我竟然被定身一样与他一起坐了下来，陶醉在他的气息中。他递给我酸梅、杏干和炒花生，体贴地为我剥去花生皮。原来，他早有准备，他们兄妹早已预谋好了。

却不知，我已泣不成声。

那年我二十岁，亚强二十五岁。

从那天起，每当下班铃声响起，我收拾好东西走出办公楼的门口，第一眼就看见亚强骑车等在门口。我坐在他的单车后座上，手搂着他的腰，耳边感觉到异性的温热，什么也不说，只听单车的胶轮与地面的摩擦声。与他一起在音乐般的声音里，从风的呼啸中穿过。跟他到饭馆吃面或饺子、包子，然后到西郊铁路线边的原野上散步。

依偎着走在薄薄的春风里，我们都明白，在这青春时代，我们的爱已刻骨铭心。

那个细雨纷纷的夜晚，我与他手挽手走出影院。亚强的手高举着花伞，尽量朝我这边倾斜，他的半边身子被雨水淋湿了。

到了我家门口。“我进去了。”我说。

亚强扳过我的双肩，他亮晶晶的双眸透过雨夜暗淡的微光细细地凝视着我，竟与我静静地对视。我在这样的媚惑中，我闭上了双眼，他靠上来，嘴贴上我的唇，温热的气息包围着我。那把花伞被扔在身后的地上。我的初吻，竟在这样一个细雨之夜发生。我第一次感到心的撞击和血的沸腾，第一次被生命的回响所震撼。

我慌乱地推开他，奔进小院，竟然情不自禁地呼出一口气，轻轻地推开房门，悄悄地伸进脚去，心神仍驰骋在忘情忘我的境地中。黑暗中，母亲的声音响起：“这么晚了，干什么去了？”

“青、青年突击队加班。”我生平第一次说谎，声音是怯怯的。沉下去的心又悬了起来。

“说谎！”母亲严厉地斥责我，“一个女孩子，天天晚归，像什么样子？我知道你跟那个佟亚强在一起，告诉你，我不同意。”她站起来，走到门口又回头说，“你必须与他断绝关系。”

门被关上了，我听见父亲与母亲的说话声。

母亲与亚强的母亲在一个单位工作，因为一些原因，她们成了死对头。听说，亚强的母亲也激烈地反对这门亲事。

难道我们真挚的爱情要被时代的河流所淹没吗？

屋外，光线微敛，雨丝飞扬。我愣愣地坐在床上，鼻子酸酸的，眼泪不争气地流了下来，心里堵得慌。

从那以后，我和亚强的约会改在中午和周末、节假日。许多个午后休息时间，匆匆地吃完饭，赶到那棵百年柳下，惬意地挨着亚强站立或坐下，听他讲述古今中外的趣事，或讨论小说、诗歌、散文的写作，或一起唱正在流行的歌曲。他幽默、开朗、平和，总是让我沉醉在舒畅快意的笑声中。

周末，我找个理由骗过母亲，与他一起到郊外，尽情地在花草、树木、河边或山巅嬉戏。在微微的春风中，在夏日的骄阳下，在秋雨的淅沥中，在冬天的飞雪中，都留下过我们青春的身影。我为拥有称心的爱而窃喜，根本不在乎母亲阴沉的脸和唠叨。每次约会后回家，走在小巷的石板路上，我都蹦蹦跳跳地边走边唱：

我采来一朵雪莲花，
它是我心中最美的花。
它将献给你呀，
心中的人儿快来吧。

好似一道明亮的光，温柔地照进心里，对于未来更是执着地向往。

初夏的一天，亚强出差去上海了，我却得了急性肠炎，住进医院，虚弱地躺在病床上，望着门上方的玻璃小窗口，明明知道不可能，还是盼着他突然出现。第八天的时候，他终于来了，风尘仆仆地拎着肮脏的行李走进病房来，扑到我的床前，焦急而心疼地说："你怎么了？"他的眼里流淌着月光，那光亮把我从头到脚地裹了进去。

我安慰他说："没什么，只是一点小毛病。"

他嗔怪地说："还小毛病呢，吓死人了！"

原来，他办好事情后就到上海的电信局给我的单位打电话。那时候，还没有程控电话，在电信挂号后，要等话务员挂通了才能通话。他等了大半天，连午饭都没吃，快下班时才通了我办公室的电话，却听到我患病住院的消息，急忙连夜赶了回来。

我心疼地看着他，催他赶快回去休息。

他的脸隐在暗影中，疲惫而憨厚，亲切而平和，胡子却密匝匝地长了出来，下巴青幽幽的。我伸出手抚摩那坚硬的胡子，心里暖暖的。他缓缓地拿出一个布口袋，掏出樱桃、杨梅和荔枝等南方水果，说："吃吧，我特意为你买的。"那红、褐相间的颜色，是不是隐藏了一个疏松的幻影？当他知道我的病还不能吃水果的时候，急急地走了。他的背影消失在门口，我却在他的肢体语言里感到，他就在我身边。

一个小时后，他来了，端来热乎乎的小米粥和酱炸小咸菜，一口口地喂我吃下去。

他疲惫的脸带着满足亲切的笑意，温存的眼神，如翠玉般细腻润泽。那是爱情的见证，静谧无声地在我的心里拂过。

一年后的一天，也许是午后，也许是傍晚。母亲温柔地拉我过去，说：“明天，请亚强的父母来家里吃顿饭。”

我立刻傻在了那里。

“孩子，你爸爸总是劝我，上辈人的恩怨不能让你们去承担。我也想通了，亚强的确是个优秀的男孩子。我不管了。”

我跳起来，搂着母亲的脖子亲吻她，说：“妈妈，我爱你！”

我和亚强的恋爱，终于可以从地下转到地上了。

第二天，亚强陪着他的父母来了，我看见母亲快步走过去，握住亚强母亲的手，亲热地说：“欢迎你呀，亲家。”

亚强母亲脸上的尴尬立即转为笑容。两家人高兴地坐在一起，吃了那顿具有历史意义的饭。那欢声笑语不时地飞出窗外，飘到远方。我和亚强相视一笑，两颗心在快乐中更近了。

世间总有我们不能控制的事情在发生，改变着我们的希望和目标。我们像画布上的鸟儿，徒劳地扑腾着翅膀，却飞不出画框一样。还是因为他家庭的关系，他入党、提干都成泡影了。他迷茫的目光看着远方，他在寻找什么？前方有什么样的希望？

时间如白驹过隙，转眼三年过去了。又是有雾霭的春日的下午，亚强来电话说，晚上请我在清香阁饭庄吃饭。我把自己打扮得俏丽而得体，兴高采烈地去了，却见他站在楼台玉砌的栏杆边遥望远山。

我不知道发生了什么事，黯然地坐在那里。他看着我吃东西，沉默了许久，终于开口说：“我要走了，去加拿大定居。”

我的大脑“轰”的一声响，望着窗外夜色中婆娑的树影，想起废名的书中的一句话：“在这黑暗的或是光亮的洞穴里，生命在延长，生命在梦想，生命在受苦。”

这具有无穷意味的诗句，怎能不让我心底泛起涟漪？生活的复杂，那真实缠绵的爱情将是怎样的结局？我的思绪真的乱极了。

亚强走过来，拥我入怀，告诉我，他的爱不可动摇。“我会接你出去的。”他在我的耳边说。

他走了！地球的另一端的一个角落里，总是系着我青春的余韵。多少个凉爽的清晨、寂静的午后、喧嚣的黄昏，我的心里总是闪动思念的光线，丝丝缕缕地占据我的心。我还能再接受另一个男人的爱吗？

在思念中，我常常默念影片《迁徙的鸟》中，雅克·波林充满激情的话：“鸟儿永远在飞。只有鸟儿从不停止飞行。”

我的爱情，鸟一样飞走了。我的年华在等待中，鸟一样飞逝了。

雅丽打来电话，告诉我会面的地点在当年的清香阁饭庄。放下电话，我慵懒地依在窗旁。有歌声传来：“往事虽好，不能重来一遍……”

我的思绪在这凄婉的歌声里起伏沉落。那刻骨的相思和哀伤已流逝，只有长久的爱在心中永不褪色，鲜活如月华凝聚，散发着悠远明净的光辉。

爱情，还能像远处那片葱郁的树林那样茂盛吗？

千年等一回，我无悔。

双红豆

寂静的夜晚，放下手中的笔，慵懒地伸下酸痛的腰。桌上那两颗晶莹剔透的红豆映入眼帘，像爱人明亮的眸子，蓄满了幸福和温暖。

思悠悠，恨悠悠，此刻，谁的影子浮现在心底？

曾爱过，也恨过。恨到何时方始休，月明人倚楼。

如今，痛苦和等待已是生活的主题。

那年，已近不惑之年的我，独自漂泊在这北方的滨海小城，孤独和伤感摧残着红颜。那个有着华美月光的夜晚，我正在煮饭，同宿舍的红衣女孩带回一个牛皮纸信封，一脸神秘地递到我的手上。

我疑惑地打开一看，竟是几颗红豆，不仅怦然心动。

女孩狡黠地眨着黑色的眼眸，忽闪着睫毛：“这是老总让我带给你的。”

心里茫然："为什么是他？"他那阔嘴黑脸太太的面容立即浮现在我的眼前，"该死！这是在亵渎红豆啊！"

我立即装傻："啊，老总是让我们做红豆饭吗？"我一下将红豆倒进水里，洗了几下，忙不迭地扔进正在沸腾的饭锅里，红豆在锅里翻动美丽的身躯，晶莹在白米中，红白分明。

红衣女孩不屑地撇下嘴，说："真土，傻得连红豆都不知道。"说完扭动细腰走了出去。

红豆就这样牺牲在饭锅里了，我也做了一回老土冒和聪明的傻子。

后来听说，老总听红衣女孩说我把红豆煮饭吃了，哈哈大笑。再以后，对我敬重有加。

走到窗前，端起那精致的瓷碗，喝一口苦咖啡，倚在雕花的窗旁，望着天上圆而大的银月和闪烁的星星，似乎听到天际传来《双红豆》：

长相思，在长安。
络纬秋啼金井阑，微霜凄凄簟色寒。
孤灯不明思欲绝，卷帷望月空长叹。
美人如花隔云端！
上有青冥之长天，下有渌水之波澜。
天长路远魂飞苦，梦魂不到关山难。
长相思，摧心肝！

这是才华倾倒天下人的飘逸才子李白在思念心中女子时作的。一石激起千层浪，那泛起的涟漪，飘动着记忆的碎片。那千古深情，不容遗忘地跳出来。

古人、今人，谁能逃出一个情字？又怎是一个愁字了得？

那长安的明月下，桃花树影中，那个多情的男子，把酒对月时，脑海里是不是在闪动那个画面，那个难以忘怀的影子？问青天，为何："美人如花隔云端？"哀婉和凄然涌上心头。那是浓郁真诚的相思，像徐志摩的康桥之恋，如屈原的香草美人，不会因为世事的更迭所改变，曾经沧海难为水的深情亘古不变。那红豆在我的眼前，闪动着红玫瑰般的光泽，让人不由得心动。

风从远处吹来，在楼宇间来回穿梭。月白星黄，与桌上的红豆交相辉映。学先贤，提笔写下一首《双红豆》：

觅君难，守更难。
梦魂牵绕独自眠，隔山念君望月圆。
相思长，催红颜。

这样一首《双红豆》，怎能拿得出手？又怎能与"仰天大笑出门去，我辈岂是蓬蒿人"的飘逸、洒脱相比？当然，写这首词，并不是想和谁比高低，而是受心中那深情的驱动，表露心迹而已。那简单而粗糙的文字里，有我的思念，有对爱情的美好憧憬和忧伤。不过，那浓烈得如烈酒一样的爱，却是一样可对日月的。

舞尽风流岁月

晨曦初染，我与崔玉萍教练组织的中老年健身舞队队员，随着悠扬欢快的乐曲翩翩起舞。冬夏春秋，花开叶落，一年又一年，舞出了健康的体魄，舞出了精神的充实，舞出了一身浪漫，舞尽风流岁月。和健身队结缘已两年了，每日一舞，踏碎了一地露珠，舞碎了万古怨愁，虽无笑傲四海之风情，却有如花般的清丽，给平静的岁月增添了欢乐。舞步在灵魂深处跳跃，化作生活的激越音符，随便采撷一束，就可以灿烂我们的生活。

深秋的一日，队友大孟说："市退休干部门球比赛邀请我们去参加开幕式表演。"得知此消息，我们这些年近半百及古稀之人都兴奋起来了。于是在短短四五天的时间里，在崔玉萍教练的带领下，我们开始为这次表演做准备。

崔教练为我们选择了健身舞《男子汉的爱》，自由奔放的舞姿、节奏鲜明的乐曲，催动我们一遍又一遍地跳跃，任清凉的秋风吹乱我们的头发。

跳《男子汉的爱》的时间短了些，再跳一曲又超时，崔玉萍教练就把三个舞蹈缩编成一个，每段舞之间加上过度动作，很担心时间短大家跳不好，谁知道演练了几遍，这些中老年人就上路了，虽然不能说整齐合一，却也不同凡响。崔教练看大家跳得整齐，就按身高排好了队列。我们站在自己的位置上一遍一遍地练习着，那认真的样子令人感动。

离比赛还有一天了，早晨练习后，我们又相约晚饭后再练习。当华灯初上时，我们不知已演练了多少遍。谁说这些舞者已年过半百、已到古稀之年？谁说这些舞者已是秋后之花？那绰约的舞步，跳跃出当年的深情和追求，跳跃出舞者灵魂的飘逸和脱俗。

表演那天，阳光灿烂。我们站在秋日的光辉下，一遍遍地练习，心中真的有一种自由洒脱的感觉。崔教练说：“如果谁有照相机，可以给大家留影做纪念。”队友高姐就带来女儿璐璐，专门为我们录像、拍照，我们的兴致立即高涨起来。

璐璐一身职业装，气质非凡，她为大家拍照后，又扛起录像机全程拍摄。在等车的过程中，美变成永恒，成为我们珍贵的纪念。说实话，我真的羡慕她的年轻、热情及潇洒。

接我们的大客车来了，我们鱼贯而入。车飞速向兴城驰去。崔教练给大家发了糖果。她站在车上鼓励大家，幽默的话语逗得大家笑声阵阵。璐璐扛着小型摄像机，为我们跑前跑后地拍摄。这时，她站在前面边摄影边说：“大家唱首歌吧。”

“好。”崔教练清了一下嗓子，“没有共产党就没有新中国，唱……”歌声飘出车外，感动的心激荡着自豪。接着，吴大姐的一曲《最美不过夕阳红》，让大家沉醉在美的追求和享受之中。

我们很快到了门球赛场，崔教练指挥我们排好队形，前边的两个队友展开写着“夕阳无限好——祝门球赛圆满成功”的横幅，高喊着“一二三四”，昂首阔步地走进会场。大会主席台立即传来主持人介绍我们健身舞队的情况：“这支健身舞队是由崔玉萍教练自发组织的，坚持锻炼十余年，是龙湾新区一道亮丽的风景。……看！那红衣红裤舞出了时代的风采……”这是我昨夜排练后写的，目的是宣传崔教练这种无私奉献的精神，以及我们这支队伍坚持锻炼的毅力。音乐响起，我们在主持人的介绍中翩翩起舞，陶醉在优雅的舞步之中，跳跃着激情，舞动着豪迈。

璐璐很快为我们洗出了照片，并刻好了光盘，还为这二十五分钟的光盘起名为“最美不过夕阳红”。我们坐在电视机前，看着这让大家引以为自豪的录像和照片，叽叽喳喳地评论着，笑得很开心。

美哉，舞者！你将舞尽风流岁月。此刻，我的心已涌起了甜蜜与温馨。

渴望真情

周日又一次来临，我坐在桌前读书，端起茶杯，茶香令人回味无穷，我突然想起两个字："真情！"四十多年过去了，我付出了真情，我得到真情了吗？目光探出很远很远，仿佛凝止于历史的深处，却又在时间的长河里颠簸。啊！真情，我渴望你！

时光飞逝，人生苦短。当我们脸上的皱纹日益加深，记忆的碎片像岁月的烟云，折射些许人生的沧桑，我们渴望到真情了吗？当我们垂垂暮年，端坐在木椅上回想往事，青春的美好在苍老的记忆中能留下多少痕迹？

其实，我们都知道，岁月是大浪淘沙始见真情的金子。

在"飞鸿踏雪泥，泥上偶然留下指爪"的历史岁月里，没有人不渴望真情。但又有多少人奉献真情呢？有这样一首歌："只要人人都献出一点爱，世界将变成美好的人间。”我说：“只要人人都奉献一点真情，世界将变成美好的人间。”

真情，你是我们干渴时的甘露，是寒冬里的炭火，是人间的春天，是生命的绿洲。难以想象，人世间如果没有真情，那该是怎样的情景啊！

在与突降人间的恶魔非典的特殊战斗中，白衣天使用血汗用生命用智慧，谱写了中华春秋真情的精彩华章，撼动着每个龙的传人的灵魂，成为新时代最可爱的人和让人敬仰的英雄。这难道不是值得歌颂的人间真情吗？

我们平凡的生活中，人间真情无处不在无处不有。像青青小草闪动着绿波；像点点水滴折射出我们内心的春讯。

古稀之年的父母，相扶相携，共度晚年。母亲病重的这三年里，父亲精心照顾。每当我做好饭后，父亲都为母亲整理好衣衫，然后将手杖递给母亲，扶着她走进饭厅。病痛折磨得母亲夜晚不能入眠，父亲陪着母亲，倒水递药，常常也是整夜不眠。父亲以母亲的需要为第一需要，日夜陪伴在母亲的病榻前，尽着自己做丈夫的责任，留下了一份让女儿感怀的人间真情。

一日，我静坐在办公桌前整理文案，电话铃清脆地响起，忙拿起电话放到耳边，竟是阔别多年的同窗遥远的问候，那声声祝福从电波里传来，温暖着我曾受伤的心。

回首故乡，那小城让我想起给了我生命、抚育我成长、为我遮风避雨、时时刻刻关爱我的母亲；想起她老人家在我蒙难时，一夜愁白了头发，强忍悲痛一针一线为我缝制棉裤，以及她老人家在去世前二十天，听到我不停地咳嗽时说：“你咳得让我好心痛啊！”这就是母亲，这就是母亲对儿女的真情！世界上还有比上母亲的真情更深的情感吗？

与爱人相对一笑，执子之手，与子偕老，真情相爱，难道不会焕发出夺目的光彩吗？

与朋友相聚，帮人于患难中；高山流水，解人于困倦之时；道一声珍重，叙一句人间佳话，共同憧憬美好的未来，难得的真情，汇聚成人间情感的大海，让世界充满激情。

纵观古今中外，生离死别，传递着人之常情的喟叹，那掩面哭泣、悲哀凄苦，难道不是真情的写照吗？真情还会为你抚平创伤，减轻劳累，擦去眼泪，温暖心灵，纯洁魂魄。

真情是甘泉，潺潺流过每个人的心田。

真情是开不败的花蕾，装点着人间春色。

不论贫穷还是富有，人们都渴望真情。谁也不愿意忍受来自亲人、朋友和所爱之人的欺骗，更不愿在贫困或孤独无助时，被人愚弄！

哦　雪人

清晨，睁开双眼，世界变了模样，天空正飘着雪。

我脚下踩着厚厚的积雪赶路。

早市上人头攒动，买菜的、卖菜的，说着话，摩肩接踵；公路上，人和车子来来往往，赶路的、送孩子上幼儿园的、上学的、上班的，迈着急匆匆的脚步，好像老天没有下雪，大家依然该做什么就做什么，并没有因为大雪就龟缩在屋里。

雪被踏平了，变成冰，伏在地上硬硬的，人走上去，就是如履薄冰了。人们艰难地走着，有人滑到了又爬起来，继续前行。那是一位教师的故事吧，一场大雪后，为给孩子们上课，她走了二十多里的山路。大雪没膝深，她摔倒了爬起来，爬起来又跌倒。雪一直下着，她一直在雪中走着，不知摔了多少个跟头，当她终于出现在学生面前时，已成雪人了。

这个故事激励着我，雪与人的坚韧，同样印在我的心里。

踏在雪路上，感觉春天在遥远的地方向我招手，如美丽的仙子在对我微笑。

踏在雪路上，尽情地享受艰难中跋涉的快乐。那些怕跌倒的人躲在温暖的屋里，幻想春天的花香。而春天的脚步，却同跋涉的雪人的足音，组成一曲曲动人的旋律。

哦，此刻，雪人正牵着春姑娘的手翩翩起舞，是一道不是春天却胜似春天的美丽风景。

闻鸡起舞

十年前，我闲暇下来，不用再早八晚五地去上班了。

每日躺在床上抱着书，翻来覆去地看，真有与世隔绝的感慨。

一日，隔壁的陈姐告诉我，她每天早晨去龙湾公园门前跳健身舞，身体健康了许多。

“你也去跳吧。”陈姐说。

“好！”反正闲下来了，有的是时间，跳舞既健身又扩大社交，也真是一件好事，我就爽快地答应了。

第二天清晨，我与陈姐来到公园门前，加入闻鸡起舞的队伍里，舒缓的音乐响起来了。我的双眼一眨不眨地紧盯着前面穿红色运动衣的教练，学跳健身舞。顿时，我被她动感的姿势和潇洒的舞步所吸引。由于我初学，很多动作不会，越不会越慌乱，就手忙脚乱地跟着瞎比画，心却被一阵阵的懊恼和尴尬所笼罩，不时偷偷地看四周的人，发现大家都没注意我，心才稍稍安定些。

女教练朝我走过来，亲切地说："不要紧，慢慢地就跟上了。"随后，她叫我站在中间，说："这样，你前后左右都有人，学得更快些。"

我笑了，说："怎么称呼你呢？我俩谁大？"

她露出洁白的牙齿，笑了，说："肯定我大，我今年六十四岁了，叫我萍姐姐吧。"说完，跳舞去了。

留下我一个人张大了嘴巴，怎么可能啊？大我近二十岁！我望着她轻盈的脚步唏嘘着，怎么也不相信她已经是一位老人了。

这就是广场健身舞的魔力吗？看来，运动的确使人年轻。

从此，我被健身舞吸引，被女教练漂亮年轻和婀娜多姿的舞步所吸引，天天闻鸡起舞。

不久，我得知教练是位退休的教师，从小喜欢运动，在这里教大家跳舞完全是自愿的，没有人给她一分钱，相反，她还要搭上自己的时间和金钱，买录像带、磁带，自己编健身舞。有时为了早上一支舞，她要在家琢磨一周，才能编出一套健身舞。她说，总让大家跳一个舞就不新鲜了，要常跳常新，大家的兴趣才会高。她编一套健身舞，还要配好曲子。然后才教给大家，一遍又一遍的，直到大家学会为止。

她要求大家一定要把动作做到位。她说，每个动作都在活动人体的某个部位，或动肩，或动胯，或动腿，跳舞的时候，也就达到了健身的目的。我在她家里看到录像机旁边一大堆录音磁带，足有百余盘，这让我感动。更让我感动的是，有一次，她在沈阳工作的唯一的儿子患了重病，她立即赶赴沈阳照顾儿子。一周后，儿子脱离危险，她把老伴留在儿子身边，又急急忙忙地赶回来，为的是大家练舞需要她。她说："儿子最需要的是妈妈，但我不能丢下大家不管。"

有人问她："你图个啥？"

她说："我就是希望大家身体健康，让科学健身占领文化阵地。"

生命在于运动。闻鸡起舞后，我的身体结实多了。过去我一直是个娇娇女，经常感冒。由于坐办公室的时间较长，肩部和腰肌劳损，自跳健身舞后，浑身总有使不完的劲。2002年5月，父亲患病住院，做了一次大手术，我在医院日夜陪护了月余，竟然一直精力旺盛。

一晃，十年过去了，我仍然和大家每天与教练相约清晨，迎着红彤彤的朝霞和慢慢升起的太阳，随着优美动听的音乐翩翩起舞，陶醉在汗流浃背的舞蹈，然后，开始一天的读书、写作。

秋　雨

淅淅沥沥的秋雨，没完没了地下着。

我不喜欢秋雨，甚至有点讨厌它。

在牙牙学语的孩提时代，妈妈就给我讲过，在中华人民共和国成立前的一年，绵绵秋雨断断续续地下了一个月，下得房倒屋塌。家乡的村民又染上痢疾，找不到一把干柴，吃不上一口热饭。许多人在凄凉的秋雨中死去。

长大后，我常常听到农民对秋雨的抱怨，秋雨使收割的庄稼烂在场院里，烂掉的草牲口都不吃。这使我想起秋瑾的诗："秋风秋雨愁煞人。"对秋雨的怨深深地刻入我的脑海中。

1979年9月，我回家乡看望叔叔。下了公共汽车，沿着山路观赏田野风光，只觉得心旷神怡。突然，一大片淡紫色的乌云慢慢地从山后面升了起来，长长的灰色的阴云在我的头顶疾驰，越来越浓重。我没带什么雨具，便沿着蜿蜒的山路奔跑起来，这一里多路，雨前总能赶一半。我刚跑了几步，狂风就开始怒吼，树木也跟着咆哮。电光一闪，大雨如注，细密而寒冷的雨点，狠狠地敲打在我的头上、身上，弄得满身泥水，狼狈地跑到叔叔家。

“好雨，好雨，明年定是丰收年。”叔叔却在赞美秋雨。

我惊讶了。

淋了这场秋天的雨，我感冒了。老天却总是飘飘洒洒地落着雨，不肯放晴，我不能出门，这更增添了我对秋雨的哀怨。

这天早晨，我起得很晚，刚醒来，耳边就响起一阵噼噼啪啪的声音。我一看，窗外正落着雨，雨打在玻璃窗上，形成雨帘。一会儿，雨中传来一阵嘻嘻哈哈的笑声。临窗一望，一群孩子光着脚丫在雨中奔跑，笑着追逐着什么，雨打湿了他们的衣衫，头发湿漉漉地贴在一张张天真的小脸上。我心里奇怪，是什么在吸引他们？细细一看，原来，雨水流淌的路面上，载着他们用白纸折叠的小船。孩子们追逐着、喊叫着，小船轻盈地顺水漂着。

我怔住了，难道这小船载着他们的理想，还是秋雨带给了他们欢乐？

早饭后，我和叔叔去地里看庄稼。叔叔打着伞，哼着小调快步走在前面，一副无忧无虑的神态。我紧走几步，对叔叔说：“这雨下起来没完没了，地里的庄稼怎么办？”

叔叔笑着说：“你别担心，晚熟的庄稼让这雨一滋润，颗粒会更饱满的。庄稼熟了，有收割机、拖拉机，几天就让它进仓。秋雨再下几天也没事，下多了，明春会更好的。”

噢！时代发展了，人们改造自然的能力增强了，我对秋雨也应该刮目相看了！

我放眼望去，整个田野笼罩在细雨中，那大白菜经秋雨一洗，更显得嫩绿可爱，菜叶上滚动着晶莹的雨珠，像串串晶莹剔透的珍珠；那金黄色的谷子、火红的高粱、金光闪闪的苞米，还有那红得耀眼的苹果，它们翠生生地挺立在秋雨中，呈现出赤、橙、黄、绿、红的清新可爱的景色，织成锦缎，点缀着大自然。它们要成熟，还需要秋雨的滋润。

我已经喜欢这灿烂的秋雨景色了，宛如走进一个奇异的水晶世界。我真正领略了秋雨的精神、秋雨的无私、秋雨的瑰丽。

你看，当寒风就要向大地袭来的时候，秋雨不向它低头，总是不慌不忙地完成自己的使命，甘愿从千万丈高的天空跌落下来，汇集成浩荡细密的雨帘，给未成熟的庄稼乳汁，给收割后的大地滋润，给人类充满生机的彩色世界。

我开始欣赏秋雨绮丽的姿态了，有时，她像一串串亮晶晶的珍珠，轻轻地从天空落下来，飘飘洒洒，组成淡淡的轻纱，给大地披上华美的衣衫，带走满目的青翠；有时，它滂沱而下，组成无数雨帘，装点江山，让人仿佛置身于美丽的水晶宫，播下一片片鲜嫩嫩的绿。如果没有秋雨，大地将会干燥，河流将会干涸，庄稼将会半熟，田野将会早枯，春姑娘将会放慢脚步……

晚　霞

一

我从小喜欢看晚霞。

当太阳西下，天边堆积着五颜六色的云霞的时候，我便坐在家门口的大石头上，两手托着腮，静静地望着天边的晚霞，情不自禁地吟诵着泰戈尔的诗：

火红的晚霞
像蝙蝠的薄翅似的拖得长长的
影子，在静穆的天空中向西方
缓缓飞去

有一次，我正沉浸在诗情画意中，我的朗诵却被一位坐在轮椅上的大姐姐粗暴地打断了。

“你在赞美晚霞吗？晚霞也值得赞美吗？”她用手指着晚霞，用低沉的嗓音说，“你看，它多美啊，它虽然绚丽多彩，虽然有过美丽的青春，可它很快将坠入无边的黑暗。”她说完，转过那张苍白的毫无表情的脸，两手用力转动轮椅走了。

大姐姐的话，在我的心里留下了阴影。我重新看晚霞。西边晚霞还在燃烧，沉甸甸的蓝灰色的云团，仿佛向烧得通红的炼钢炉口飘落，呈现出血红色的火光。那美丽的云朵，有的像挺拔陡峭的峰峦，有的像温柔的绵羊，有的像奔驰的骏马，有的又像身穿盛装漂亮的牧羊少女。

我对晚霞的赞美错了吗？那低沉的声音，在我的耳边回荡，那苍白的脸和轮椅，在我的眼前不时地出现。也许，在我幼稚的心里，对人生的风雨还不甚明了，可我对美好的憧憬和追求，已被这灿烂的晚霞辉映着，闪现出质朴的光辉。

二

我参加工作后。来到偏僻的山沟沟——凌山煤矿。刚来的那天傍晚，我怀着一颗只有年轻人才有的热情的心，登上矿山最高的山峰。

啊！我太惊讶了，惊讶于努鲁儿虎山脉绚丽的晚霞。

这完全是一幅气势磅礴的油画。那高耸的井架、浑圆的天轮、巍峨的井塔、鳞次栉比的楼房，还有那一片片波涛般连绵起伏的山林，无边无际地展开，直到与天边相连接。随着视线的延伸，矿山的景色在不断地变幻。由薄雾般的暗蓝，渐渐地变成深紫，最后融成浩瀚的金光闪耀的河。紧挨着金河的天际，出现了一片橘红色的彩霞，明亮而美丽。

我觉得，在我的头顶上，似乎熊熊地燃烧着一堆巨大的篝火。那明亮的火舌不断地往上蹿着。我只要再攀登几步，就可以到上边去了。

一阵朗诵声，把我的视线引到山的那边，我看见一个男人和一个小姑娘推着轮椅，轮椅上坐着一位中年妇女。晚霞给她的脸庞、身段和轮椅镀上了一层金纱。她的脸背对我，我只听到圆润而有力的声音，夹杂着深厚的感情。

我仿佛看见那晚霞在她的眼睛里燃烧，像两簇奇异的火焰。

三

列车，把我带到渤海西海岸上那座新兴的城市。我是为采访矿山劳模在海滨煤矿工人疗养院的生活而来的。

傍晚，我漫步在沙滩上，观看海边的晚霞。这是十几年改不了的老习惯。

沙滩上停着一辆轮椅，坐在轮椅上的正是那位大姐姐，她比我先到了。她的两鬓已经斑白，精神却非常好。这位曾在舞台上摔坏腰椎而高位截瘫的舞蹈演员，在经历了失望和痛苦之后，重新燃起了对生活的希望。在矿灯班默默无闻地工作着。退休后，她又坐在轮椅上，教矿工子女学钢琴和声乐。每当夜幕降临，晚霞满天的时候，钢琴声和孩子们稚嫩的歌声就从她家的窗口飘出来。她虽不是我要采访的劳模，却也是这次采访的重要人物。我急忙奔到她的身边。

“你真早，大姐”。我说。

她转过头，微笑着向我点点头。然后，用手指着天边说：“你爱晚霞吗？”

我顺着她的手指向天边望去，那大面积的云霞一层又一层地堆积着，像雪白的棉花，转眼又变成金色的芒果。然后，又出现一抹玫瑰红，一抹暗紫，像是天际的一个大花园，赤橙黄青紫，各色花朵在这座花园里时隐时现。天空和海洋也随着这云霞的色彩而渐渐暗下来。终于，落日从云霞的怀抱落到海面上，像一个大鸭蛋悬挂在天幕上，由橙红变得鲜红。最后，那鸭蛋黄般的圆，渐渐地被汹涌的海浪吞没了。

看着这壮美的景色，我使劲地点了一下头：“是的，我太爱着晚霞了。”

大姐完全沉浸在享受中，她像是喃喃自语，又像是对我说：“我也要像晚霞一样，把光和美留给人间。”

我突然懂得了童年时憧憬的是什么了。这灿烂的晚霞和高质量的生命都是美好的，有价值的。

啊，你多么美啊，西边燃烧着的晚霞！

杜鹃花

战士和花有怎样的联系？还是从我见到的杜鹃花说起吧。

我是晚上九点钟抵达丹东的，到这个边陲城市，最大的愿望是想看看盛开的杜鹃花。据说，这里盛开着以冷艳著称的杜鹃花。谁能想到，那束让我眼前一亮的杜鹃花，竟然盛开在边防哨所。

春末的丹东夜晚晴空朗月，鸭绿江两岸旁的峰峦隐现在朦朦胧胧的夜雾中。我随大家一起下车，呼吸到这里的空气，仿佛看见千朵万朵杜鹃花盛开在山坡上。

直到我看见高举接站牌的小贾，才中断了遐想，朝他奔去。于是，又连夜驱车朝会议所在地太平湾驶去，下榻于第六电力工程局宾馆。紧张的会议暂且让我忘却了旅途的劳苦，无暇再去想象杜鹃花的美，沉浸在一种理性的飞跃和对事物再认识的亢奋中，驱除了人至中年事业无成的虚枉之感，真有点壮志未酬的慷慨。

“鸭绿江两岸正是迎春花盛开的时候，美极了。”每当丹东人小贾向我炫耀，我都是一副不屑一顾的神色，心里却想着烂漫的杜鹃花。

我们终于有机会去游鸭绿江领略两岸的风光了。

吃罢早饭，我们乘车赶到太平湾电站。然后到江边，坐上一条铁壳旅游船沿江向上游驶去。江上的空气里仿佛掺上了香甜的分子，这不是单纯的江水香气，不单是漫山碧透山林尽染的清香。此处，鸭绿江水面还算开阔，碧绿碧绿的，平静得如同一面镜子。两岸绿荫掩映的青山清雅秀巧，一束束粉红的花朵装点青山绿水。

“这就是迎春花吧？”我问。

“对。”小贾点点头，那神情有点骄傲。为这美丽鸭绿江，为满山的红花绿荫。

可是，杜鹃花，你在哪里？

船向前驶，思绪向前移。远处黛青色的峰峦云雾缭绕。一群江鸥飞过头顶，美丽的翅膀拍起希望的梦幻，一群野鸭在江中畅游，这是它们最理想的归宿。江面上的青山侧影与青山原形互相映衬。游船沿着碧绿的江面逶迤行驶。我伫立在甲板上，迎着春风远眺，一幅幅亦真亦幻、如梦如烟的美丽画面使我的精神为之一振。

游船终于停在一面陡坡旁，离船上岸，爬上山坡，就到了我们的目的地——边防哨卡。此刻，一位小战士手握钢枪在岸边岗亭里站岗。我们来到战士们的卧室，雪白的床单，叠得整整齐齐的有棱有角的军被，展示着中国军人的风采。

这里三面环山，对面是鸭绿江，江那边就是朝鲜，交通不便，生活条件艰苦。年轻的战士守卫着一座大桥，有的战士已经三年没有回家了。军营后面是一个篮球场，旁边的猪圈里有战士们自己养的猪。我们在军营的文化室里和战士们一起用午餐。饭后，同行的省政府办公厅常处长在战士们的要求下，唱起了《说句心里话》《打靶归来》等歌曲，自发地形成军政联欢会。

“说句心里话，我也有家，家中的老妈妈……你不扛枪我不扛枪，谁来保卫祖国，谁来保卫她……”战士们唱着，雄壮的歌声唱得我心里酸酸的，眼里噙着泪花。我看到墙上的光荣榜感动了，这些小战士为了保卫祖国，离开了老妈妈，离开了心爱的她，在艰苦的生活环境中，日日夜夜守卫在祖国的边防哨卡，他们就是当代最可爱的人。

我沉浸在激动的感慨之中。

“报告。”一位小战士手捧一大束鲜花走进来。我的眼前一亮，啊，美丽的杜鹃花。我没有在公园里看见你娇媚的身姿，没有在山林中看见你少女般的面庞，却在边防哨卡的文化室里见到了你。军人，杜鹃花；杜鹃花，军人。你衬托着战士那健美的身姿，温柔与雄健统一的美展现在我的面前。我想起俄罗斯诗人普希金在《致凯思》的诗中，开篇写的那句：

我记得那美妙的一瞬：
在我面前出现了你，
有如昙花一现的幻影，
有如纯洁之美的精灵。

终于到分别的时候了，我们登上船，离开了哨所。那位小战士弹起了吉他，唱起了送别的歌。

战士们跑到桥上挥着手中的杜鹃花，高喊再见，我们都到甲板上频频挥手告别，直到互相看不见为止。我的心久久不能平静，战士的歌声、站岗的哨兵、那束盛开的杜鹃花，都永远地留在我的心里，成为永恒的纪念。

难忘草原

1987年的夏季，我在大病了一场之后，被派往远在呼伦贝尔大草原深处的达赉诺尔参加会议。尽管病后身体虚弱，我还是很高兴地前往，为能见到梦中草原而欣喜不已。

列车奔驰了大半天，晚上七点到达赤峰，我要在这里住一夜，换乘列车赶往满洲里，再换乘才能到达赉诺尔。我四下张望着，草原是什么样子？我虽已到了内蒙古却还没有见到真正的草原，我唱起来："蓝蓝的天上白云飘，白云下面马儿跑，挥动着鞭儿响四方，百鸟儿齐飞翔……"

"雨佳。"前来接站的文友的呼唤把我从梦境唤醒。在与文友度过快乐的夜晚后，我沉沉地睡去。一觉醒来，已是第二天清晨，告别文友，背起行囊，又独自踏上草原梦之旅。在摇摇晃晃的车厢里，我观望车窗外疾驰的景象。眼前掠过一片片宽阔的牧场，经过夜雨的洗礼，牧草显得格外葱绿，连空气也格外清新；不断有冒着缕缕炊烟的木屋和蒙古包出现；一群群正在吃草的牛羊，衬着东方的曙色，描绘出一幅幅清新优美的图画。一进草原，这景象就令我惊喜不已。

然而，我真正有缘一饱眼福的，是在见识了内蒙古呼伦贝尔草原之后。

列车行至一天一夜后，迎来了又一个清晨，早餐后，我突然感到浑身难受，并发起烧来。糟糕，独自旅行，最怕的是生病，我急忙翻出药吃下，躺在卧铺上休息，顾不上去看窗外景色，合上眼，静静地卧着，心里却开始幻想草原的美。

就这样，我久久地躺在卧铺上，忘了病痛，忘了孤寂，与草原神交，任思绪在草原上奔流。

下午一点半，终于到达满洲里，我该下车了。我的病情却加重了，当烧得迷迷糊糊的我头重脚轻地背起行囊走出站台，走进候车大厅，想去排队买到达赉诺尔的车票，没想到一阵难以抑制的恶心，让我吐了满地。这时，一位高高大大的警察走过来，看到我煞白的脸关切地问：“你怎么了？”

“我病了。”我强打精神对他说。

“你是干什么的？到哪里去？”他温和地询问我。

我拿出介绍信，告诉他我行程的目的。

他温和地接过我的行囊说：“跟我来吧。”

看到满地秽物，我不好意思地说：“请让我打扫一下吧。”

他看了我一眼，说：“你得休息，一会儿我来清扫吧！”

到了车站派出所门口，他说："进去吧。"屋内的两名干警严肃地看着我，那眼神分明是说："她犯了什么事？"

"安所长，她怎么回事？"一位警察问带我进来的人，被称为安所长的人说明了我的情况，两名干警立即温和起来，忙把我让到屋里的床上，安所长倒了杯水，又拿来药递给我："一个小时后有趟车去达赉诺尔，我去给你买票，你躺下休息会儿吧，车来了我叫你。"

我道过谢后，躺在床上迷迷糊糊地睡着了。不知过了多久，安所长叫着："同志。"推醒我说，"车来了，我送你上车吧。"说着将车票递给我。

睡了一觉后，我感到浑身轻松了许多，起身跟安所长来到站台上。这趟车是由哈尔滨开往达赉诺尔的，人山人海，连过道都站满了人，根本没有座位。病中的我如果站到目的地，非累坏不可。安所长找来列车长，清出一个三人座位让我躺下，又对列车长说了关照我的话，就悄悄地下车了。我望着他的背影，心里非常感动。

漫长而孤独之旅，得到素不相识的草原人的热情关心，这份情今生今世不能忘怀。

三个半小时后，终于到达赉诺尔了，接站的同志在细雨霏霏中接过我的行囊，发现我病得不轻，直接送我到医院。会议主办单位的李桂霞大姐在医院陪着我输了一天一夜的液，望着白色的晶莹的药水一滴滴地流动，我感受到草原人的热情、豪爽、粗犷和真诚。

我没有想到当年草原英雄小姐妹的事迹和草原歌给了我草原梦，为了圆梦我却用病人的身躯走进向往多年的草原。而这里的人让孤独且病中的我感动。

我的身体很快就康复了。会后，我们去游草原明珠达赉湖。大客车载着我们在草原上奔驰，广袤的草地茫茫无际，没有毡包，没有房屋，没有树木，只有低低的天空浮动着灰色的云。远处奔跑着枣红色、棕黄色和灰白色的马群，一位牧马少年跨坐在枣红马上，英俊而强健，他拖着长长的套马杆，在草原上时跑时停，一袭被黄褐色衣衫在风中高高扬起，像飘飞的旗帜，纵马奔驰的他“啊啊啃啃”的喊声，在无垠的草原上飘荡着，让我想起吴松华的蒙古歌，他是在指挥他的马群，还是倾诉自己的寂寞、释放自己的情怀？那长长的声调搅动了无边的沉寂，草原也因这生命生动起来。那一刻，牧马少年像一尊沉默的铸铁、凝重的岩石，又像一幅震慑人心的图画，永远地刻在了我的心上。我知道，牧马人在用歌一般的喊声对抗没有人烟的沉寂。我想起满洲里车站的警察安所长和他的战友们，他们和牧马少年一样，是草原人的形象。

离开草原的时候，列车直达哈尔滨。路过满洲里车站时，我将头探出车窗外，看到安所长正搀扶着一位七旬老太太走在站台上，像是搀扶着自己的母亲，没有来得及打声招呼，列车便开走了。对草原的迷恋淹没了我，任凭泪水在眼眶里打转，最后毫无阻挡从脸颊滚落，那情感的波涛撞击着心扉。

我感受到草原人的心像草原一样辽阔，像蓝天一样高远，像白云一样明净，更像花朵摇曳、彩虹绚丽、细雨深情。这也许就是我向往草原的缘故吧。

二十三年了，安所长、牧马少年，你们可好？

搬　家

1961年，我7岁那年，我的父母终于结束了租房，有了属于自己的房子——一间半土屋，这是父亲单位分配的公房。

秋末的一天，全家五口人欢天喜地地搬进新居。我帮助父母搬小家什、擦箱抹柜、打扫院子。没想到，这一间半土屋，我们一家竟然一住就是24年。

这是怎样的24年啊！

夏天潮湿闷热，土屋地面是泥土地，一下雨，屋内便进水，走动便满脚是泥，还常常将泥带到炕上。看到谁家红砖铺地，则羡慕不已。冬天寒风呼啸，我们在屋内生炉子取暖，看到煤在炉内呼呼燃烧，心里真的非常暖。早上起来扒炉灰时，炉灰四处飞扬，弄得满屋子都是炉灰，灰头土脸的我们互相望着。但那时大家都是这样的条件，有这样的住房，也就满足了。看到父母怡然自得的神态，我们姐弟三人也相视而笑了。

1970年，我们终于用水泥把地面抹平了，踏在水泥地上，心里自然高兴。两年后，家里改装了土暖气，不用在屋内扒炉灰了，父母亲高兴了许久。

1979年，我们又在屋内装上自来水，吊了棚顶，土屋内的居住条件得到逐步改善。

日月如梭。记不得是哪一年了，尚未婚配的我，因为想一个人看书写点什么，便住进搁放杂物的门房子。这间门房是用大块煤核砌起来的，墙壁四面透风，我用纸壳在屋中央糊了个小墙，算是把卧室与杂物隔开了，再用报纸把斑驳的墙壁糊上，贴些自己喜欢的画，用牛皮纸把炕糊上，铺上被褥，再找来一张桌放在纸板墙前，上面摆满书，小屋顿时熠熠生辉。虽然炕与桌之间只能转开一个人，我的心里还是既满足又高兴。只是那两个三尺宽两尺高的小窗使屋内光线暗淡，且窗台时时掉灰，把被褥弄脏，纸又粘不上，尽管这样，我仍然兴高采烈。因为终于有了属于自己的小天地，每天下班后，吃过晚饭，便钻进小屋埋头读书。

冬天是最遭罪的，数九寒天，小屋内只有炕是热的。晚上，桌前读书，要穿上厚厚的棉鞋，睡觉要戴上帽子，否则，头会冻得生疼。

记得1984年冬的一天，正在读电视广播大学的我学习到深夜才睡，因为第二天要参加期末考试。早上五点左右，一阵剧烈的头痛袭来，把我从睡梦中痛醒。我忍痛爬起来，走出小屋叫开父母的门，告诉母亲我病了，母亲一摸我的额头，滚烫滚烫的。

“一定是感冒了，那屋子不能住人！”她说着，赶忙找来药让我服下，慢慢地头不疼了，只是烧得迷迷糊糊的。等我赶到考场，看到试卷上的字只是模糊一片，我使劲地揉揉眼睛，定睛细看试题，凭着毅力，坚持考完试，之后整整病了七天。

小屋的窗口外，是一条长长的窄窄的巷子。夏天，我在小屋里学习，孩子们在窗外嬉戏打闹，还真得有“两耳不闻窗外事”的功夫才能坚持学习。冬天的冷、夏天的热我都能克服，只有一件事，至今让我心有余悸。那是夏夜的一个晚上，快十一点了，我躺在床上读书。突然，一阵敲窗棂的声音吓了我一跳，我喝问：“谁？”

一个低沉粗重的男人声音传了进来：“开门。”那声音是命令式的。我的心一阵狂跳，忙跳下炕，跑到门口打开气窗，大声喊父亲和弟弟的名字，只听巷子里响起一阵慌乱的脚步声，那人跑远了。这事发生后，父母亲劝我搬到他们的房里去住，我留恋那学习环境没搬，只是每日不敢开灯太晚，值得庆幸的是，以后再也没有发生这类事。

小屋的破旧，拙笔一时形容不出来，让我心里难过的是冬天一生炉子，满屋子浓烟；夏天满屋子蚊虫，赶也赶不走。这不能住人的破旧小屋，我住了十二年，并完成大专和本科的学业，取得了毕业证书，撰写了大量各类体裁的文章。小屋给了我怡然自得的乐趣，那淡淡的墨香、柔柔的灯光，像优美的音符，不断唤醒我内心日益高涨的希望。小屋里的日子很充实，让我很开心。

1992年冬，我离开故乡了，调到辽西一个滨海城市，搬进了宿舍。与年轻人同住，有诸多不便，生活习惯、人生观念都不尽相同，随时有矛盾产生。我曾因熬汤药挨过年轻人的骂，也曾因喜爱读书，被爱玩的年轻人逐出宿舍，漫无目的地徘徊在宿舍的院中。那时的我，多么需要有个不大的家，来让我这颗疲倦的心歇息啊！

每当我走在夜晚大街上，看见万家灯光柔和地从窗内泻出，“我想有个家”的歌声便回荡在我的耳边，心里的酸楚是无人能理解的。

下岗后，宿舍也不能住了，我租了一家门房的小土屋，在土炕上铺报纸，摊开行李，孤零零地躺在上面，心像浮萍一样。

不久又租了间楼房，再次搬家，几乎成了搬家专家。直到半年后，我结了婚，才算有了稳定的家。虽然家只有四十多平方米，但毕竟是我的家，那个属于我的窗口，到晚上也会透出曾让我羡慕的柔和的光。搬家时，我和爱人找了辆车，一件件地搬着行李，终于结束了浪迹天涯的生活，有了可以停泊的港湾。疲惫时，歇歇脚，消融心中的不快；烦闷时，听听音乐，让悠扬的旋律抚慰劳累的身心。在这个港湾中，我仍努力学习，终于有机会考进国家机关，重新开始工作。

一年后，我们又一次搬了家，这次不是因为居无定所的漂泊，而是有了宽敞明亮的新楼房。经过努力，我又为年迈的父母购买了一百平方米的新楼房，从老家把他们接来，花了十多个小时的车程把父母的家搬来。他们住着漂亮的楼房安度晚年。父母和我爱人常说，不是改革开放，怎么会住上这么好的楼房？

Part 3：血脉亲情

夜色朦胧，周围一片寂静，我在黑暗中睁开眼睛，看见那月亮挂在树梢上，月光射进屋里。母亲和姐弟睡得很熟，轻微的鼻息声，此起彼伏。

愿时光不老，送给不停书写的父亲

夜色朦胧，周围一片寂静，我在黑暗中睁开眼睛，看见那月亮挂在树梢上，月光射进屋里。母亲和姐弟睡得很熟，轻微的鼻息声，此起彼伏。

我从炕上爬起来，看见爸爸挺着年轻健硕的脊背，坐在北墙角的书桌前，在那盏只有十瓦的台灯下写着什么，他的一缕油亮亮的黑发垂在眼前，他却不管，只顾低头写。

我听见笔尖与纸张摩擦的声音，让我与爸爸之间产生了一种微妙的距离感。熟悉的气息，使人感觉温暖，我知道，我在渐渐地长大，女孩长大了就不能再黏着爸爸了。抹了一把头上的汗，蹑手蹑脚地下炕，从衣架上拿起他的上衣走过去。

从我记事起，就看见父亲一有空就趴在书桌上写。

从脊背挺直头发黝黑到脊背微驼头发变灰白到全变白，只要一有空，他就趴在书桌上写，他在写什么？我有点好奇，问爸爸，他只是慈祥地笑笑，并不回答。母亲微笑着制止我：“别打扰你爸。”

爸爸小的时候，在辽西龙潭乡一个叫前井子的小村生活，只读了三个月的私塾。参加革命工作后，他勤奋学习，竟然可以给单位的职工上课了。

夜已经深了。他的眼睛专注于纸上，笔尖刷刷地响着，在寂静的夜里，格外清脆。头发颜色、额头、眼睛和嘴唇的形状，都随着笔尖的移动而变化，下巴、肩和手指则因不停地书写而稍动。

窗户映出的微弱亮光，抬头只见满天星辰闪耀，像破碎的钻石。隐约感觉爸爸的书写与我有关，与我的姐弟和母亲有关。至于为什么这么想，我也不知道。

有一天，爸妈都老了，所有过往都成为往事，被岁月磨损覆盖。

爸爸不停地书写，一定与我们姐弟的成长及这个家有关。

我走过去，给爸爸披上衣服，说：“太晚了，睡吧。爸爸。”

爸爸回头慈祥地看了我一眼，似乎笑了一下，说：“你去睡吧。我还有一点就写完了。”

在寂静的光里，我听到他轻轻地叹息一声，慢慢地穿上那件衣服，然后，笔尖发出一阵阵声响。

爸爸写东西时，我没少捣乱，但爸爸总是慈爱地抚摩我的头，从不怪我，想办法哄离开他，看见我跑去玩了，他赶紧拿起笔，认真地开始书写。想想，那时候自己真不懂事。

我四岁的时候，和姐姐在屋外玩，不小心打碎了姐姐的玻璃瓶，姐姐含泪揪了我的小辫子，又掐了我的小鼻子，其实不疼，我却跑回屋去，撒娇地在爸爸的书桌前哭哭啼啼地告状，爸爸停下笔，双手放在我的肩膀上，说："姐姐揪得痛不痛？"

我说："不痛。"

爸爸又说："你把姐姐的玻璃瓶打碎了，赔礼道歉了吗？"

我摇了摇头，赶紧跟姐姐道歉。我回头看姐姐，她没恼，微笑着拉起我的手，说："没事，妹，我们去叠纸飞机。"

爸爸微笑着看着我们，又拿起笔，妈妈端着一杯茶，走过来，放在他的书桌前，说："你写你的，别管她们。"

下雪了，外面白茫茫一片，我和姐弟打雪仗、堆雪人，爸爸却在屋里写他的文章，我不解，我多想和爸爸一起堆雪人。跑进屋，拿掉爸爸手中的笔，拉着他的大手往外走。爸爸微笑着说："丫头，我还有一点就写完了，你先和姐、弟玩，我一会儿就去。"拿起笔，又去写。

我不敢再去拉他走，就默默地站在他的书桌前流泪。

爸爸听见我抽泣，转过身来，慌忙抱起我："咋了闺女？谁惹我闺女了？"

我哽咽着说："爸爸，就是你惹我生气了。"

爸爸笑了，说："闺女，说，爸爸怎么做你才不生气？"

我破涕为笑，抹了一把脸上的泪，说："我要你跟我玩，我们一起堆雪人。"

"好！爸爸跟你一起堆雪人。"爸爸终于放下笔跟我出去玩了，我欢呼着，奔了出去。

妈妈笑着嗔怪爸爸："就你惯的。"

那天，爸爸玩得很高兴，他用煤块给我和姐姐、弟弟堆的雪人做了眼睛，用橘子皮做了嘴巴，还找来一块红布条给雪人系上红领巾。

我这样打扰爸爸的写作不知多少回，回回都是眼泪起作用。

那个时候，我还不知道，就是爸爸的这支笔，记录了我们成长的历程，那些渐渐远去的记忆的点滴碎片，才会闪现。

这一天早上，我在朝阳的照耀下醒来，睁开惺忪的眼睛，看见妈妈站在地上给穿着小花袄的姐姐背上她新做花书包。爸爸站在门前催促："赶紧走吧，再晚就迟到了。"

我揉着问："你们去哪里？"

妈妈说："我和你爸送你姐姐上学去。"

"我也去！我也要上学。"我跳出被窝，抓起衣服穿起来。

爸爸说："二丫，别捣乱，你去干啥？乖乖地在家陪奶奶。"

"不！我也要去上学。"

妈妈说："闺女，你还小，等你长大了再送你去。"

"不！我要去上学。"我眼睛睁得大大地望着他们。心里很不平，为什么送姐姐去上学，而不送我？

爸妈拗不过我，就赶紧给我穿上淡粉色的棉布花裙子，领着我和姐姐一起去了学校。

我和姐姐一起站在报名老师的桌前，等姐姐登记完，我上前说："老师，我也报名。"

负责报名的女老师笑了，伸出手抚摩我的脸蛋说："小朋友，你还小，再过几年你再来，好吗？"说完，领着姐姐走到操场，姐姐走进小朋友的行列，我一看，急了，挣脱了母亲的手，也站进去，跟在姐姐的身后。爸爸欲拉我出来，被女老师制止了。

队伍唱着歌开始行走了："小鸭子，呱呱叫，背着书包去上学……"我跟着走着唱着。

我看见爸爸妈妈站在操场边上很着急的样子，更大声得意地唱着、走着。

回到家里，爸爸妈妈笑了好几天。我知道，他们是在笑我，但我还很得意，以为我可以上学了。

谁知，第二天我就笑不出来了。早上起来，姐姐不见了，我知道她去上学了。可是，为啥不带上我呢？老师不是收我进新生队伍了吗？

姐姐下学回来了，在书桌前背书，我就在旁边跟着念。我听见爸爸对妈妈说："这孩子求知欲很强，我们还是早点送她去上学。"我看见妈妈点了点头。

七岁那年的一天，我在院子外面和邻家小孩子玩耍，正高兴，几个大人走进街道组长陈婶的家，我们丢下玩具，跑到陈婶家的后窗下，探头探脑地朝里面望。我听明白了，他们是育红小学的老师，来招新生的。我想都没想，跑进去报名。老师说："你这个年纪可以上学了，但你得拿着户口本来报名。"

我跑回家，边跑边想当年爸妈他们那么偏心，让姐姐上学却不让我上学，心窝就堵得慌。这次上学报名不能让他们知道，要悄悄地报名。我贼一样拉开院子的黑木门，蹑手蹑脚地绕过在灶间做饭的妈妈的身后，走进卧室，拉开抽屉，拿起那鲜红的户口本就走，突然想起，这样出去会被妈妈看见的，就顺手把户口本藏进衣服里，跑出院门才敢拿出来。

从陈婶家里出来，我的心有了飞翔的感觉——我终于可以上学了。

晚上，当全家围在饭桌前吃晚饭的时候，我严肃地说："爸、妈，我有事情宣布。"然后，坦然地看着爸妈和姐姐。

爸爸说："好啊！你说。"

妈妈笑着说："这丫头，干吗这么严肃？"

我环视了一下家人，看着爸爸说："我上学了，我偷了家里的户口本报名了。"然后，坦然地等着他们责罚我。

爸爸和妈妈对视了一眼，咧嘴笑了，他慈祥地看着我，说："孩子，你已经七岁了，该上学了。等学校开学，我和你妈送你去。"

我睁大了眼睛，看着爸妈，好像不认识他们了。然后，一下跳到地上，大喊："我上学了。"

妈妈下炕，拿出她早已为我做的花格子新书包，还有软绵绵的坐垫递给我，说："看，妈妈早就给你准备好了。"

我瞪大了眼睛，无声地看着他们，原以为他们是反对我上学的，原来是我错了！

爸爸叫住我，递给我一本红皮小本子，说："这是爸妈送你的礼物。明天你就是小学生了，爸妈希望你好好学习天天向上。"

我打开红皮小本子，看见上面有一行字，那一定是爸爸写的，就说："爸爸，你告诉我这行字是啥意思好吗？"

爸爸开始朗读，他的声音醇厚温暖，磁性十足："这是列宁说过的一句话，今天送给你：'一个人的优点表现得不是地方不是时候，就变成了缺点。'你好好想想这句话的意思，好吗？"

爸爸在我上学前告诉我列宁的这句话，他把对儿女的爱融进了这句话里。随着年龄的增长，我越来越深刻地体会到他的用意。真让我受用一生。

学校开学的那天，我背上花格子新书包，和已经上四年级的姐姐，在爸爸妈妈的陪伴下去了学校。一路上我蹦蹦跳跳地拉着爸妈的手，姐姐拉着妈妈的另一只手，一起朝前走，那温馨的画面，我一辈子都忘不掉。

站在学校门口，爸爸妈妈千叮咛万嘱咐，让我听老师的话，好好学习，天天向上。

在学校，我门门功课都很优秀，每次开家长会，老师都把爸爸妈妈请到前排坐下，他们的脸笑得如花般的灿烂，我知道，他们因我而骄傲。

我是调皮的，总是干扰爸爸的书写。每次写作业都要和爸爸挤在一张桌子上，爸爸写，我也写。姐姐就老实地坐在土炕那张饭桌上写作业。每当看到这一幕，妈妈都笑我，偷偷地塞给姐姐一个鸡蛋，或者一把葵花籽，而姐姐总是给我留着，在爸妈看不见的时候，偷偷地塞到我的衣兜里。

当爸爸看见姐姐偷偷地给我吃的，就微笑着抚摩姐姐的头发。

记得有一次，快放学的时候，我的肚子开始痛，老师通知了爸爸。爸爸满头大汗地跑来学校接我。他蹲在地上，让我趴在他的背上，渐渐地肚子不那么疼了。

多年后，我已经三十七岁了，突然有一次辽大自考学习行政管理本科专业的机会，据说，自考极难，是否参加学习，我很犹豫。

吃晚饭的时候，我对爸爸妈妈说出了我犹豫。

妈妈说：“这个年纪了，别费那个劲了。”

爸爸却坚定地要我学习。他说，人要时刻补充知识，就像汽车得时时加油一样，不然就跟不上形势了。爸爸又一次以他的坚定和执着送我去上学。

三年后，我自考本科毕业。

这次学习至关重要，以至于我在全国体制改革后失业的情形下，凭着自身的实力考进国家机关。如果不是爸爸坚持，我也许不会参加自考读书，那么也就没有资格去报考公务员了。

如果有人问我，谁对你的一生影响最大，我会骄傲地说，我的爸爸孙廷朝。

纸　盆

黄昏，我把买来的鸡蛋放进一个墨绿色的纸盆里，多年的怀念涌上心头。

那些风清朗月的夏夜，倚在奶奶的怀里，看着她打纸盆、剪纸花，然后，贴在纸盆的帮上或盆底。在奶奶温柔的凝视中，我收拾残纸的碎屑和剩下的糨糊，望着那个新的墨绿色纸盆底上的荷花，喜悦在红烛般的梦里摇曳。

四十多年过去了，奶奶也离开十六年了，故乡土屋里，奶奶打制的纸盆却依然在，在我的房间里，有一个纸盆盛着琐碎日用品——针线、药品或者鸡蛋、粉条之类。那盆帮和盆底上盛开着桃花或荷花，在经年的风雨过后，仍然绿暗红稀。在我经历了世事之后，依然如影随形。

在我的一生里，我的灵魂出发点，就是辽西那个故乡小村的土屋，那里有奶奶和父母亲智慧的结晶。我在那里的童年生活，宛如多梦时节盛开的一朵小花，在鸡鸣狗吠声中，在夏夜窗外天空上一轮红红的月亮下，小小的心房里，渴望经历世上的繁华和沉沦。于是，从奶奶给我做的纸盆里，拿出几个煮熟的鸡蛋，塞进小小的书包，蹦蹦跳跳地去上学。在课间操的时间，和同学跳绳、跳房子、丢手绢，活跃在学校操场上。

那个奶奶留下的纸盆，躲藏在岁月的深处闪着古旧的光泽，储存着一盒胭脂、一张泛黄的老照片，或者一把老旧的纳鞋锥子、剪子。

从窗子朝外望去，夏夜穿着绿色的霓裳，站在天地之间。回忆在回眸的一瞬，如大江之流滚滚而来。我看见奶奶坐在乡村的土屋里，点燃蜡烛，从自己做的纸盆里，拿起刚纳了一半的鞋底子，刺啦刺啦地拽起了麻绳。土屋的墙壁上，印出了绾着高耸的发髻的美丽女人的影子。她细细的脖颈上，汗水晶亮地闪烁着。她身边那个小纸盆里，盛着她的针头线脑。

奶奶的纸盆时代，确切说是在她进城后开始的。在乡下的时候，由于缺乏纸张，她只是象征性打过那么一个小纸盆，用来盛她的针头线脑。就这样一个很简陋的小纸盆，让乡亲们很羡慕。那是奶奶用姑姑、叔叔们废旧的作业本打出的。真正发挥纸盆才能是跟着大姑进城后。那时，在大辽西北票县（今北票市）任副县长的大姑父和他的妻子我的大姑，生了他们的第一个孩子亚军，叫奶奶去给他们带孩子。

奶奶迎着五月的空气和风里缓缓蔓生的思绪，手拿一个小包袱，颠着三寸金莲的小脚，拉着我的小手，坐在马车上。我的怀里捧着那个小纸盆，奶奶的第一个作品。

奶奶是个能干的女人，五十多岁的她，不仅给大姑照看孩子，还给大姑的一个同事照看孩子。她把两个孩子哄睡后就去洗涮、做饭、喂鸡，末了，坐在椅子上休息片刻。有一天，她忽然看见有一大摞报纸堆在大姑父的桌上，她兴奋起来。晚上，大姑父回来，她问他："你的这些报纸还有用吗？"

大姑父说："没用了，你可以去废品站卖掉。"

大姑过来说："我们每年都自己定些报刊。妈，你想做什么？"

"我想用它打几个纸盆。"奶奶笑语殷殷地说。

"你别忙活了，有时间多休息。"大姑说。

"琴儿，你有时间去街上给我买点各色油纸。"奶奶坚持说。

大姑点了一下头。第二天晚上下班，就抱回来红色、淡红色、黄色、绿色的油纸来。我看见奶奶高兴得嘴都合不拢了，忙颠着小脚迎上去，伸出双手，宝贝一样接过油纸，转身放进她住的小屋。她回过头来，拿过大洗衣盆，把报纸撕碎放进大洗衣盆里，嘴里叫着："琴儿，快把灶间的那盆米汤给我端来。"

大姑答应了一声，跑去厨房端来米汤，问："妈，米汤来了，你做什么。"

"用米汤浸泡碎纸啊，这样才有黏性。"奶奶边回答边接过米汤盆，转身将米汤倒进大洗衣盆，把盆里的碎纸搅匀。一天后，碎纸被泡成浆，黏黏地躺在盆里，奶奶拿来一个搪瓷盆子做模子，把有黏性的烂纸浆均匀地糊到搪瓷盆子的外面。晒干后，再糊上一层淡红色的彩纸，用不同颜色的彩纸剪纸花，贴到盆帮或盆底，一个漂亮的纸盆就做出了。我拿到手里端详，淡红色的盆底上，盛开着一朵朵莲花。

大姑下班回来了，看见纸盆，眼睛一亮说："妈，你手真巧！这简直就是工艺品！"

被夸赞了的奶奶脸上泛起了红晕，她笑吟吟地看着我说："这个纸盆先给我孙女了。"

于是，我就成了第一个拥有奶奶做的纸盆的人，我把女孩子用的胭脂、小梳子、嘎啦油、头发卡子什么的放进去，然后，小心翼翼地把纸盆放在一个老旧的矮柜子上。不论我走哪里，看着它，就想起奶奶颠着三寸金莲制作它的情景。

那个傍晚，姐姐回来了，看见我的粉红色的小纸盆，撅起了小嘴。她是个内向的女孩，有什么话总是憋在心里。妈妈走过来，说："珍，妈妈给你做一个，走，去吃饭。"姐姐站在哪里不动，嘴撅得更高。我走到矮柜前踮起脚，把小纸盆捧在手上，走过去，说："姐姐，你拿去用吧。"

姐姐破涕为笑，说："小妹，你用吧。"

姐姐笑嘻嘻地抱紧我，用她的小脑门顶着我的小脑门，说："哪有姐姐抢妹妹东西的。"

我说："姐姐，咱俩用，把你的东西放进来吧。"

姐姐就把她的小物品放进小纸盆。姐姐放好东西，郑重地把盛满了我们俩的东西的小纸盆放到矮柜上，摇晃了一小脑袋，牵着我的手跟妈妈去吃饭。

第二天一放学，我就跑去找奶奶，奶奶听了我的诉说，哈哈大笑，说："都怪我，我怎么忘了还有一个大孙女呢！真是有偏有向呢！"她颠着小脚走进里屋，拿出一个墨绿色小纸盆，说，"拿去给姐姐。"

自从做纸盆后，奶奶更闲不住了，她闲暇时间几乎都在做纸盆。先是给几个姑姑做，再给几个叔叔做，她八个儿女每家有一套大中小不同的纸盆。然后就是给邻居、朋友做。有人见了，说喜欢，她就送他一个。那时候，奶奶周围的人家几乎都在用奶奶做的纸盆。每做好一个，奶奶就喊我给人家送去。我也乐此不疲。

我看见奶奶一整天一整天地坐在青砖泥瓦的房子里，浸纸浆、糊盆型、剪纸花、打浆煳，就劝她："奶奶，歇会儿吧。"

"我不累，你去写作业吧。"奶奶头也不抬地说。

我二十六岁那年要离开故乡出去打拼。患了眼病的奶奶颠着三寸金莲跑来看我。她坐在我对面，伸出粗糙的满是皱褶的手，抚摩我的脸颊。纵横的老泪恣意地流满她那核桃皮一样的脸，我拿起手绢，帮她擦去眼泪，哽咽着说："奶奶，你别惦记我，好好保重，我会常来看你的。"

奶奶点点头，说："奶奶送你一套纸盆。"站起身走了。

我忙追出去，说："奶奶，不要啊。你眼睛不好，还是多休息吧。"

七十五岁的奶奶没有回头，她摇摇手，颠着三寸金莲急急地走了。

第三天，奶奶来了，怀里抱着一套精美的纸盆。大的、小的、中的各种花色在我的眼前飘荡。我忙上前接过来，说："奶奶，你何苦呢，我又用不上！我住在集体宿舍，没有地方放这些纸盆的。"

奶奶笑着说："琳琳，奶奶知道，奶奶是给你将来成家打的纸盆。奶奶的眼睛越来越不好了，现在不打出来，恐怕将来就没有机会了。这是我做的最后几个纸盆了，留个念想吧。"

我哭了。望着眼前的纸盆子，我的泪水哗哗地流淌。

奶奶呀！你患眼病这么久了，为了孙女，你还是这样劳作，为的是给孙女将来结婚准备一套纸盆！奶奶，我会很好地珍藏你的爱，珍藏你为我做的纸盆，到广阔的世界去寻觅属于我的人生。

槐树下，跟母亲学做鞋

十二岁那年，我就跟母亲学做鞋了。

那个夏日的午后，微风轻抚，烈日高照。父亲上班去了，我一觉醒来，发现母亲不在屋，忙跑出去，看见母亲坐在屋檐下的阴凉处，身子前倾，全身的力气都用在一只鞋底上。我走过去，看见她在纳鞋底。她不时抽动细细的麻绳，发出刺啦刺啦的声音，屁股下的小木凳也吱呀地叫着，像是在附和抽麻绳的声音。她费力地喘息着，不时咳嗽着，然后往旁边的一个小痰盂里吐痰。天气热得没有一丝风，唯有空气中弥漫着树木青草的清香。我看见母亲脸上流淌着一串串汗珠，顺着鼻翼悄然滑下，滑进嘴里，滑进脖颈下面的衣襟里。

母亲正在生病，她的支气管炎犯了。我的眼睛一阵模糊，有泪珠流了下来，那泪珠仿佛让我体会到母亲在病痛中劳累的苦楚，悄然滑进我的嘴里，咸咸的。那拉麻绳的声音和她艰难的喘息声混合在一起，拧成一把铁夹子，一下下地夹着我的心，夹得生疼。

抬头看一眼白花花的日头，我萌生了跟母亲学做鞋的念头，也算替母亲分担一点生活的重担。

从我记事起，不论春夏秋冬，只要一闲下来，母亲的手里就会立即拿起没有完工的鞋子，纳鞋帮或鞋底。那大的青布鞋是爷爷和爸爸的，小的是叔叔和弟弟的，花布鞋子不论大小，是奶奶、妈妈或我和姐姐的。

母亲总是在爷爷、爸爸或弟弟的青布鞋子的后帮上密密地缝，使它结实耐磨，针脚是插着花缝的，错落有致，看起来那针脚很是美观。母亲做这些的时候，非常认真，她低着头，看着手里的鞋帮子，找准下针的位置，扎下去，穿透鞋帮后，把针屁股顶在中指上戴着的铜顶针的孔眼上，使劲把针顶出去，她的右手灵活地伸到鞋帮的另一面，拔出针，一针就算缝完了，反复多次，鞋帮的脚后跟部分就布满了与布的颜色相同的针线。母亲心满意足地放到有光亮的地方，反复端详她的作品，好像摆在眼前的不是一双普通的未完工的鞋子，而是大师的艺术品。

母亲的巧手是出了名的。很小的时候，我曾穿过母亲做的虎头鞋，母亲在鞋子的前面部分，用黄布做了一个虎头，再用黑布揪成两个小布团，作为虎的眼睛缝上去，虎的精气神就出来了。虎头的额上是黑布条做的“王”字，威风凛凛，大显王者风范。我穿上这双鞋，这两只小老虎就威风八面地站在人前。村里人啧啧称赞：“瞧！看琳琳妈的手多巧。”这话说得我心里美滋滋的。母亲给奶奶做的年鞋更是好看，大红的布鞋帮上绣着两朵并蒂莲。初一拜年的时候，奶奶稳稳地坐在家中的梨木椅子上，端起茶杯，喝一口清香的茶，压了压心窝里的甜蜜，然后，抬起头，扫了一眼众乡亲，说：“这是琳琳妈给我做的。”周围又是一片赞叹声。母亲则垂下头，眼睛羞涩地盯着地面，看着自己脚上那双很旧的鞋子。那双鞋子，她已经穿了三年。她给爷爷、奶奶、父亲、叔叔和我们姐妹做了一双又一双棉的、单的鞋子，她自己却始终穿着那双很旧的黑色布鞋。

母亲做鞋的样子特别好看。低垂着年轻光滑的脖颈，抿着嘴，全神贯注地看着手里的鞋帮或鞋底，飞针走线。她不时将拿针的手举过头顶，细细的针就插进头发丝里，来回蹭几下，再回到鞋帮上。这时候，母亲的手就像在花丛里翩飞的蝴蝶，灵巧、有力。看着亲人穿上自己做的鞋子行走于世，应该是她最得意的事情。

那个十二岁的夏季的午后，当我把眼睛从母亲的手上移开时，我看到母亲的额上闪着细碎的汗珠。母亲太操劳了，我何时才能分担压在她肩上沉重的家务活呢？忙跑过去，拿一条碎花的毛巾放在母亲的额头上，擦掉那些细碎的汗珠，说：“妈，歇一会儿吧。”

母亲接过毛巾，在额上使劲地擦了擦，微微喘息着说：“你爸爸等着穿呢。”说完赶紧低下头去，飞快地拉着麻绳。就是这个瞬间，我整个人一颤，随着母亲纳鞋底的动作，她那丰腴的身姿大树一样摇曳着，那哗哗的响声震醒我的心灵。心在那个瞬间猛然充盈起来，我几乎下意识地接过母亲手中的鞋底，说：“我来吧。”

母亲定定地看着我：“你怎么行？你还小啊。”

“我不小了，都十二岁了。”我倔强地夺过母亲手中的鞋底，很费劲地学母亲的样子纳起来。歪歪扭扭的针脚出现在鞋底上，母亲呼吸粗重地接过鞋底，说：“琳琳，你看，锥子要这样用劲。”她接过鞋底子，右手攥紧木把的圆锥子，在鞋底的背面用力扎透，再把锥子拔出来，把引好线的针，从锥子眼穿到正面，让针和麻绳顺眼而过。她娴熟地先用木锥子的圆柄把麻绳缠绕几圈，然后用力拉绳，拉绳后，针脚就紧紧地抠进鞋底了。这个时候，妈妈的手已经被勒得通红。我曾看见她的手，因为常年这样来回拉麻绳起了茧子，有时还磨出血来。

“看见了吗？要这样，从正面用锥子扎眼，针从正面递过去，针的背后先别把锥子拔出来，要用针尖抵住从正面扎过来锥尖，借拔锥子的惯力把针线带过来，这叫带针。只有这样，才能保证针脚整齐均匀。”她认真地示范着，呼出的热气扑到我的脸上，痒痒的。我认真地看着母亲的动作，听着她拉麻绳时刺啦刺啦的声音，那娴熟的动作简直让我着迷，我什么时候能像母亲一样，做出那么漂亮的鞋子呢？当时我就在心里暗暗地想，穷人的孩子早当家。我行的，一定行！

再次接过来时，手就不那么抖了，针脚也均匀些了。母亲笑着鼓励我：“看我闺女多聪明。”

母亲身体不好，患有严重的肺气肿和支气管炎，一到冬季，嗓子眼里总是呼噜噜的，上气难以接下气，让人听了心里发紧，她却像健康的人一样忙碌着。到了夜晚，就是母亲为全家做针线活的时候。灯下的她，全神贯注地做衣服和鞋。她的剪影被昏暗的灯光投射到墙壁上，像一幅美丽的劳作图。全家人身上穿的衣、脚下穿的鞋子，都出自她的手。我家进城后，她不用给叔叔和姑姑们做鞋了，却还要负责爷爷奶奶的衣服和鞋子。我看见她经常放下手中的针线活，使劲地咳嗽，脸憋得发青，头发被风吹得如同秋后的乱草，咳得厉害时，还会尿湿裤子。咳一阵后，喝一口水，冲走嘴里的痰沫子，就又开始忙活。一天天，一年年，岁月用所谓的经历，毫不怜惜地从她身上拿走所有的水分与鲜嫩，纵是万千惋惜慨叹也是徒然，母亲渐渐地老了。

看见母亲在病中忙活家务，屋里屋外的活计几乎都是她一个人做，我真的很心疼。我清晰地感受到，母亲的爱，那么清晰地弥散在这个家里，融化在我们身上的衣衫和脚下的鞋子上。

暑假到了，我用十天的时间做完了所有的功课。然后跟着母亲学做鞋，母亲听了我的请求后，看了我一会儿，没有说话，默默地转过身去，从箱子里拿出一个大皮夹子，那是父亲曾用过的公文夹。母亲从里面掏出一大叠纸来，说是纸，不如说是剪纸。我忙接过来看，问母亲："这是什么？"

母亲淡淡地说："鞋样子。做鞋得先有样子。这些是你们小时候到现在的鞋样子，还有我和你爸的。"

我急急地拿过来看，有鞋帮的样子，有鞋底的样子，大小不一，样式各异："妈妈，这些鞋样子哪来的？"

母亲说："当然是我剪的了。是我根据全家人脚的大小画的样子，剪下来做准备的。你也要学剪鞋样子。"说着，就告诉我，如何按不同的人不同的脚的比例，把样子画在纸上。

我点点头："妈妈，你真了不起。做鞋还有这么多的学问呢。"

母亲笑了，说："当然，鞋样子剪不好，做出来的鞋子就不合脚，做什么也不易啊。你先学着画你自己的鞋样子，别忘了按脚的尺寸大小画。"

我接受了母亲布置的作业，在故乡的土屋里，搬一张旧炕桌放在土炕上，摊开一张破报纸，把脚放上去，佝偻着背，眯缝着眼，右手拿着铅笔，沿着脚的轮廓画出脚型，再拿起剪子剪出鞋底的形状，兴高采烈地跑去给正在剁猪食的母亲看，母亲接过去看了看，告诉我：“你要留出缝纫的余地来。你弄得这样紧，在哪里下针呢？”我沮丧地回屋，再画！反复几次，拿给母亲前，我突然想起，为何不用自己脚下的鞋子比一比呢？行不行自己就知道了。果然，母亲很满意。我又开心地去画鞋帮子了。母亲见我用功，微笑道：“我老闺女干什么像什么。”听她这么说，我就更来劲了。

黄昏时分，我走出家门，走到荷塘边，看到荷花红白相间，亭亭玉立，心想我的第一双鞋就绣荷花。两只鞋要绣一对相望的花朵，我在边思考怎么画边慢慢地走回家去。

第二天，母亲说：“你若真想学做鞋，就先学打袼褙吧。”

母亲从红梨木箱子里翻出碎布和布条子，把几块大布平铺在老式的红曲柳木桌上，刷上糨糊，再把一小块一小块的旧布粘上去，再刷上一层糨糊，反复粘七八层，这样，用碎布或旧布加衬纸裱成的厚片就成做鞋最基本的材料了。晾干后，从桌面上整体取下来，把鞋样子铺上去，按样剪成鞋帮或鞋底子，鞋帮子剪成后，要在背面粘一层新布作为鞋面，鞋底子得铺五六层袼褙，每一层都要用结实的新白布围边，沿着白布边细细地缝好，做成青布鞋子就有了好看的白边鞋底，俗称千层底。

学会了打袼褙，我就开始学做鞋帮和鞋底，围边的时候，针脚已经细密均匀了。

这个时候，母亲走过来，看看我做的活计，微笑着说：“不错！今天，我教你学搓麻绳吧。”

为了全家的鞋子，母亲在院子外面的空地上种了一大片亚麻，我常常看见她在地里浇水、施肥、除草。秋天，她把亚麻一棵一棵砍倒收回来，晒干，剥下亚麻皮，一条一条地缠成团，以备做鞋时用。母亲从柜子里拿出一大团亚麻，撸起右腿的裤子，露出洁白浑圆的小腿。只见她把亚麻团解开，抽出两条亚麻放在腿上，往手心里吐上两口吐沫就搓起来，一会儿，一条光洁漂亮的麻绳就诞生了。我学着母亲的样子，在自己的小腿上搓麻绳，不一会儿，我的小腿就露出血筋来，疼得我直抽气。母亲说："行了，你的小腿太嫩了，剩下的我来搓吧。"

终于，母亲搓完了麻绳子，她仰起脸深吸了一口气。

一切都具备了，在我十二岁暑假的第十一天的那个下午，我和母亲端坐在院外的大槐树下，开始纳我此生的第一双鞋底子。母亲说："看我们俩谁纳得快。"我们比赛一般飞快地拉动麻绳子，渐渐地，我感觉有些吃力，手也沉重起来了。看见母亲没事人一样穿针引线，我也不好意思停下来。母亲看出我干不动了，摸摸我的脑袋，说："去，给妈拿扇子去。"

我站起身，跑进屋里找扇子，但找不到。回到大树下，怯怯地说："妈妈，我没找到。"说完垂下头，不敢看她的眼睛。

谁知，母亲却大笑起来："在这呢，去歇会儿吧。别把我老闺女累坏了。"原来，妈妈是想让我休息，又怕伤了我的自尊，我的善解人意的母亲啊！

用了三天时间，我终于纳完了鞋底。跑着拿去给母亲看，母亲正在菜园子里摘豆角，夕阳下，她伸到豆角叶边的手光滑柔韧。我喊了一声妈，她扭过头来看我，放下手中的豆角筐，接过我纳好的鞋底子端详着，说：“不错，已经很不错了。再纳的时候，要注意针脚整齐。”

我高兴地说：“妈妈，我去做鞋帮了。”

我走出菜园子，感觉母亲的眼睛一直没有离开我，她一定是看着我的背影渐渐地消失在篱笆墙的拐角处，才收回目光去摘豆角的。

她回屋的时候，我正在鞋帮子上绣花，那是一朵莲花，是母亲帮我修改的画稿，然后绘上去的。她放下豆角筐，走过来，手把手教我如何刺绣，怎样走针，什么时候换线，换线的时候怎么接线头。两天后，鞋帮做好，母亲拿到手啧啧地称赞：“瞧，我闺女这花绣得，成手也比不上啊！你看看，这鞋口边缝得针脚相连，密实、整齐。两朵荷花绣得像真的，我都闻到荷花的香味了。不知道的还以为是我的活呢，闺女，你可以独立做了。”

傍晚，夕阳落到山的背后，给天边抹下一抹胭红。还剩下最后一道工序——绱鞋——把鞋底和鞋帮组合在一起，真正完成一双鞋子。灯下母亲教我绱鞋，教着教着，我听见隔壁刘妈喊妈妈出去。妈妈走了，给我甩下一句话，说：“做鞋最难的是绱鞋，你睡吧，明天我看着你上。”我答应了一声。躺下去，心里却痒痒的睡不着，爬起来，拿出鞋帮和鞋底子，反复端详，瞧出点眉目了，就大胆地干起来。

夏日的夜晚很热，我热得汗水直流，我不顾这些，学着母亲的样子，使劲地攥住鞋帮子，把它按到鞋底子上，拿起木把锥子，使劲地在鞋头的位置扎下去，再把事先确认好线的针从锥子眼穿过去，把线固定好。又在鞋跟的地方缝了固定针，就沿着边缝起来。绱鞋最重要的是针脚匀称，如果针脚大一个小一个，那就很难看了，因为每一个锯子都在鞋子的表面。我不时像妈妈那样，把针放进头发丝里蹭几下，再接着穿针引线。到晚上十点，该睡觉的时候，我已经上好一只鞋。我端详着自己的作品，针脚细密均匀，鞋面上那朵艳艳的荷花旁若无人地盛开着，我的心里也开了花。我把上好的鞋子放进被窝，我不想让母亲看到，等明天上好另一只的时候，一起拿给她看，给她一个惊喜。

那个晚上，母亲和隔壁的刘大妈坐在外屋一起做鞋，热烈地唠着闲嗑，她以为我睡了，就没到我的小屋来。

第二天，晨曦微露，一声鸡鸣喊醒了我，我迅速爬起来，拉开窗帘，看着窗外生机勃勃的绿叶红花，我大大地伸了个懒腰。翻出做好的鞋子，美滋滋地端详着。我也会做鞋子了！放下上好帮的那只鞋子，我拿起另一只鞋帮把它按到鞋底子上，一针一针地缝起来。

天很快就大亮了。我听见母亲在厨房做饭的声音，赶紧缝上最后一针。跑出屋门，喊：“妈，你看！”

厨房里，妈妈捧着我做的新鞋子说：“闺女，你真行。这么快就做好，一夜没睡吧？瞧这针脚多匀称啊，这两朵对开的莲花真鲜艳啊。”

我说：“妈，看我是谁的徒弟啊。”我倚在妈妈的肩上撒起娇来，“妈，你穿上试试！”

“什么？是做给我的吗？”妈妈惊愕地看着我，她迅速弯下腰去，甩掉脚上的拖鞋，穿上我做的新鞋，走了两圈。

“丫头，你真行！挺合脚的。我一直以为你的这双鞋剪大了，我想，明年你就能穿了。真没想到你这个鬼丫头是给我做的。”她摸摸我的头，又无限爱怜地摸摸我的手，“瞧，磨出血来了。”她的眼里充满了爱怜，低下头吻了吻我出血的那只手，一股温热的暖流迅速流遍全身。

我说："妈，这是我孝敬你的。"然后，学着戏台上后生的动作和腔调，调皮地歪着头，一拱手，"徒弟这厢有礼了！妈，就在刚才，你还在酣睡的时候，我拿着那只上好帮的鞋子，蹑手蹑脚地来到你的床前，把鞋子放在你的脚上比了一下，正好！我特别高兴呢。"

妈妈咯咯地笑起来。她拍拍我的屁股，在我的脸颊上亲了一口，又捏了捏我的鼻子，说："怪不得我在梦中感到脚心痒呢，我聪明的女儿，你终于学成了。"

十二岁那个暑假，我给妈妈、姐姐、奶奶和我自己各做了一双鞋子，都是绣花鞋。奶奶四处夸我："我家琳琳随她妈妈，心灵手巧。"街坊邻居也啧啧称赞，说没看过十二岁的孩子做出这样好的鞋子，真是巧娘生了个俏丫头。

也许是我太稚嫩，暑假做了四双鞋子，累得我的右手腕鼓起了一个大筋包。爸爸埋怨妈妈："这么小的孩子，你怎么忍心让她做鞋呢？"

我迎上去，说："是我自己要学的，跟妈妈没有关系。"

"呵！还挺仗义。"父亲爱怜地看看我，拎起公文包上班去了。

妈妈坐在桌前低泣，我走过去，抱住妈妈，说："没事的，你不要着急啊！"

她哭得更凶了，边哭边说："怎么办呢？琳琳，你手上的筋包要是治不好，你让妈怎么办？"

"能好的，一定能好的。妈妈。别哭。"我和妈妈相拥在一起，哭成一团。

第二天，我看见妈妈坐在炉子前的木凳上，用筷子把一个生鸡蛋捅了一个小眼，把几粒胡椒放进去，再用白菜叶子包裹住鸡蛋，小心翼翼地放进炉子里的火上，她的脸被炉火烤得汗流如注。我走上前去，抱住她的脖颈，撒娇地问：“你做什么？妈妈。”

母亲转过脸来，兴奋地说：“你刘大妈告诉我一个治疗筋疙瘩的偏方，老闺女，你忍着点，不要怕辣，说什么也要把胡椒粒子吃下去，这样你右手腕上的筋疙瘩就会消失了。”

“嗯。妈妈，你放心吧，我会吃的。”

母亲笑着说：“还是我老闺女懂事。都怪我，干嘛让你学做鞋啊。”

“是我自己要学的，妈妈，跟你没有关系。”我依着她，感到好温暖。

母亲每天都给我烧一个胡椒鸡蛋，咧着嘴看着我艰难地先吃掉辣辣的胡椒粒，再吃掉鸡蛋。吃完鸡蛋后，母亲烧了一锅热水，把热毛巾扔进去，浸透后拧干，敷在我右手腕的筋包上，每天一两次。

也许是上天在帮助我和母亲，也许是偏方真的管用了，吃到第五个的时候，右手腕上的筋疙瘩居然消失了。母亲欣喜若狂地抚摩我的右手腕：“好了！我老闺女的右手腕好了。闺女，你千万听妈的，三年内不要做鞋，彻底养好了再说。”

时光荏苒，已经多年不穿母亲和自己做的鞋子了，母亲也离世七年多了。每当我想起母亲给我做的鞋子，想起母亲手把手教我做鞋的情景，我就分外想念她。

尽管现在穿的鞋子样式美观、结实耐用，我却始终怀念母亲给我做的及她教我做的布鞋，柔软、美观、轻便。

在母亲身边过年

小时候盼年，从年初盼到年底。过年时的欢乐，特别是在母亲的膝上过年的温馨感觉，总在孩童时的我的心里翻腾。临到年底，我们总是张着小手，在农家小院里来回奔跑，嘴里不停地喊：“过年了，过年了……”在母亲的身边跑来跑去，大黄狗也跟着我们上蹿下跳。

我的老家在辽西一个叫前井子的小山村。这里的习俗是不过元旦只过春节，人们叫作过大年。一进腊月，就有了过年的气氛，家家开始准备年货，杀猪宰羊，蒸豆包、年糕，买年画、头饰花、鞭炮，做新衣新鞋。腊七和腊八是最冷的天，这天必须煮黏米饭吃，饭里的大红枣甜而香。那时，我家有爷爷、奶奶、三个叔叔、四个姑姑及两个婶婶和我们兄弟姊妹，共二十多口人。母亲是家里的长媳，过大年的准备中她是最忙的。她要带着两个婶婶，蒸出一百多斤糯米面的豆包和年糕。

她们先洗糯米，放在大盆里泡好、晾干，然后用石碾子压成米粉，再把米粉揉好发上几大盆，等着发酵。等米发酵的空，母亲搬来一袋豇豆，倒进硕大的簸箕，扬去沙砾和灰尘，再细细拨动红红的豆粒，把大的沙砾挑出来，往往要颠动十几簸箕的豇豆，洗净淘好，再放进锅里煮。我看见，这时的母亲全身布满了灰尘。

腊月的每一个晚上，母亲都带着一身疲倦为我们铺被，哄我们入睡。那时，我和姐弟并不知道母亲的劳累，只知道在飘着雪花的村巷、沟边、河沿上玩。跑够了，闹够了，就安安静静地堆起雪人来，那雪人大大的身子、小小的头，姐姐找来两块黑炭，做雪人的眼睛；我找来块红布，做雪人的鼻子；弟弟则找来一条黄色的布，做雪人的围脖；再找个树枝，做个嘴巴。围着黄围巾的红鼻子雪人在太阳下闪着光，好似活了一样。我们就围着雪人开始转着圈地唱起来：

丫头要花，
小子要炮。
新媳妇要件小花袄，
大丈夫要个烟荷包。
奶奶要块新毛巾，
爷爷要个新毡帽。

家里那只大黄狗跟着我们又跑又跳，汪汪地叫个不停。

唱够了，闹够了，跑回家，站到在包豆包的母亲身边，看着她干活。母亲慈爱地看着我们，用小勺挖一勺拌了砂糖的豆馅，放进我们的嘴里说："去玩吧。"这时，两个婶婶的脸上就明显地露出不高兴，因为她们的孩子还不会吃。母亲装作没看见，也不理睬她们，脸上仍旧笑呵呵的。

记得我六岁那一年的腊月，我的右胳膊上长了个碗口大的一个疮，还总是发烧。小山村缺医少药，送县医院家里又没钱。奶奶跟母亲商量："用刀在疮上划个口子，把脓挤出来就好了。"这等于自己动手术。老实的母亲虽然不满意奶奶不送我上医院，但还是同意了这一做法。在一个上午，奶奶拿着姑姑修铅笔用的小刀，在火上烧了一下，就为我动了手术。母亲和大姑使劲地按住我，我疼得大哭大叫，奶奶没停手，直到挤出一碗黄白色的脓液才住手。奶奶找来止痛片和消炎片碾成末，为我敷在伤口上，又找干净的布包扎好，渐渐地不疼了，我也就安静下来了。我看见母亲的脸上满是泪水，嘴翕动着，热烈的气息扑到我的脸上，塞满了我的心房。整个腊月，我不能和姐弟出去玩了，躺在炕上，看着母亲忙碌的身影，听着她在灶间劳作的声响。母亲在忙碌的空闲，总是跑进屋里来看我，把满是面粉的手放在身后，弯腰来亲我的脸、鬓角的头发。

这个腊月，我得到了母亲无微不至的照顾。腊月底我终于能出去玩了，右胳膊被包扎着，棉袄袖穿不上，我就把伤了的胳膊放在棉袄内，系上扣子，趁母亲不注意的时候跑出去玩，母亲总是生气又心疼地牵我回家。

北方山村的冬夜来得早，劳累了一天的母亲坐在昏黄的油灯下为我们缝制新衣，制作新棉鞋。

父亲和叔叔们整日忙着外面的活计，几乎看不见他。腊月底，他才回来打扫家里的卫生、粉刷房屋、清扫院子、写对联、剪窗花和挂钱。

年三十终于来了。这天的午饭对于农家是非常重要的，母亲和婶婶们做好猪肉炖粉条、凉拌猪头肉、猪大肠炒白菜，以及切成片的圆圆的猪血肠、青菜炖鱼等飘着清香，诱惑着我们肚子里的馋虫。在吃这顿饭前要先燃放鞭炮，父亲和叔叔们到院子里放炮了，他们点燃一串串鞭炮，随着爆竹炸响，散落的纸屑随风飘动。四岁的小弟也跑到院子里，学着父亲和叔叔们的样子，把一个寸鞭放在雪地上，拿着长长的点燃的秫秸伸向寸鞭。还没够着寸鞭，就慌里慌张地跑回来，回头看没炸响，就又去点。这样几个来回，逗得一家人大笑。

饭桌上，爷爷、奶奶坐在首位，其他人按辈分依次而坐，母亲是坐在炕沿上的，她拿来烫热的酒壶，先给爷爷的酒盅里斟满酒，又为奶奶盛上饭，再给父亲斟上酒。二叔接过酒壶依次给喝酒的人斟酒，然后举杯祝福大家。这时的母亲忙坏了，她在欢声笑语中一边照顾我们姐弟三人，一边给爷爷、父亲斟酒，还要不断下炕去添菜，很少看见她吃点什么。

饭后，收拾完碗筷的母亲笑盈盈地给我们穿上新衣新裤，又在我们的脸上涂脂抹粉，然后用火柴棍沾着涂脸蛋的红粉，在我们的太阳穴上点五个红点，眉心涂一个大的红点，我们顿时光彩照人。

把我们打扮得漂漂亮亮后，又将自己打扮一番，然后和父亲一起贴年画。

“右边高了，再往下点。”

“往左，再高点。”母亲站在地上，兴高采烈地指挥父亲，一会儿，三面墙都贴上了带着油墨香的年画。有“年年有余”“四季常青”

等富有浓浓生活气息的年画给我们带来了充实、向上、喜悦的好心情，一种红红火火过大年的气氛扑面而来。

贴完年画，母亲上炕搂着我们睡下，为的是晚上守岁。不知睡了多久，我在蒙眬中被母亲推醒。揉了揉眼睛不愿起来，睡意正浓，又要躺倒睡下。母亲再次把我拉起来："年夜饭是不能不吃的。"

弟弟早已跳下炕，奔出去大喊："过年了。"慢慢清醒的我，抬头看见那张年年有余的年画上，那个胖胖的小男孩正骑在一条大鲤鱼上，笑眯眯地望着我。

"过年了。"我低语了一句，彻底清醒过来，跟着弟弟跑了出去。

"这样才乖。"母亲说。

待我出去时，灶间的大锅里正冒着腾腾的热气，饺子已下锅了。

母亲和婶婶们将煮好的饺子端上桌时，她们的手指上还有韭菜的清香。父亲和叔叔们已点燃鞭炮，大年夜的小山村响起爆竹声，接着，家家户户都点燃了挂鞭和二踢脚，夜空中出现火光，我们仰头看天空，真是美极了。院里的地上，很快又铺满红色的纸屑，在灯光的辉映下，显得喜气洋洋。

北方山村有个风俗，午夜饭前，谁家第一个放鞭炮，谁家来年顺利吉祥。想必父亲和叔叔们早就做好了准备，才最先点燃鞭炮吧。

初一的早晨，母亲笑靥如花地为一家人张罗饭菜，收拾利索后，又到院子里拿棍子在雪地上画一个大圈，把五谷撒在圈内，"咕咕……咕咕"地叫，鸡立即跑到圈里去吃米。母亲说，这样鸡在新的一年里就不会再丢蛋。喂完鸡，她又去喂猪。一切活计做完后，她回到屋里，为我们梳洗打扮，带我们去乡亲们的家里拜年，大黄狗是一定要跟着我们跑的，每到一家，我们按照母亲教的深深地施礼，然后说新年好。婶子、大娘们就夸我们懂事、漂亮，说母亲有福气，有这样三个水灵灵的儿女。远处，秧歌队随着喧天的锣鼓，喜气洋洋地朝我们这边扭过来。

“妈妈，看秧歌去。”弟弟拽着母亲的衣襟说。

“好，看秧歌去。”母亲牵着我们向秧歌队走去。

村中的那条小巷向远方延伸……

在母亲身边过年真好！

九九冬之情

一场大雪过后，天地茫茫，四野萧瑟。

母亲在电话里幽幽地说："冷了，冷了。"那盼早日搬到我为他们买的新房子里，盼早日来到我居住的城市的心，只有我知道。

于是，我开始奔波，开始为迎接三百里外的父母的到来而操劳。我为他们置办家具，把全部精力用在已是耄耋老人的父母身上。许多朋友和同事都说我是孝女，其实，我所做不是为别人的评语，而是为我那年老体弱的父母创造一个优越的生活环境，让他们安度晚年。我知道，人老了需要安宁，需要儿女细致入微的关怀，乌鸦尚且知道反哺，何况有血有肉的人呢？

终于在雪化后的一天早上，我来到车市上，经过讨价还价后，雇了一辆带集装箱的货车去故乡接父母亲。

一路颠簸了三个多小时，赶到了家。刚下车，我看见父母亲站在六楼的北阳台上，往外遥望着，他们雪白的头发写满了期望和无奈。走进家门，只有父母和大姐、弟妹在家，大姐是从阜新市赶来帮父母亲收拾行装的。望着已收拾好行李和家具，我和搬运工开始吃饭。一会儿，搬运工便开始搬运行李，我雇来的车只能带走行李，而父母和大姐要等我明天再找车来接一次。父亲执意随我一道走，留下姐和母亲明日再起程。我那可怜的老父老母，含辛茹苦将儿女拉扯成人，现在却要长途跋涉去别的城市居住，弟妹想了想，操起电话让小弟雇辆面包车，让我将母亲和姐姐一同带走。

终于能同行了，父母的脸上绽开了笑容，年老体弱的母亲服了晕车药，静静地等待出发的时刻。大姑也赶来送行，和母亲说着体己话。

下午三点半，弟弟和他的朋友坐在行李车上，我和父母亲、姐姐及两名装卸工坐面包车，浩浩荡荡地上路了，姑姑、侄女和弟妹站在楼前为我们送行，我看见姑姑和侄女眼里的泪花，我知道自己肩上的担子重了，高龄的父母亲将由我养老送终。前面一定会有困难，我将如何去面对？

母亲吃了晕车药仍然呕吐，父亲却不时发出开怀的笑声。姐姐和我照顾着母亲，心里充满了欢喜，却也满是沉重。

我们在晚上九点到达父母的新家。我们搀着孱弱的母亲走向楼梯，母亲竟一口气走进五楼的家，走进那座新楼房。

第二天大雾终日未散。第三天一场降了一场没膝深的大学，窗外的世界白茫茫的，像一条巨大的银蛇飘舞在原野上。

父母亲感叹地说："再晚一天，这个冬天恐怕就搬不来了！"

父母亲来了之后，我的日子变得匆忙起来，每日穿梭于父母家和我自己的家之间。我担心父亲摔着，买菜、买粮、换液化气罐等杂活一概不让他下楼。我边照顾他们边工作，还要写我的长篇小说。

岁末的最后一天，父母的液化气罐没气了，我把罐扛到楼下，又推到换气站，充上了气，艰难地与高龄的父亲将罐抬上五楼。那一刻，我真恨不得自己变成男儿身。

丈夫和继子对此视而不见，好像我的父母是他们的仇人。尽管这样，我和父母还是过着幸福的日子。

母亲的端午节

端午节是中华民族的传统节日。在辽西人眼里，这一天，不论是农家还是城里人家，都会在家门口挂上艾蒿和纸叠的葫芦，在桌上摆上粽子，在孩子肩头挂彩布龙尾荷包。

母亲在端午节前的几日便开始忙碌了，浸糯米、买苇叶、摘艾蒿、包粽子、折彩色小灯笼、缝龙尾荷包。到了端午节那天，我家的灶间就会和乡里乡亲的灶间一样，飘出阵阵饭菜的香味。

母亲的手非常巧，各种形状的粽子她都会包，而且包得有棱有角，大而均匀。她包粽子时，总是搬个小木桌放在厨房中央，坐在桌前，先铺好苇叶，将浸泡好的糯米捞出，放在铺平的苇叶中间，双手捧着米两边的苇叶，三折两折，就包好一个。

我去过不少地方，品尝过各地有特色的粽子，味道虽好，但我总觉得比不上母亲包的粽子。小时候家境困难，母亲总是想尽办法包粽子给我们吃，年幼的我们常常吃得肚皮滚圆；经济条件好转后，母亲变着花样地包各种粽子。

小时候守在母亲身边过端午节的情景，总是让人难以忘怀。早上起来，母亲带着我们去山上、河边采艾蒿，回来后挂在家门口上；再拿出昨晚折叠的纸葫芦挂在艾蒿边上；然后拿出她熬夜用彩花布做的龙尾荷包给我们缝在肩头上，接着就去厨房开始包粽子。我也跃跃欲试，跟着母亲学包粽子，但包粽子看起来容易学起来难，不是散了就是不成型，只得请求母亲教。母亲微笑着鼓励我，一遍遍地做示范。一次，我包了几个不错的粽子，得意地递给母亲看，没想到母亲笑着直摇头。我不服气，说："这有什么吗！"母亲没说什么，在我包的粽子上用马莲做了记号，同她包的粽子放在锅里煮。结果我包的散了，糯米全露在外面了，弄得满锅底都是糯米。我气馁了，不想再包，跑出去玩了，母亲笑着说："做事要有耐心。"

母亲每次煮粽子都放几十个鸡蛋到锅里与粽子一起煮，鸡蛋的颜色会变成深黄，味道也特别鲜美。

当我们坐在桌边的时候，看到母亲为我们剥开粽子的苇叶，又给我们每人碗里放进两个粽子和两个鸡蛋，再放进两匙白糖。看着我们吃得津津有味，她就笑得很开心。

我调到异地后，母亲包了粽子会一直给我留着，或找人给我捎过来，吃着母亲包的粽子，想着故乡的母亲，我的泪水会夺眶而出，这融进母爱的粽子啊，记录着母亲在端午节对女儿的思念。

母亲年岁大了，体弱多病，不能再包粽子了，每逢端午节来临，城里的市场上，花样繁多的粽子琳琅满目，我们都会给母亲买回来，她总是说不如她自己包的好吃。

2002年12月23日，母亲带着对我们的留恋辞世，永远地离开了我们，今年的端午节没有母亲的陪伴。想着母亲在年复一年的端午节为我们所做的一切，那粽子，那挂在家门口的艾蒿和纸葫芦，还有彩花布做的龙尾小荷包……我再也控制不住自己的感情，泪水潮水般涌出眼眶。

天堂里的母亲，端午节又要到了，您可好？

平凡的父亲

我已故的父亲，是中华人民共和国成立前的老党员。半个多世纪来，他时刻不忘党旗下的誓言，始终以党员的标准严格要求自己，默默地奉献，不居功，不自傲。

战争时期，年轻的父亲在村里任职。义县、塔山战役打响后，父亲随民兵担架队从远在三百里外的故乡赶到前线，冒着枪林弹雨救护伤员。中华人民共和国成立后，他在县工业局任股长，曾任县商业系统各大公司的经理，以及陶瓷、钢铁厂的厂长，还在政府部门任副乡长、街道办事处书记等职。最后，在县级企业退休。

在我很小的时候，经常见不到父亲。早晨，我还在睡梦中，父亲已经去干部大学学习了。那时干部大学的学习时间都在早上六点到七点半。父亲学习很努力，在很短的时间内，他就从三个月的私塾水平达到高中水平。早晨学习后，他就直接去上班了。晚上天已经黑了，父亲还在开会。我已沉入梦乡，父亲还没回来。听母亲说，他每天晚上都是十点甚至十二点才回家。

一次，我和妈妈去买菜，看见父亲在蔬菜柜台上给一位白发苍苍的老大娘秤西红柿。我刚要喊爸爸，妈妈急忙拉我躲到一边，让一位不认识的售货员阿姨为我们秤菜。

妈妈对我说："你爸交代过，他在柜台上工作的时候我们不要出现，怕售货员阿姨认识我们后会照顾我们。他是干部，不应该谋私利。"

当时正是三年自然灾害的困难时期，我们没有因父亲在蔬菜公司任经理兼姜家窝铺副乡长而多吃一口菜一口粮。幼小的我们，曾多次跟着妈妈到山上去摘榆树叶、槐花，挖苦菜、车轱辘等，掺在苞米面里做成饼子吃，常常是野菜多面少。

"你看，就你一本正经，隔壁他于叔，人家啥时吃过野菜？他家的大饼子焦黄嫩口，咱孩子吃的是啥？"妈妈对爸爸说。

"我是共产党员，不能用手中的权力谋私利。"父亲坚定地说。

母亲叹口气干活去了。父亲走后，她叫住我们说："做人要做你父亲那样的人。"

晚年的父亲由于在县级企业退休，工资极低，只有二百六十元，七十二岁那年才涨到三百六十元，七十七岁时涨到四百二十五元。父母生活很拮据，靠我们帮助才能勉强度日，他却总是乐呵呵地说："比过去强多了。"

搬来海滨城市和我同住后，他的生活极有规律，早上出去散步，回家后，戴上老花镜坐在书桌前看书读报，还在重要的地方做标记，有时还记笔记。看见他苍老笨拙的样子，我让他休息一会儿，他不肯。他常常语重心长地鼓励我们好好学习、认真工作。他只读了三个月的私塾，却读了很多书，记了大量的笔记，让我这个做女儿的非常佩服。

父亲是个闲不住的人，搬进新居后，由于没有物业管理，楼梯上尘土飞扬，七十七岁高龄的他常常端着水盆、拿着扫帚，从一楼扫到五楼，又拿抹布擦净楼梯扶手上的灰尘。

“爸，你这么大岁数就别干了。这么多的年轻人，让他们干就行了。”我心疼地说。

“年轻人都忙，你上班去吧。”父亲乐呵呵地说。

父亲所在的社会保险局年年都要搞生存状况调查，要求父亲寄四寸照片和盖有街道、派出所公章的表格。看到近八十岁的老父亲踽踽而行在去照相馆的路上，我常发点牢骚。

夏天的一个傍晚，我陪父亲出去散步，看见马路边上码好的彩色地砖塌下来了，父亲走上前去，将彩地砖一块块码好。那苍老的身影，使我想起朱自清的散文《背影》里对父亲的描写，真的有相同的感受。

有一段时间，经常有人烧垃圾，每当看见有人烧垃圾，父亲就走上前，苦口婆心地说燃烧垃圾对环境的影响。

“老爷子，你管得了吗？”有人对父亲说。

“垃圾里有大量的塑料袋，燃烧后会产生毒素，对人体有害。我们只有一个地球，爱护环境，人人有责。每个人都爱护环境，空气质量才会变好。”父亲耐心地说。

看见父亲苍老笨拙的背影，我的泪水夺眶而出。父亲走了快两年了，我的怀念却日渐加深，痛入骨髓。

Part 4：年华若梦

夜色朦胧，周围一片寂静，我在黑暗中睁开眼睛，看见那月亮挂在树梢上，月光射进屋里。母亲和姐弟睡得很熟，轻微的鼻息声，此起彼伏。

一双布军鞋

奶奶去世时，我在她的遗物里发现了一双青布鞋，白底黑帮，底上布满了密密麻麻的麻绳锯子，一看就特别结实。鞋好像是四十码的。我怎么也想不出这是谁的鞋，父亲和叔叔们的脚都比较大，爷爷的脚也不小，与我同辈的兄弟又没有人穿这种家做的鞋。心里的疑问像一团线，理不出头绪。

我打开缠绕的红丝线，惊讶地发现，一只鞋上竟然被子弹打了一个大洞，另一只虽有洞，却没被子弹打穿。我的疑问又多了一层，奶奶为什么保存一双不能穿的鞋子？这上面的洞又是怎么回事呢？

父亲走过来，看见我拿着那双鞋发呆，就说：“丫头，想知道这双鞋的故事吗？”

我点了点头，看着父亲。

“好。我讲给你听，这双鞋有一个不平凡的故事。”父亲喝了一口茶，激动地说。

1945年的春天，八路军的一个连在我老家休整。进村后，分散住在乡亲们家里。战士们抢着为乡亲们挑水、种地。那是个晴朗的下午，一位李姓小战士见奶奶端着玉米粒笸箩走进碾坊，就跟了进去，对奶奶说：“大娘，辗玉米面吧？我帮你推。”说完抱起碾棍子就走，玉米粒在他的奔走下，咯咯吱吱地叫着变成粉末了。

奶奶笑呵呵地拿着笤帚，跟着碾子边走边往里扫压碎的颗粒，说：“嗯，中午给你们做玉米饼子吃。”又问，“孩子，你娘还好吧？”

听了奶奶的话，小李的眼神黯淡了，低下头说：“大娘，我已经六七年没回家了。”

奶奶的眼睛湿润了，说：“那你不知道你娘的情况？”

小李低下头，“嗯”了一声，两人不再说话。碾坊里，只有两个人的脚步声和玉米粒碎裂的声音。突然，小李踉跄了一下，奶奶一看才知道他的鞋子坏了，鞋帮已经掉了，他停下来，放下碾棍子，瞅着奶奶不好意思地笑了一下，就蹲在地上，用草绳子把鞋捆在脚上，又继续推碾子。我奶奶在碾轴吱吱呀呀的声音里，看着小李穿着一双用草绳子捆绑的鞋子，艰难地行走，眼泪都要落下来了。她想，战士们每天要打仗，不能没有鞋啊。当天晚上，她量了小李脚的尺寸，连夜为他做鞋。油灯下，奶奶剪了鞋帮，粘上青布，然后，密密实实地纳上针脚，又去纳鞋底。

天快亮的时候，就差上鞋帮了，奶奶心里很高兴，这时军号响了，队伍紧急集合。

奶奶颠着小脚跑出门去，想让小李等一等，鞋就快做好了。可她只看见晨曦中队伍在朝山里走去。她回屋长叹一声，对爷爷说：“战士们百姓打仗不易啊，连双好鞋都穿不上！你看那小李，脚上的鞋都不能穿了，他怎么走路啊！”

爷爷说：“你有空就做几双鞋子吧，看哪个战士的鞋坏了，就送给他穿吧。”

奶奶答应着，很快她为小李做好了鞋，可是到哪里去找小李呢？奶奶犯了难。部队整天行军打仗，她根本不知道小李的部队开到哪里去了。但这难不倒她，她把鞋子交给我父亲，父亲在民兵连里，是最有希望见到小李的人。父亲也不负奶奶的使命，怀里揣着那双军布鞋，遇到部队就打听小李的下落。

功夫不负有心人，1948年3月锦州战役时，父亲作为担架队的成员，终于在塔山的战火中看见了小李，那时，他已经是营长了。当时，父亲正在一个山包下抬一位受伤的战士，一抬眼就看见小李抱着冲锋枪朝敌人扫射，他摸了一把腰里的鞋就不顾一切喊着：“小李，我娘叫我给你送鞋来了。”然后像离弦的箭一样朝山上跑去，在浓烟滚滚的战场上，父亲的身影很快变小，同行的担架员都在喊他：“快回来，你不要命了。”

就在父亲快跑到小李的身边时，一颗子弹飞过来，打中了他的腰部，同时，一颗炸弹爆炸了，他被掀得老高，然后倒下了。担架员在山下一阵惊呼，都以为他完了。

小李他们刚好打退了敌人的又一次进攻，一回头，正好看到这一幕，他赶紧跑过来，急切地喊着：“老乡，你怎么样？”

父亲抖落身上的土，摇摇头，朝他笑了，说：“小李，我终于找到你了。”

小李说：“你是？”

父亲爬起来说：“李营长，你几年前在井子村休整时住我家，帮我娘推碾子，你的鞋子坏了，我娘连夜给你做鞋，可第二天你们部队悄悄开拔了。我娘一直给你留着这双鞋，我一直在找你。”说着从腰上解下布鞋，打开一看，鞋被子弹穿了一个洞，不能再穿了。

就是这双鞋救了父亲的命。

小李感动地说：“那也给我吧，让我记着百姓对子弟兵的爱。”

父亲说：“不！李营长，这双鞋救了我的命，还是我留着吧。”

一双布鞋竟然送了三年多，听父亲讲这催人泪下的故事，我的眼泪唰地流了下来。

父亲继续说：“后来，你奶奶又为李营长做了一双布鞋，李营长穿上它去了朝鲜战场。以后，就再也没有消息了。”

父亲的中国结

今夜，悬挂在窗棂上的中国结正随风飘荡，那是父亲留下的奥运情结。

2008年8月8日晚8时，整个中国沸腾了，难忘的中国之夜，展开了一幅优美的中国画卷。我坐在电视机前观看第29届北京奥林匹克运动会开幕式。

此刻，父亲的中国结——团锦结，也在绚丽的烟花中舞动。它那具有中华民族特有的吉祥美满的特征，在这特殊的时刻，以其独特的东方神韵，诉说父亲的祝福。

2001年7月31日晚饭后，我和父亲像平时那样坐在沙发上看电视。我问父亲："爸，你喝什么茶？"

他的眼睛看着电视，声音沉稳地说："铁观音吧。"

我站起身，端着茶杯去厨房拿茶叶，准备为他泡茶。还没打开茶叶盒，就听他高声叫我：“琳儿，快来看！”

我赶紧跑进客厅，看见父亲高兴得像个孩子，指着电视说：“快看！”

新闻正在播送一条消息：“国际奥委会宣布：北京申奥成功！”我们爷俩立即欢呼起来。父亲眼里含着热泪，颤抖着声音唱起国歌，我赶紧与他一起唱：“起来，不愿做奴隶的人们，把我们的血肉，筑成我们新的长城，中华民族到了最危险的时候，每个人被迫发出最后的吼声……”

七十五岁的父亲用手随歌声的节拍拍着膝盖，他唱着、笑着，布满皱纹的脸上灿烂得花一样。歌声一停，他就端起杯子，啜了口茶说：“今天的铁观音真香啊。这回好了，中国可以敞开胸怀拥抱世界了！”

那个潮湿的夏夜，我听到父亲在不断地翻身，凌晨四点左右我才听到他发出均匀的鼾声。

第二天早上起来我就去了市场，当我买菜回来，惊讶地看到父亲剃掉了胡须，一下子年轻了许多。他笑眯眯地看着我说：“琳儿，吃过饭，我们上街。”语气像是下命令。

那天，我想写篇散文，所以不太情愿去，就问：“爸，你从来不上街，今天怎么了？上街有事吗？”

他神秘地说：“你去了就知道了。老闺女，牺牲半天写作时间，好吗？”那神情竟有点急迫。

我不能不答应他，说：“好吧。”

父亲不爱逛街，基本上没有逛过街，家里购物的事多是由母亲和我来做。他退休后大部分时间都坐在家里看书、拉琴，或出门与朋友下棋聊天，现在我有机会陪他出去走走也好。

谁知父亲就像知道要出去玩的小孩子一样兴高采烈，简单地吃过早饭，他就找出一件雪白的衬衣穿上，郑重其事地打上蓝地黑花领带，然后穿上只有出门才穿的深蓝色毛料西裤，又穿上擦得锃亮的皮鞋。我又惊讶了，这么多年来，年事已高的父亲一般穿黑帮白底的软底布鞋，早已不穿皮鞋了。

我冲他做了一个鬼脸说："干吗，收拾得这么潇洒？"

他却不理睬我，一个劲地催我说："快走吧，琳儿。"那急急的样子让我直摇头。

我看见装扮一新、红光满面的父亲精神矍铄，好像年轻了几岁，心里一阵激动。我也受到他的感染，高兴地挽着他的胳膊走出家门。

阳光下父亲眯起双眼大步朝前走，我跟在他身边，竟然感觉他的脚步像年轻人一样有力。

我陪父亲来到老城区的商业区，刚要问他想买什么，却见他径直走进工艺品商店，走到中国结的柜台。

眼前有纽扣结、酢浆草结、祥云结、蝴蝶结、十全结、双鱼结、双喜结、吉祥结等，个个精巧别致，令人目不暇接。父亲在长长的货架前，一遍又一遍地认真地看这些精美的工艺品，最后他选了一个大大的红红的团锦结。

我不知道他顶着火热的日头，大老远跑到街上来，为什么只买一个中国结，就问他："爸，你还想买点什么？"

他摇摇头说："不买了，现在生活好了，什么也不缺，我只想买个中国结。”

我说：“你告诉我，我来买不就行了，何必自己跑这么远的路呢？”

他说：“嗨！你不懂，我亲自买意义不同啊！”

到了家里，他神色凝重地站到椅子上，把中国结挂在卧室的窗棂上，像在进行一个隆重的纪念仪式。我担心他那么大的岁数，万一摔下来怎么办，急忙叫他下来：“爸，你快下来，我上去挂。”他朝我摆摆手，颤巍巍地将手中的中国结挂到窗棂上，细心地摆正，捋直两条流苏。挂好后，我上前扶他下来，发现他的身子在颤抖，心疼地说：“爸，你这是何必呢？”

他却不管我，深情地说：“闺女，知道我为什么要买一个团锦中国结吗？你看，它的耳翼成花瓣状，造型美观，流出花团锦簇的喜气，是一个喜气洋洋、吉庆祥瑞的结饰，它符合奥运的喜庆场合，象征着中国花团锦簇、繁荣昌盛。所以，我一定要亲自把它挂上。”他停顿了一下，又说，“琳儿，你知道吗？中国的振兴是我们每一个中国人坚定不移的梦想和信念，我年轻时做过企业的经理和工厂的厂长，为什么亏损的企业一到我的手上就盈利呢？我是在为中华民族的繁荣昌盛而努力啊！现在我老了，不能为祖国的现代化建设去拼搏了，但心里的梦想仍在啊！昨晚新闻说，奥运要在北京举办，我兴奋得一夜未眠。我已经75岁了，2008年奥运会距还有7年的光景，我不一定能活到那个时候。如果那时我不在了，老闺女，你一定要在北京奥运会开幕的时候，替我把这个中国结挂在这里，我在九泉之下有知，一定会为中国加油、为北京加油的。”

听了父亲的肺腑之言，我被他的爱国热情感动，流下了激动的泪水，那是中国人百年的梦想啊。

7年里，父亲铿锵有力的话语，一直刻在我的脑海里。

现在，我遵循父亲的嘱咐，代表他观看奥运会的开幕式。

亲爱的天国里的父亲，绿色奥运、人文奥运、科技奥运终于在北京开幕了，你在天堂里一定非常欣慰吧？

当清脆而纯净的童声独唱《歌唱祖国》的歌声在鸟巢的上空漾开；当一位演员着一袭宽袍广袖席地而坐，轻抚古琴，大屏幕上出现造纸流程，一幅巨大的长卷在场中缓缓展开；当黑衣舞者在长卷上尽情舒展肢体，如墨笔一样在长卷上画流动的中国的历史进程和文化符号时，我仿佛看见中华文明从遥远的时空深处走来。

啊！父亲，你看到了吗？2008年北京奥运的开幕式，将中华民族五千年灿烂文化向世界展出。

父亲，你和我一样，感受到北京奥运的感人气息了吗？

我还记得，那个阳光明媚的春日下午，我出去办事，惦记一个人在家的父亲，办完事就匆匆往回赶。刚走进楼梯口，就听见二胡名曲《春江花月夜》。我心里纳闷，我家居住的楼层，除了父亲，无人会拉二胡啊，而父亲已经七十七岁了，早已不拉琴了，难道又搬来新的住户了？

疑虑中打开家门，眼前的一幕惊呆了我。

父亲坐在客厅内，神态庄严，正在拉一把棕褐色的二胡。他的白发随琴声飘动，桌上放着那个中国结。父亲在用民族文化特有的韵律，倾诉他的奥运情结，琴声是他倾注情感的信笺。

“爸。”我低声叫道。

父亲停住握弓的手，眼睛望向远方，幽幽地说：“奥运会的开幕式一定非常壮观，可惜我不一定能看到！”说着用手轻轻抚摩中国结，再看那中国结，已经被一层薄薄的白色塑料膜罩住了。

就像父亲的预感一样，三年后的初夏，他被医生查出患了癌症，术后五个月去世，永远地离开了我。我在整理他的遗物时，看到那个中国结被他用五层红纸包裹着，放在箱子底下，旁边有一封信，那是父亲写给我的：

琳儿：

我知道，我没有机会看到2008年的奥运会了，我只有祝福祖国强大，祝福北京奥运成功。我为祖国的繁荣昌盛而自豪，为身为中国人而荣耀。女儿，到那一天，你一定要把我的中国结挂起来，它代表我对奥运的期盼。那是中国人民的盛大节日，没有它怎么能行？不管我那时会在哪里，天堂还是人间，我都会与你一起，与全国人民一起，与全世界人民一起，共同分享奥林会的魅力和欢乐……

父亲：廷朝

2005年4月8日

父亲的信，让我热泪盈眶。

奥运会的开幕式还在进行，场地中央，两千零八名表演者将太极拳演绎得如行云流水。紧接着，刘欢和莎拉·布莱曼的声音响彻全场：“我和你，心连心，共住地球村。为梦想，千里行，相会在北京。来吧，朋友，伸出你的手，我和你，心连心，永远一家人。”歌声震撼着我的心灵，我再次掉下眼泪。

父亲，你看见了吗？体操王子李宁手擎火炬，高高飞起，在鸟巢绕场一周，点燃了北京奥运会的主火炬。

奔放的音乐，热情的火焰。今夜的北京，欢歌劲舞，火树银花。

父亲，你看见了吗？那红红的中国结，在晚风的吹拂下轻轻地舞蹈；在烟花和火焰的映照下，红得似火，那火焰已经红遍了中国，那五瓣花朵已铺满中国大地。

父亲，那是你梦想成真的喜悦和诉说吗？

英雄赞歌

崇拜英雄，对于我是遥远的过去。

英雄仅仅产生于过去吗？我们的时代有没有舍生忘死、大义凛然的英雄？

有！回答是肯定的。

在那个寒风袭袭的初春，消防官兵让那个已淡忘、消失了好久的字眼，从心海浮起，像那轮灿烂的朝阳，照亮了那一道美丽的风景。一个个英雄的身影，一篇篇壮丽激昂的乐章，深深地震撼了我。

那一日是2004年3月29日。从窗口向外望去，鹅黄色的枝干举向天空，太阳像一件金色的纱衣，笼罩着葫芦岛这块热土。镶嵌在童年和青年时代的关于英雄的梦想，正在一幕幕真实地上演。

有电话铃声响起。正埋头书稿中的我抬起头，慵懒地扭扭酸痛的腰，走向电话机，是朋友。

“知道吗？位于兴城市东窑村附近的天然气分离厂，一球型液化石油气罐发生大面积泄漏，随时有爆炸的危险，市消防支队正在抢险。”

“天啊！这如何是好？”我真的吓了一跳，心中充满了恐惧。真的发生爆炸，我们的生活会怎样？那巨大的冲击波，会让我们生活的家园成为火海吗？一整天我都在惶惶不安中度过。

窗外刮着风，我只能像困兽般在屋里踱步，祈祷着我们的英雄消防员们凯旋。

黄昏在期待中降临。春日的葫芦岛是美丽的，大街上车水马龙，林荫道前方的十字路口，红绿灯闪烁，一位男孩坐在路边的石阶上，弹着吉他，吉他声和灵魂的碰撞，和着那些扭动大秧歌的中老年人的笑脸，一切都是那么祥和安宁。临街的烧烤店的铁炉里生着炭火，炉上的铁箅子上放着烤得嫩黄焦脆的羊肉和鱿鱼串。一位老人牵着蹦蹦跳跳的小孙子，在路边的梧桐树下踽踽而行。

我永远不能忘记这一天是在平静中度过的，好似什么事也没发生。

毫无疑问，平静是英雄们用生命换来的。你可知道，英雄在我们的平静里，走进零下五十多度的冰水里，用生命与爆炸抢时间，那场惊心动魄的搏斗，换来的是人民群众的安然无恙。

我迫不及待地打开电视机时，播音员清晰的声音在耳边响起：“我市消防队员成功排除了液化石油气泄漏事故。”画面上，英雄们在一片白色雾气笼罩中，他们面临的球罐底部的泄漏点正向外喷着液化石油气，但他们临危不惧。那喷口发出的“嗞嗞”声，如几十只打足了气的巨大轮胎，一起拔掉气门芯时发出的声响，尖利，刺耳。在随时都有爆炸的可能时，在随时都会葬身火海的危险面前，消防队员们无所畏惧地冲了上去。

当事故席卷而来时，英雄们英勇地冲上这特殊的战场。代市长张竞强、副市长崔枫林在第一时间赶到事故现场指挥抢险；消防支队长张守华、政委支海龙带领消防队员扑到现场，他们不断用喷雾水枪在喷口周围形成两米高的水柱，限制了气体外泄。徐建启、刘国权、王双圣身着黄色防化服，佩戴空气呼吸器及棉质手套，冒着随时发生爆炸的危险，涉水移到储罐防火堤内，一步步向泄漏点走去。此时，空气仿佛凝固了，防护堤上所有的领导和参战官兵紧张地屏住了呼吸，心提到了嗓子眼上。他们是在向死神宣战啊。

徐建启抱起铜锤敲打冰块，以便提供回旋的空间去堵漏。他的眼前，已被白茫茫的液化石油气罩住了，他只能一手摸索泄漏点，一手锤击冰块。他的全身披上了厚厚的冰。刘国权、王双圣手持木方，将嵌套在上面的堵漏木楔强行顶进泄漏口，却多次被大量喷涌而出的液化气顶出来。短短的十分钟，三位英雄的双手成了僵硬的冰手，人也成了冰人。撤下来后，众人立即冲上去清理他们身上的冰。

总指挥张守华命令换人去堵漏。

徐建启说："我对泄漏罐的周围熟悉，还是我去吧。"

这是怎样的一场战斗啊！五个多小时的泄漏，聚集了大量的液化气，已处于爆炸的极限，只要出现一点失误，就会引起大爆炸。人们注视着忽隐忽现的徐建启，只见他在零下五十多度的泄漏罐前，只身手持木楔，摸索着向泄漏点靠近，巨大的压力又一次把他和战友推出。手套上的冰，使他的手成了两个大冰坨子，让他无法作业。他不时在管线上磕掉手套上的冰，把手放进水里，融化掉冰后，再去堵漏，如此反复，他的呼吸面罩、身上结了厚厚的冰，整个一个冰人。

由于长时间在冰冷刺骨的水中浸泡，他的双腿麻木，浑身湿透，许久未犯的胃病突然发作，胃部阵阵剧痛，让他几乎僵在了水中。他咬紧牙关，一丝不苟地操作着。泄漏处的白色气柱仍带着“嗞嗞”的巨大声响，犹如可怕的响尾蛇。徐建启使出全身力气，再次冒着双手被冻僵，全身受到高压、寒冷、毒气伤害的危险，用力抱住一个木楔，从斜下方猛地将木楔插入泄漏口，刘国权、王双圣迅速用铜锤准确地敲打木楔，泄漏口终于堵住了，狂喷的液化气停止了悲鸣。

当我听说，为了防止产生静电，引起大爆炸，英雄们把自己的衣服从里到外浇了个透湿。我的眼睛湿润了，他们是忍着透心凉在冰水里奋战啊。

徐建启说：“我把个人之爱、亲人之爱、战友之爱、祖国之爱熔铸到一起，那就是爱岗位。”

六年前，西部某省会城市，同样在处置一液化石油气罐事故时发生大爆炸，抢险的消防官兵七人牺牲、十人受伤，爆炸引起的火灾一直燃烧了三天才扑灭。

英雄没有父母吗？有！英雄们没有妻子儿女吗？有！英雄不需要温馨的生活吗？当然需要！但当人民群众的生命财产受到威胁时，他们为了更多人能平静地生活，选择了舍生忘死。这种精神，难道不是对崇权拜金行为的有力批判吗？难道不是对精神文明建设的巨大推动吗？

英雄们啊！你的出现，是对冷漠、欺骗和腐败的鞭笞。

梦雨长烟

俗语说，牛马年好种田。2009年是牛年，夏季雨水很多，说来就来。本来晴朗的天气，却忽然雷声滚动，惊得我哀叹：“又下雨了！”

说来也是，一向喜欢雨的我，在近年来怎么突然厌恶、害怕起下雨了呢？

那一丝丝随雨而来的风，吹拂着我。多少个这样的日子，我在这个葫芦形的滨海小城，闲聊或读书，或打着碎花伞，融进冒雨前行的人群中，体会雨之舞的节奏及与这些雨滴相融的快感。有时干脆扔掉雨伞，奔跑在茫茫天地之间，裸露于瓢泼大雨之下，感受上天倾泻的魅力。有时站在街角或躲进楼宇，看宽阔的马路上花花绿绿的伞挨着伞的人流，说着与旁人不相干的话。

对雨的向往成为情结，却为何这样怕下雨了呢？

窗外，雨变成无数条长线，落地后变为一滴滴水珠，敲出长长的水烟弥漫开去。从天上下来，落在无边的土地，那劈劈啪啪的雨滴，难道不是天地倾吐的声音吗？有雷声和狂风相伴的雨，张扬、霸道，仿佛挥舞着狂暴的鞭子一般；没有雷电支持的雨平淡、沉寂，在越来越黑暗的天空下，不紧不慢地淅淅沥沥地下着，带来了万物的气息，连人世都辽阔起来。

蜗居在城市的楼宇里，为什么要害怕下雨？

其实，我最怕的是南风雨，特别是大雨或暴雨，那裹挟在南风里的雨鞭，肆无忌惮地拍打着窗棂，泛滥的洪水一样顺着玻璃窗流淌。一旦下这样的雨，我家阳台的南面就会像孙悟空的水帘洞一样，雨水甚至会漫进卧室，我就会感到害怕，那是一种孤立无援的无奈和无助。

窗外那株百年老槐和新栽的银杏树在狂暴的风雨中摇曳，在这样的阴雨天里，一种与晴明不同的视觉效果呈现在眼前，那是晃动的阴暗和隐晦的场景。我焦虑地踱着步子，思绪停留在一种灰蒙蒙的色调上，就在这样的时刻，艾略特的诗跳进脑海：

阴影降落在
概念与创造
情感与反应
之间
人生十分漫长

雨水携着清冷不管我的情绪如何，依旧倾泻着，肆意地践踏着我的房屋，那苍凉之气让我的心情糟糕透了。我常常在读书或写作时抬头一看，墙壁上那雨水留下斑驳的痕迹，由于房屋质量问题而留下的雨水沁入的图画长长短短地逶迤前行，那是一种阴森、神秘的光斑。

我住的房屋是单位的集资房，当时要建它的时候，父母亲友都认为单位的房子好，质量不会有问题，有什么事情也会有人管。于是我买下它了，谁知质量并不如意。

装修的时候，铺地砖的工人忙不过来，施工方要求我们每一家住户自己找人来铺地砖。我找来了一位师傅，他一看，说："这怎么干啊？哪有不打水泥地面，用这样毫无黏性的散灰直接扣到大板上，铺上去的地板砖一撬不就下来了？我不干这丢手艺的活，你另请高明吧。"

这时，我的房间里已经有三车散灰了。我准备提出撤下散灰，便跟局里的甲方代表说："我先不铺地砖了，我要打水泥地面。"水泥地面快打完时，另一个甲方代表来说服我，要我赶快铺上地板砖，不然地板砖没地方放。

我计划打完水泥地面再铺地板砖，这样做可以保证房屋质量。我看到只剩下饭厅和小屋还没有打完水泥地面，于是答应了。打水泥地面的师傅听说要铺地板砖，立即就不那么认真了，所以这两间房的水泥地面凸凹不平。

马上就要铺地板砖了，但是我找的师傅拒绝上散灰，要求上水泥和沙子，他自己搅拌。甲方代表很不高兴，但还是勉强答应了，可施工方却不同意，负责铺地面的小伙子，据说是施工队的队长，强硬地说："你已经用了很多水泥，铺地板砖必须自己买水泥。"

就这样，铺地板砖的事耽搁了下来。

站在光秃秃的未完工的房间里，心和所处的环境一样空落落的。走到窗口，扶着砖墙朝外望去，一排施了一半工的房子毫无生气地矗立着，在阳光下显得松松垮垮的。那是与我们单位合建住宅楼的另一个单位的住宅楼，因质量不好而停工，正在与开发商打官司。那红色的砖墙宛若一道破碎的风景，任风沙吹老它们的皮肤，任风雨透过砖的缝隙蜿蜒进入内部。我的心，在这样的现实中潮湿起来，对雨水的眷恋迅速变成厌恶。

眼前那座停工的房子站立在那苍凉之中，那红的砖似乎有一种生锈的声音浮上来，像我的心一样被灰尘遮蔽，那灰秃秃的模样，让人心弦震颤。

一辆马车驶进工地，几个人跳下来，走向水泥停放的地方，一袋袋搬上车。这是谁？为什么把工地的水泥运走？

这座楼房注定成为豆腐渣工程了。住进去之后，漏雨就成正常现象了。

残酷的现实，就产生了这样毫无转圜之地的无奈。本来我想早点结束雨中的行程，回到屋檐下享受安宁，可在家又常常陷入害怕雨大漏雨的境地，我只能急急地抱住手臂，在屋中来回踱步，用谦卑之姿、弱小之心求助无限的苍穹。那水帘洞似的阳台见证了什么呢？时间久了，那洁白的墙壁满是鬼怪般的图案，静谧无声地接受微风的轻抚。在喧嚣的红尘中，任凭夏日豪雨那肆意的践踏。

对于一场大雨的感受，在心灵深处长出了一棵分叉的树，在这个艳俗的城市，枝枝蔓蔓地覆盖着阴暗的心理，那是无法摆脱的混沌不清的命数吗？

事后，单位领导找我谈话，说：“群众反映你在建楼中事最多。”

我说：“怎么了？我没有做对不起大家的事啊。”

领导说：“谁都按照进程施工，偏偏你多打了水泥地面，铺地砖还要水泥，你怎么那么特殊？”

我说：“我是为了保证施工质量。按照施工设计要求，必须打完水泥地面再铺地砖。哪有在大板上倒上干灰再安上地砖的？我打完水泥地面再铺砖再正常不过了，有什么错呢？至于铺砖该不该用水泥，请问，工地的水泥为什么一车车拉走？还有，家里铺的地砖也是从工地拉走的，这怎么解释？工地所有的材料都是全局职工的血汗钱啊，如果为保证质量而坚持原则就是事多的话，那么，咱单位的职工也应该站出来与施工队打官司了！”我又说，“我不明白，咱单位的施工代表究竟代表职工的利益还是代表施工队的利益呢？”

单位领导眨眨眼，不再说话，但我看出来了，他很恼火。

风雨中，我们不屈的头颅昂向哪里呢？梦中的雨和现实中的雨的交战，透出的苍凉之气，那水珠溅起的长烟，遮蔽了这个世界的是是非非吗？拔剑四顾，是仰天长笑，还是长歌当哭呢？

雨水鉴定着一个城市一个时代的建筑的质量。

我所住的城市在这上面恰恰显得迟疑、缓慢，甚至无力消化。我的住房不是厨房漏，就是卫生间漏，要不就是大小房间的房角及窗台两侧漏。没有物业管理，于是我开始了漫长的堵漏工程。天降甘霖，本应欢欣鼓舞，却愁云满布。有一年，一次暴雨降临，阳台南面污水恣意，阳台顶部的墙皮一片一片落下来，砸到一个个花盆上，给花和叶子涂上了白粉。我找来盆盆罐罐，摆放在阳台上，滴滴答答的水滴砸在盆罐上，如同敲在我的心里，那颗心颤抖起来。

对于阳台南面的漏雨，我与楼上一家展开了持久的较量。无论我怎么找他，他就是不修，说屋内漏水他修，外墙渗水他不管。我好话说尽，也无法打动他。

去年夏季，一场暴雨袭来，我家的阳台南面漏得更加不像话。我焦急得不知怎么办才好，楼下的马嫂敲我的房门，上来就风风火火地往阳台南面跑，说："你家的水都漏到我的卧室里了。"

当她看到我家阳台水帘洞一般、地面上水流成河时，她很惊讶："说，怎么漏成这样？为什么不赶快找楼上？"

我说："我找了，找不动啊。"

她下楼了，不一会儿，端着半盆白水泥跑到我家抹阳台墙缝。我说："你抹我家没用，上边不漏，我家就没有水了。不如你与我一起找楼上吧。"

她说："还是你自己与他协商吧。"

我找来一位师傅查看哪里漏水，师傅看完后，说："你楼上的阳台墙裙裂了手指头大缝隙，能不漏水吗？"于是，我开始与楼上进行艰难的交涉，要求他修漏水的阳台墙裙。从春天的第一场雨找起，一直到秋天最后一场雨结束，这中间的故事一句两句话真是说不完的。楼上那个男人不说不修，而是一拖再拖，不是没有时间，就是没有钱。我找他的岳父做工作，他岳父说："你告他去吧。"我找他本人，他说："你屋里漏水我负责，楼外墙漏水，我不负责，不行你就去告我吧。"

我天天担惊受怕。雨，这晶莹之物啊，让我欢喜让我愁。

那场秋雨来势之猛，让人始料不及，阳台又成了水帘洞。没有办法，我跑去找社区主任。社区主任是个很负责的中年妇女，她派协调社会矛盾的人和住区片警找了我家楼上那个男人，也到我家查看房屋漏雨的情况。楼上的男人对他们的态度很好，说："我修。"然后又是老办法——拖！一直到深秋，也没有修。当寒风呼啸时，他对社区催办的干部说："天气冷了，修外墙恐怕要冻了，明年开春我一定修。"社区干部跟我谈了后，我表示无奈。

一次，在路边碰到楼上的男人，他也表示，开了春，天气变暖后，他一定修。我摇摇头说："冬天下雪也会渗水啊，大姐再信你一回吧。"

眨眼2009年的春天来了，我又开始与楼上的艰难沟通，从4月到7月，他还是以各种借口拖，我的焦虑也一天比一天更甚，尤其是阴天，我的心就被忧虑所笼罩。

终于，6月的一天，一场大雨降临，我家的阳台整张白色墙皮被雨水浸泡得脱落下来，掉到地板上。

楼下的马嫂又跑来砸我的门。"又漏成这样啊！"她大呼小叫地说，"怎么不找楼上啊？"

我说："找得动吗？楼上一拖再拖，拖得人心都碎了。"

"怎么就找不动？我上去找。"她风风火火地跑上去。楼上的男人表示为难。她叫我与她一起找社区。从社区出来，走在有积水的小路上，风狠劲地吹着，皮鞋渗进水了，裤脚也湿透了，尴尬而狼狈地回到家。心里的凉意与这城市的寒冷一起，让我在惶惑的颤抖。

梦中雨的柔润掩在了飘逸的长烟之中，灵魂已被漫无边际的夏日豪雨肆无忌惮地践踏。

女人与长城

站在燕山山脉的小河口长城的石阶上，我把目光放置西沟长城上那个叫“媳妇楼”的敌楼上。

面对伫立在苍山如海、重峦叠嶂上的雄伟的长城遗迹；面对矗立在长城上的敌楼和烽火台群中的“媳妇楼”；面对镌刻在敌楼前后门楣上的，由蓟镇总兵戚继光在通令嘉奖镇守此楼的女兵时，亲自书写的“忠义报国”四个大字；面对敌楼上具有女性特征的各式浮雕、花纹、图案，那精美的曲线、高超的技法，让世人叹为观止。不得不让我思索女人在长城的建筑和戍守中，究竟有怎样的付出，究竟有多少悲欢离合，她们在长城文化中的地位是怎样的呢？

说起万里长城，人们立即会想到那风萧萧、马嘶嘶的古战场上厮杀的场面，自然会想到男人们立马横刀的情景。

传统的观点认为，那是英雄们鏖战和喋血的地方，素与彪悍威猛的男人相连，与边塞、战争、粗犷紧密连接。

那一面面灰色的墙，一块块灰色的砖，一阶阶灰色的石阶。涂抹着长城怎样的烽火岁月？我看到，那坚硬的岁月残片上，铭记着历史和义薄云天的热血男儿戍守边关的英雄故事，书写着悲壮喋血的故事。

那么，在感受男人们厮杀的长城古战场的雄浑、凄婉与苍凉的时候，在曾弥漫着战场硝烟的历史长河中，在千万男人牺牲的背后，千千万万的女人用她们的痛苦和泪水，为古长城的建筑和戍守，默默地做着鲜为人知的奉献，正是从这一点着眼，在我们讴歌民族精神的伟大的时候，决不能忘记在长城文化中，女性的牺牲精神同样是伟大的！是可歌可泣的！

我望着那个在血色残阳中屹立的叫“媳妇楼”的敌楼，竟然隐隐约约听到女人在长城的建筑和戍守中，悲哀、怨恨和痛苦的哭泣声，以及她们坚强的呐喊声。

此刻，那一个个与长城、战争牵连的女人，竟悄然打开那段尘封的历史，寂静而鲜活地伫立在我的面前。

于是，我穿越千年去寻觅那份跨越时空的凄美。

长城文化离不开女人，就像人类的文明进步离不开女人一样。

我静卧在陡峭如林的万峰之上游龙般的长城上，看到了她们坚韧的身影，以及她们惨烈的命运。

九门口长歌

我该为你长歌一曲了，九门口长城。

前不久，我与几位文友登上了向往已久的九门口长城。

临风俯瞰巍峨的长城，巨蟒一样依山而卧，蜿蜒横跨九江，阵锁雄关。老牛山脚下绿叶掩映着如画的村庄，轮廓鲜明，高高的点将台静静地伫立在淡淡的烟雾笼罩的天地之间，无声地凝望近千年的炮火硝烟留下的累累伤痕，那是英雄的鲜血绘就的绝美画卷。

“城在水上走，水在城下流。”九门口以它无言的姿态，气势恢宏地屹立着。又有谁不被它苍茫的雄姿、浩瀚的气魄所震撼？那金戈铁马的历史，透过历史的云烟迎面扑来，我被感动的心灵，为这段独具特色的水上长城的绵亘和雄伟颤动，为曾发生在这块土地上的英雄故事所感动。

我似乎触摸到了当年抗敌英雄们的体温和他们血管里澎湃的血液，那是脚下九江之水的源头吗？

那一块块蓝灰色的砖墙里，有中华民族不屈的铁血男儿的铮铮铁骨和缕缕豪迈的灵魂吗？

那垛边瞭望的是英雄明亮、警惕且愤怒的眼睛吗？

那城门口的土地上留下的是抗敌英雄们坚定的脚印吗？

此刻，我往上攀登，那是英雄们走过的青砖台阶；我的手抚摩已被风雨剥蚀了的城墙，那曾被英雄们的血浸染的砖块，诉说着当年风雨中的搏杀；我的嘴里吟诵着城门前的对联“九江河水流风色，一片石关蕴壮情”，感念英雄豪杰。尘封的昨日战地、烽火台的狼烟、厮杀的呐喊、尸堵墙垛的悲壮，鲜活地呈现在我的眼前。一首《西江月·九门口吟》脱口而出：

天下长城奇迹，
九门衔水飞龙。
金戈饮血气巍然，
关隘风流赋颂。

千古罪功一叹，
英雄遗恨成空。
闯王八路谁豪杰？
世事沧桑不共。

此刻，那逶迤婉转的九江水那样的宁静，那样的明亮，那样的湛蓝，在秋阳的照耀下，细得像九根琴弦，在长97.4米的九孔高大巍峨的水门下，汩汩地流淌。清澈的水中，鱼儿唱着古老的英雄之歌在畅游。

你在弹唱中华英雄壮志未酬的心曲吗？那动听的音律，已震撼了后世子孙民族振兴的心灵。

你是哭倒三千里长城的孟姜女的眼泪吗，还是那位在战场上失去儿子的母亲的血泪？那么，历史的辉煌已筑成当年九门口为世界文化遗产的地位。如果孟姜女和英雄的母亲知道这些，会破涕为笑吗？

是的，是谁说你苍茫冷寂？

在你高高的点将台上，在没有硝烟的战场上，龙的传人正以生命的激昂发出古老而又年轻的呐喊，那是民族振兴的魂啊。

是的，是谁说你寂寞空旷？

太阳照，雄风扬，边关的冷月连着华夏儿女的心房。你瞧，鹰掠城楼，飞龙叱散，中华豪气，横亘千古。你的雄姿已经吸引了全世界的目光，那惊羡的眼光，如同无数火炬，投向这块英雄的土地。

你蓝灰色的城墙，像一部雄厚绵长的巨著，让人们品味水上长城关锁蛟龙的风姿。

你绿色的老牛山，像绿洲的屏障，连绵起伏，让人们读出“魏武挥鞭”的豪气和孟姜女哭长城的柔情。

岁月如风，英雄洒泪，留下多少憾事！抚遍百年沧桑，恰如今，这千古绝唱和被岁月湮灭的明、清两个朝代，在这空旷和宁静中，凝成一部辉煌的历史长歌，由后人传唱。

我乘长风，御飞云，为你凝成的中华民族之魂而歌，为你精雕细刻的水上长城这个绝美的艺术作品而歌。

骄阳把九门口晒得暖暖的，秋风拂面而过。我踏上一个个台阶，站在垛口瞭望，在崇山峻岭上蜿蜒的九门口长城，像静卧的雄狮。我内心涌动的感情，怎能忘却那尘封的昨天？手中的笔，怎样描摹那一部部不朽的历史？当老牛山脚下的苹果熟了、树叶黄了的时候，我的追思，怎样踩着厚重的岁月，在这水上长城上寻找缄默的英灵？

站在九门口长城上，面对一座座哨楼、烽火台，那千古不变的威武和雄壮，让我又一次听到那惊天动地的马嘶、鼓鸣和英雄的呐喊。我在远去的时空里，与英雄的目光对视。这里曾留下英雄戚继光与入侵者战斗的足迹，也留下了农民起义军李自成与吴三桂所引领的清兵展开的著名的一片石大战的故事。英雄兵败，令人扼腕，却写下了独特的战争历史，由后人评说、品味和感悟。

令人更加难忘的是：1933年2月，东北民众抗日第四十里军郑桂林部，在九门口等地与日寇激战数日，歼敌数人；1945年8月，冀东十六分区司令员曾克林率东进支队，从九门口出关外；1945年11月，八路军第二十团与东北国民党第五十二军在九门口发生阻击战，战斗进行了十多个小时，然后做战略性转移；1948年8月，东北全境解放，解放大军从东北战场辗转华北，百万雄师取道九门口入关。

日月如梭，英雄亮剑。昔日战旗飘扬，刀光闪耀的九门口，留下多少故事？

我们激情满怀地站在长城的台阶边、垛口旁和敌楼下拍照留念。那一张张照片是我们对民族之魂的纪念和歌唱。

啊，朋友！在今天的幸福生活中，你听见九门口山水如雷鸣般的巨吼吗？你听见九门口长城如飓风般的呼啸吗？

那是九门口长城英雄交响曲，那是留在长城墙垛里的英灵在低吟。

这高歌惊心动魄，汹涌而至，再现了风雨筑就的九门口战史的沧桑和凝重。

这低吟的悲怆动人心扉，谱写了一部英雄在民族危难中义薄云天的抗争史，展示了一代代民族英雄与时代风雨的英姿和丰采，给人以江山陷落、旖旎梦断的强烈的悲剧震撼和民族振兴的启示。

九门口的历史将与巍峨的老牛山同在；九门口的长城将与九江绿水一样无限绵长，永世传承。

九门口长歌也在世事沧桑和丰润的语言中多姿多彩。那动听的音律，如同一副独具匠心、色彩明快、雄浑绮丽的精美画卷，镶嵌在祖国壮阔博大的版图上，以大气不凡的新姿巍然屹立在游人面前，这是何等的辉煌，何等的壮美，何等的瑰丽啊！

站在它留有英灵的青砖长阶上遥望远方，远处宁静、祥和；城墙下的果园里，果满枝头；蓝天上，白云悠悠然，衬托得九门口山清水秀，它的神韵已在我心灵的银幕上定格。

什么叫伟大？什么叫宏伟？九门口长城，这部雄浑的历史长卷，已让龙的精神，穿越了老牛山和九江水的过去和现在及未来的岁月，唱响一首中华魂的歌，那歌声已经响彻云霄。

我的长歌，也在这个果飘香、秋水长天的时刻，融进这气势磅礴的歌声里了。

但愿我的长歌能慰藉生活、鏖战在这块热土上的先人和英雄的英灵。

历史的足音叩开心扉

——写在市直历史研究分会2012年年会之际

2012年4月7日，我市直历史研究分会召开2012年年会。

我是循着分会长侯铁爽朗的笑声找到会议室的。

天气寒冷，而坐在会议室开会的市直历史研究分会的部分会员，心里却是火一般炎热。大家踊跃发言，气氛热烈。那一张张笑脸，挂着开掘历史的文人的微笑。我的心被热爱历史、有志于开掘葫芦岛历史的文人们的豪爽和执着而感动。

年会由分会长侯铁主持，市历史学会理事长张助群应邀参加，并在会上作了重要的讲话。

那个早晨，我一进会议室就睁大了双眼。哇！这么多历史研究爱好者啊！参加会议的成员年纪最大的叶文祥老人已经83岁了，来自杨杖子的刘世彬老人也82岁了，还有一位76岁的长者杨天纯，他们为了研究本土历史都做出了自己的贡献，而且依然雄心勃勃，还要为研究大辽西的断代史奉献出自己的才学。我听着他们的发言，眼睛望着窗外春天的风景，心情久久不能平静。

葫芦岛的历史厚重，远在几万年前这片土地上就有人类繁衍生息，现在早已面貌一新，宽阔的街道，矗立的楼房，不远处波光粼粼的大海，静静地穿过时空的寂静和历史的烟云，滔滔不绝地流淌，穿越了世俗的遗风。市区新建的房屋伫立在旖旎的风光之中，让我们的心灵在故乡的巨变中震撼。

历史悠久的葫芦岛，从千万年的历史中走出来，在自信与乐观、谦虚与执着、深奥与清贫、勇敢与真诚、勤劳与智慧中，以一种惊心动魄的平静，吐纳数千万年的光阴，在老故事的裂痕中，创造了新故事的非凡和永恒。

会场上大家争相发言，阐述自己对葫芦岛历史的挖掘计划和憧憬，我听了之后很受感动，同时感到肩上担子更加沉重，仿佛那些久远年代的历史人物和故事透过历史的烟云向我们走来。

这次会议给我留下太多的感慨和启迪。

会议期间，分会长侯铁讲了话，他说，每一个史学者都要给大家营造研究历史的氛围、提供史学研究的粮食、留下一段历史宝贵的墨迹。

秘书长董伟佣也就研究葫芦岛历史作了讲话。

最后，市历史研究会理事长张助群发表了重要讲话。她在讲话中结合以往的工作，对分会的工作进行了指导，她说："文章者，乃经国之大业，不朽之盛事，我们每一个成员都要以历史重任为己任，写出家乡的历史，为家乡而赋，为故乡而歌。"她说，"葫芦岛三国两晋南北朝和隋唐的史料急缺，希望大家着重研究，填补这段历史的空白。"接着，她对今后分会的工作提出了要求。首先，要加强对三国两晋南北朝和隋唐历史研究的集中攻关；其次，加强对葫芦岛科技发展史的研究整理，鼓励每一个会员积极研究，快出成果；再次，与市社科联一起，开展一次优秀论文和史学著作的评奖活动；最后，和市社科联共同推出学会会员参加“辽海讲坛”的讲座，以扩大对葫芦岛的宣传，为党的十八大的胜利召开撰写相关方面文史作品。

会后，我们兴致勃勃地沿着弯弯曲曲的泥土山路，朝龙背山进发。

龙背山脚下，山秀谷深，石奇木绿。我们都期待着那种陌生的亢奋，盼望读懂这片热土上曾发生的故事，并寻找先人的脚印，认识历史、挖掘出鲜为人知的过去，接受宏大的生命洗礼。

68岁的张助群大姐领我们去看佟公神道碑，她健步走在前面，我们紧随其后。在一片槐树林子里，一座高大的石碑印入我们的眼帘，可以说，这块石碑是葫芦岛重要的历史文物。对于这块碑，张助群大姐对我们介绍道，此碑原来立在连山大街福临门酒店的位置，1979年移至儿童公园，现又移到龙背山公园，它是指向佟氏宗族坟墓的标志。此碑由青色大理石雕塑，碑下面是一个巨大的碑趺，雕成赑屃。碑的正中央刻有“皇清诰赠中宪大夫佟公泽溱之墓”。碑的顶部凿有三个大孔和几个小孔，周围由螭缠绕，因螭的形状似龙，故人们常称为“透龙碑”。为此，张助群大姐曾不辞辛苦地到乌朝屯、影壁山一带，与佟氏的后代进行座谈，又从赫图阿拉、桓仁等地买来大量的书籍作为参考，终于使佟公神道碑之谜得以破解。这是对葫芦岛历史研究的一个贡献。

大家静静地站在悄然发着嫩芽的树林里，呼吸着早春清新的空气，听张助群理事长讲这块碑的来历，以及佟娘娘家族的历史，仿佛看到美丽的佟娘娘和被封为一等功，具有少保都统、太子太保、定南大将军等头衔的父亲佟盛年拨开历史的迷雾朝我们走来。

接着，我们又到龙背山的前门观看主题公园的壁雕，虹螺女在云间降甘霖为民间解除大旱，葫芦女和菊花女以各自的神态望着这个美好的人间。耳边是张助群大姐娓娓讲述虹螺女、菊花女和葫芦女的传奇故事的声音。

青山无言，高崇天际，我却已与它融在一起。在寂静的世界中，倾听历史叩击心灵的声音，寂寞地等待，热情地等待……我在用清澈的眼睛望着你，探索你，并且沉默无语。

蹬上土坡上的小凉亭，俯瞰葫芦岛市景，看到了颜色各异的一排排楼房静静矗立在市区，远处青山如黛，田野里的荒草在风中摇摆，还有灵性的山、陡峭的崖、苍劲的古树。那一朵野花、一枚叶子，无不给我们以启示，远处金光粼粼的大海涌动着浪花，向我们诉说历史。我容易感动的心灵有了支撑，生命在这样一种创造中，完成了一种理想的实现。我心中的文字也因此而宽广、悠远。让一个文学人的灵魂找到了真正的家园，历史的故事一定会让我的作品更加厚重。

站在这里，我就敞开了灵力的怀抱，去拥抱文学和史学的精神火焰；前面遥远、青翠的大山，让我的激情变成使命感，把生命的点滴和文学人的责任变成厚重的文字，在文学辉煌的风景中，寻着先哲的脚印，让那历史的足音叩响心扉，描写一段历史的风采，创造美丽，耕耘梦想，延长生命。

这次会议，点燃了本土历史研究的火焰，我已经终生难忘。

虹螺遐思

抵达虹螺山的时候，春风轻轻地吹拂着世间万物，阳光均匀地洒在每个人的身上，暖暖的，只是遇有树木的时候，才落下斑驳的影子。

山脉在明晃晃的阳光下青翠欲滴，在鸟的羽翅下，剪开旧梦帷幕，晾晒新绿鹅黄。

站在绵延葱茏的山脚下，等后面的友人，仰脸观山，感受它的挺拔、峭立及黛青色的绿，就觉得时间从来不曾流逝。如风一般，刮过去了，复又刮回来，或猛烈，或轻柔，无踪无影，却吹散了多少岁月。又或者如雨，飘洒如泪，落入泥土，润泽万物，或聚集成湖、河、海，留下远去的足迹。那里有青春的翩跹，青春的光芒，恣意地在水面起舞，浮出五光十色的绚烂。而巍峨的虹螺山却岿然屹立了亿万年，在多维的时空中，纵横捭阖，游弋八荒，洋溢着空灵的通达之美。

牵着友人的手，走向一条泥土路，两边尽是嫩绿的小草和随风摇曳的野花，红的、黄的、粉的、白的，招摇着美丽的身姿，似从远古走来。

越往上去，路越狭窄，林子越密、越幽暗，目光所及之处，林木高大，有槐、云杉、白杨等树木，地上是隔年的枯叶，有半尺厚，一脚踏进去，咔嚓咔嚓地响，惊得一群鸟嘎嘎地叫着飞出林子，那扑啦啦的声音，打破了森林的安静和空旷，树梢上抖动着明亮的金光，蜘蛛网上黏着不知名的飞虫，树木之间的光里隐藏着阴影。空气中有一股树木汁液的气息，浓烈得叫人透不过气来。友人说："看来，这地方很久没有人来过了。"

是的，辽西走廊第一名山——虹螺山，是一块未经开发的处女地，散发着奥妙无穷、美不胜收的诱人魅力。

它完全不同于泰山、黄山等名山。置身其中，可以感觉到它的静谧，好似一位美丽的女子，站在云下，望着龟裂的土地和受苦受难的无数百姓，口吐龙珠，洒着甘霖，她叫虹螺女。传说虹螺山就是虹螺女的化身。千百年来，巍峨地屹立在辽西这片热土上，俯视着天下苍生。

也许，她目光所及之处，白云、青草、孤庙、洞箫幽幽，乡心和月、零乱的马蹄和苍翠的原野，在时空之中一如昨日。虹螺山的雨慢慢地飘散，历史也被无情地切割，渐渐远去，在凄凉的烟云中若隐若现。那只千年的酒杯就在月光下举起，惊沙飞起时，雨在哪里？在虹螺女的螺壳里吗？也许，世人都在怀想江南春雨，这怀想已经如此粗粝了。可还是有"边城暮雨雁飞低"的诗句，和着虹螺山的雨呼啸而来，打湿了人们的心语。

我仿佛看到，在万物归家、鸟儿回巢的时刻，雨中的燕子和远游之子，竟不知家在何方。

抚着《奉天通志》的字行遥望，才知道那大气的记载，是如何写出虹螺山豪迈的气势的：“俗称大虹螺山不大，小虹螺山不小，山脉自西而东，蜿蜒百余里，从各方面观之均成型，故有八面威风之称。虽不及医巫闾山及千山之高大秀丽，然亦堪称伯仲。”还有明朝那位东阁大学士、兵部尚书孙承宗出关视察，写出了“荆山山作紫，虹山山作红，羲和抛日梭，织出绵川雄”这一气壮山河的诗篇。

读着这样的诗句，便见了虹螺山世代的幽深。想着流淌在它身边那条苍老的女儿河浩浩荡荡地扑面而来，与我的血脉相连，时空的隧道顿时纷乱如雨。

历史的年轮就像我身边这棵百年老槐，枝丫紧缩，环抱着自己，常年孤寂地仰望苍天，看云起云落，物是人非，并将历史穿透竹简和帛，深深地印入年轮，深入生命的底蕴，在虹螺女遍洒甘霖之后的几千年征战史中，从容不迫地将永远的荒芜和永远的弃绝相向。苍黄的山脉和茫茫绿野，在漫无目的飞散的雨中，从荒凉空寂的深渊之处袭来的黄风之中浩叹生命之歌，在大山千古灵秀的皱褶里。

那一支洞箫吹起的时候，必是“蝴蝶不知花落去，雨后依然枝前来”时，必是山无言、草青绿、山花开满山野之时。这时的虹螺山，一定像个娇羞的蒙着红盖头的新娘子，在情郎洞箫曲子的引领下，朝着百年好合的洞房走去。

走出那片林子，竟然没有上山的路，茫然中朝山上走去，走过一段土路，眼前竟是巨石垒成的陡坡，我和友人手脚并用，顺着一块块巨石爬上去，谁知，那大大小小的石头竟然晃动起来，尖叫声迭起，好像瞬间就会被吞没似的，虽然我们就像伏在山脉上的小蚂蚁，不足为重，却真正感受到人在广漠之中是那么渺小，像飘零的一滴雨珠，抑或迎风摇曳的一棵小草，也许，是一朵伏地的不知名的小花，足以让你在现世的冷暖中回味，在生命的深处具有梦幻一般的终极意义。

经过一个多小时的攀爬，终于来到玉皇顶九十九级台阶下的老松树下，一屁股坐在干净的石头上，喘息着环顾四野，茫茫苍苍，满眼伸展的茸茸新绿，像一个不醒的梦，又像虹螺女手中的鲜花，在千年企盼中一展风采。时近中午，大家拿出带来的食品，开始大吃，说说笑笑间，气氛很热烈。吃饱喝足后，闻着松柏散发出来的暖烘烘的苦涩的松香气，在鸟鸣声中，又相携蹬上九十九级台阶，上了玉皇顶。这是虹螺山的巅峰，极目望去，虹螺山以主峰为轴，恰似扇形，层层错落，十几条支脉伸向四面八方。南北斜长，悬崖峭壁，形势险要，山势嵯峨灵秀。山巅为玉皇顶，顶端称南天门，南面是绝壁，北坡也比较险峻。促狭的峰顶，竟然还有庙宇僧房。山上苍松傲立，蓊郁青翠，怪石嵯峨，陡峭如削；山中有野生动物：獐、狼和野鸡等，据说还有有色金属矿藏。

的确是宝山啊，谁来此，都会为之感慨。

虹螺山，还有多少我们没有探知的秘密？

从踏上它的土地第一步开始，就变得陡峭险峻，崇山峻岭间的羊肠小路九曲十八弯，直至山顶，一侧是无遮无拦的万丈深渊，然而，这凶险的蜿蜒中不知为何有一种安静和神秘的温婉，让我心动。俯视着千沟万壑，一片翠绿，陪衬是一树树怒放的繁花，粉、白、红，旁若无人地娇艳，就像虹螺山突然裸露的艳情。在这样一个蜂飞蝶舞美如梦境、远离喧嚣的幻境里，四周只剩下无垠的阳光明净到虚无，照耀着一个静静地等待的女人，等待心中那个白马王子，从虚无中穿越岁月朝她走来，满面春风，就像空山中那棵鲜花怒放的大槐树。

下了玉皇顶朝东走去，上了另一个山峰，峰顶竟然有个平台围着一圈石栏杆，趴在石栏杆往下望，脚下竟然是十几米深的悬崖峭壁，岩石缝里长满了灌木和青草。这一瞬间，感觉自己就像是一艘古海沉船，独自在海底细数流逝的过往，追忆扬帆的曾经。行行复行行，在距离峰顶五十米处，惊喜地发现了一个洞口，大约有三米左右，进入这个方形的洞口内，发现了浇筑水泥和门框钢筋。这里是何年建筑？这建筑是做啥用的？一连串的问题涌上了脑海。

黑暗中，进洞摸索着前行，洞内促狭、幽暗，一连过了三道门，往上爬了三十多个台阶，看见几个洞，和山下的房子差不多大小，好似卧室、厕所，看来这里住过人。洞内有两处垂直通天的竖井，透进来碗口粗的光亮，原来这是一个贯穿山顶岩石的山洞。有关历史资料记载，虹螺山地区曾经被日本人统治，后来国民党军队又控制了这一带，但是，没有资料显示日本侵略军和国民党军队修建了这个工程。令人不解的是，这里，竟然还有一个停机坪，不远处，有残垣断壁，还有一个蓄水池，好像兵站，在满是青草的地上，依稀可辨笔直的跑道。

无名工程洞谁人所修？这梦幻般的迷，该怎样去解？虹螺山以旷古的姿势，屹立着缄默。

五千年的岁月消融了、消失了怎样的历史？博大的虹螺山，在广袤的寂静和沉默中，用它粗糙的手掌抚平了岁月，用它荒芜的胸膛沉积了历史怎样的飞扬和隐忍？

迷蒙中的历史，太希望骤然地亮丽了，那一定是令人振奋的发现。

出了洞口，抬头望天，见春云浮空，竟不知身在何处。

天蓝得翠，蓝得爽，这蓝，足以穿透岁月和历史，除却这巍峨的虹螺山，还有什么比岁月和历史更坚硬呢？然而，历史被这不可知的岁月侵蚀了，消逝得无影无踪，五千年，这里发生的故事，叠加起来，一定比虹螺山更逶迤、更巍峨。曾在岁月里如华彩乐章般的史诗，在岁月的打磨下，蚀得无影无踪，只留下洞的遗址，让后代去猜想、考证。也许，这消失的过去，也有过雷霆、裂冰一样的声响，阔大得令人惊悸，轻灵得令人啜泣，以其飘逸的姿势，掠过广漠和众生，和巍峨的虹螺山一起，跨过岁月的长河，渺茫着一种无声的存在。

石洞太深太幽暗了，日光和月光都无法抵达，战争留下的痕迹，带着一个沉重的梦，千重重叠叠的岁月里，沸腾着那些古人和今人的灵魂的云，令人震惊。雕刻着士兵们的石洞壁上，一再渗出浑圆的水珠，好似泪滴。是在感慨大漠残阳的雄壮，还是金戈铁马的豪情？

不知哪位士兵在问：你还在故乡白衣如雪地守候吗？谁在悠远的静谧中，期待着安宁和平静？

虹螺山，依然是巍峨挺拔的亘古的虹螺山，它竖起亘古的耳朵，在空旷中冷静地听着千古不变的寂静。

一千年了，世事沧桑变迁，未改你的苍翠馥郁、辉煌的容颜。你依然如我梦里一般浩瀚、巍峨、挺拔。

记忆里，这里是虹螺八卦掌的发源地，少林僧人在灾祸中拼死挣脱伤痛和寂寂无声的孤绝，让血色在这座大山上永远地鲜浓。

晚清，少林寺一部分僧人从事反清复明活动，遭到清政府镇压。一部分僧人逃到关外，隐于虹螺山中，并在山上修建了八座寺院，当时称为少林寺下院。逃到这里的净缘禅师是八卦掌的宗师，净缘禅师在虹螺山中将八卦掌加以演化，形成一种叫虹螺八卦掌的拳法。净缘禅师广招门徒，鼎盛时期达到四百多人。后来，由于净缘禅师和弟子继续从事反清活动，在虹螺山又遭到迫害，到清朝末年又分散到全国各地。虹螺山上只留下了八座寺院，那晨钟暮鼓，悠然之声愤懑的空气一下子被撕裂了。清朝灭亡以后，净缘禅师的弟子肖海波在天津等地开始教授虹螺八卦掌，卢忠仁是肖海波的弟子。2006年5月14日，85岁的武术家卢忠仁和弟子在虹螺山举行了“问世表演”，以纪念虹螺八卦掌在此诞生。

历史的遗迹不多，却呼啸而来，那烟云遮盖的后面，隐藏的倾覆和崛起是永在的，太阳和月亮都是见证。

虹螺山因风的吹拂、雨的冲刷，在天地间变得如此纯净。先人的足迹，在虹螺山的辉光中起伏，写着永恒的瑰丽和风姿。

虹螺山灵隐寺也叫少林下院，我在寺院门口看到一副对联“座列五行，山分八卦；虹腾百尺，螺绕千里”。如今，寺庙仍在，唯不见人，树枝不言，唯有风过才能沙沙作响，而槐林依然无语，绝无追风之念。

梦，就像融化的蜡烛。

只有虹螺山是永恒的。那一袭红衣的虹螺女，站在月下，听岁月悠悠，看亿万颗星辰明灭，数大海潮起潮落，等候鸟飞去又飞回，千年不曾懈怠。

辽西第一峰——虹螺山，此刻枝繁花盛！

海与风

——觉华岛散记

千年觉华岛，云海苍茫处。

那是一颗熠熠闪光的明珠，在辽东湾浩渺烟波之上风情万种，缤纷隽永。

那份秀逸与神秘、雄奇与沧桑，就像心里积聚的花瓣，只等春天的一声呐喊，便脱颖而出，那应有的荣耀和丰润，不问探访的季节，创造着一代代岛人繁衍生息和崭新的面貌。

我的欣赏，就像春天里苏醒的万物，渴望绿色的簇拥和花朵的招摇，也似夏日小溪，潺潺汩汩，蜿蜒流经觉华岛。

那是海与风的幅度，在梵音和涛声中交融，带着历史的晦暗或光辉的记忆，徐徐展开信风般的速度和前景，去远方。

踏上觉华岛的土地，正逢菩提文化节之盛事，迎面扑来的海与风，带着或涨或落的潮水，月圆月缺的印记，越过古老的文明，穿越历史文化的繁卷，又一次盛开圣洁的莲花，那沉醉的花蕊，蕴藏着千年的心跳。

谁在唱一曲岁月的歌？谁已参透菩提文化？

春花秋月，草木无言。万株菩提，一叶一花，福荫世人。

海与风的涌动和飘逸的吹拂，正是中华复兴理想最舒展的幅度。

海是神秘的，风是潇洒的。

站在大龙宫寺前，幻想着读懂你，佛岛——觉华。

那虔诚的礼拜，就像天上的一滴红烛，将岁月掩藏。蘸满诗意的指尖，让夜充满幻想。

大多数的时间，我在离此不远的陆路上穿行。迎着海风，展开理想的双翼，书写诗意的生活，传递幸福的渴望。海水的光芒和这佛岛的灵光，带我走出重生的门。

其实，觉华岛离我并不远，虽不能时时踏上它美丽的土地，却在八角井、菩提树和唐王洞等景致中回忆其风貌。

上岛的前一个夜晚，是不眠的一夜。

站在窗前眺望觉华岛，仿佛看见菩提树叶飘摇，树冠华美，菊花盛开，东南海风吹拂，大海腥咸的味道扑面而来。

其实，我是望不到觉华岛的，它只是我的想象。此刻，在那四面海水的崛起地带，一定是一半被暗夜淹没，一半被星光照亮，即使是土层浅薄的旷野下，那错落有致的岩层，也记录着比人类更长的地理纪年，并以不朽的方法，记录着觉华岛亿万年来在海风中的变迁。

那是海螺壳里回荡的声音，那声音是海的，是风的，宽广而幽深，就像觉华岛的历史。

一艘大船驶离海面，那姿态仿佛是一只正拍着翅膀准备从水面起飞的海鸟，船在海面上航行，激起白色浪花，击碎的浪花是那桃花、菊花的影子吗？

菊花女的雕像伫立在岸边，她在遥望，还是在期盼些什么？

当我站在觉华岛湿润的土地上，流连于大龙宫寺、海云寺、八角井、唐王洞、千年菩提树下时，映入眼帘的佛岛全景就像调色板上的画。那变幻的境界，如同神奇的宝库。而万佛堂，让每一个修身者在这万千世界里顿悟。

佛岛，沉默不语。

千年菩提在月光下张望。它在守护佛门法脉，那轻柔的禅语，在护佑苍生繁衍万年吗？快系上一根红花结吧，一世三生的心愿，盛开了菩提之缘。百万株菩提树，就像一片海洋，永驻凡间，好似清风缕缕，传递着福音。而今，我的千古诗章、咏叹的恩泽，如伞的天庐华冠，洋溢着千年的光环。那是至尊圣祖，在北国佛土种下的禅心梵歌。

觉华岛，蕴藏千年的佛文化，顺着菩提叶脉一样的思绪，直达你的脉搏。

追寻远去的帆影

觉华岛是大海的驿站，觉华岛人是大海的子孙。

风在吹，海在啸。

悠悠千古，却埋不住智慧的光华。千年风雨，滋润着菩提的根须，扎进了如磐的岁月。

追寻远去的帆影，从朝阳到夕阳，看到海风吹过一年年饱满的日子。千年菩提，淡定内心的欲望，海涛声声，轻风习习，传送梵音。那是前朝的快马，跃过落日的余晖，奔向草长的黎明。我看见来来去去的风吹着浮云和礁石，一任劲吹的海风，抚摩千年的经卷。

觉华岛注定在一首诗里走过。

走进觉华岛，千年历史仿佛一幅徐徐展开的时光画轴。这里的海与风有了更宽的幅度。

据《奉天通志》记载："淘河岛一作桃花岛，或谓今觉华岛。"

历史的珍藏，总是在漫长的岁月里发酵，绵延亘古。

我听见海潮涌动的地方有风在歌唱。

还有人记得大辽国的和尚觉华吗？就是这位出生于孤竹国的人，第一次赋予千年海岛文化韵味。辽金时代，为纪念他，以他的法号命名这座海岛为觉华岛，时为1290年。站在大龙寺前，我仿佛看见被辽圣宗尊为圆通大师的觉华和尚正在云游四方；看见他的桑木扁担在菩提树掩映下的八角井挑起一肩晨光、几片露珠，在风响鸟鸣声中，悠悠歌唱；看见他在大海的涛声中举起柴刀，把海风和岁月劈成四瓣梵花。

碧海真如画，蓬壶隔水崖。
波澜成雉堞，精凿隐人家。
时放桃花棹，堪寻菊谷花。
何当乘跻往，绝顶引流霞。

这是清代诗人和瑛赞美桃花岛的五言诗。

远去的桃花岛、今天的觉华岛，值得赞美！

那远去的帆影，为今天的觉华岛奠定了佛岛根基。

想起觉华岛名字的更迭，不就是历史和文化精彩融合的展示吗？

这辽东湾方圆不足十四平方千米的海岛，曾在唐宋时期称桃花岛，辽金时期称觉华岛，后又更名为菊花岛，今天又改回觉华岛。名字的不断变更，赋予"北国佛岛"新的寓意，无不折射出这座海岛厚重的历史及其文化，以及人类难以磨灭的生命发展记忆。

那幽深的历史深处，总是飘荡着岁月的风情。我仿佛听到大海的深处，传来挚爱和不屈的声音。那远去的帆影里，隐藏着怎样动人心魄的历史故事？

战国时期燕太子丹刺秦王失败后，曾颠沛流亡至此；唐太宗巡游辽东时曾来洞避雨；辽代帝王之师郎思孝兴建的海云寺；明、清激战留下的残垣断壁……

悠悠岁月，是否记住了那远去的帆影？

明代的某个镜头朝我走来，我看到那时的觉华岛已经是辽东地区著名的港口，驻扎官兵数万人、战船千只、屯粮百万。与宁远城、首山形成掎角之势，遥相呼应，是固若金汤的海上屏障。至今还能看见岛西北隅当年的屯粮城遗址，虽然夯土的城墙上，早已芳草萋萋，沧桑中透出无限的凄凉，却以此告诉人们，这里曾经战火纷飞，历史曾经雄浑和辉煌。对于今天的我们，依然有着启迪，对于开阔视野、精准把握这里独特沉实的历史文化潜力，有着不可估量的作用。

那是浓郁的民族历史精神向度，意象丰盈、饱满，是觉华岛特有的辽阔和粗犷。那是远去的帆影轻盈和重量，让我们在丰富和复杂的存在境遇中不断追求，体现出过硬的民族素养和高远的前进方向。

1622年，正值明天启一年。明失陷广宁后，宁远城和觉华岛就成了明军和金军的必争之地。努尔哈赤帅率十三万人进攻宁远城，守将袁崇焕以大炮袭击之。努尔哈赤身受重伤，正要退兵，却发现了觉华岛乃明军屯粮之地，立即派八旗兵强攻，焚烧了明军粮草，将岛上民众全部杀害。从此，明军誓死抵抗金兵，那个“宁锦大捷”的故事，至今，仍然让人惊心动魄。在明大将袁崇焕率军抗击中，多次击败宁远、锦州一线的金兵。

1627秋，黄叶飘零，碧海微澜，袁崇焕站在觉华岛的土地上，凭海临风，感慨万千。吟道：

战守逶迤不自由，偏因胜地重深愁。
荣华我已知庄梦，忠愤人将谓杞忧。
边衅久开终是定，室戈方操几时休？
片云孤月应断肠，桩树凋零又一秋！

袁崇焕为何在打了胜仗后却写出如此低沉、凄苦的诗句？不难看出，此时的明军战不易、戍守艰难，他本人也处于国弱主疑、进退维谷的境地。当他身临觉华岛，触景伤情就再自然不过了。也许，他早已料到，明朝气数将尽，这是一代政治家的深谋远虑和开阔眼界，他的拳拳之心、忧国忧民的情怀，应该记入史册。事实上，正如他所料，三年后，崇祯皇帝中了皇太极的离间计，伤害了他。十七年后，大明江山就不复存在，尽归敌手。

海潮汹涌，海风肆虐。

谁为英雄呐喊冤屈？

忠臣蒙冤而死，让人感叹不已。袁崇焕就像岳飞死于奸佞小人秦桧之手一样，死于敌人的离间计，真的死不瞑目！

值得一提的是，考古人员在觉华岛东南的风凉山上，发现了距今四千年的多件磨制石器，这一重大发现，把觉华岛的历史文化由辽圣宗时代向前推进了数千年。

其实，长期以来，我们总是急于对历史进行意识形态的定性，而对于丰富的细节及包含其中的韵味过于忽视了。当你站在辽东湾的海岸线上遥望觉华岛时，审美情绪中的飘逸之感，就会在海风的吹拂中，一步步地走到眼前，追寻远去帆影的渴望就会急不可耐。望着静海流深的渤海湾，无时不飘荡着岁月风情，你的思绪一定会在水域宽阔、航道深深的曲折的岸边飞扬，那是一种靠着不可停歇的希望与遥远过去的那种联系。而我早已不满足那人云亦云的诉说，而是更看重彼岸的遥想。

世界让人窒息的时候，唯有觉华岛，唯有那远去帆影，唯有那今天觉华岛佛事兴盛，让驻足的你更加淡泊。

你的魂，就会盘桓在万株菩提树之间，有了依傍。

写到这里，我想起普希金的诗句：

哦，再见吧，大海！
我永远不会忘记你庄严的容光，
我将长久地，长久地
倾听你在黄昏时分的轰响。
我整个心灵充满了你，
我要把你的峭岩，你的海湾，
你的闪光，你的阴影，还有絮语的波浪，
带进森林，带到那静寂的荒漠之乡。

我要借用普希金对大海的赞美和留恋，来为远去的帆影喝彩，那是海魂的歌唱，那是北方佛岛永远不会忘记的先辈的身影。

我看到海的传奇和风的神秘，其实，就是觉华岛积淀深厚的历史文化，是先辈远航者不惧艰险的勇气，留给今人的智慧和胆量。

远去的帆影在歌唱，海的涛声、风的轻抚，伴着那歌声，诉说着久远的故事。

苍茫云水间

海唱了千年，风吹了千年。

千年佛岛，佛教兴盛了千年。

忽闻海上有仙山，山在虚无缥缈间。

楼阁玲珑五云起，其中绰约多仙子。

将白居易《长恨歌》这首诗中的以上两句诗借来比喻觉华岛，定是有过之而无不及。不同的是，觉华岛除了有和蓬莱一样的美景之外，又是佛教圣地，就连空气里也飘着一种特有的仙气。千年前，这里活跃着佛教各派，佛寺林立，僧侣众多。觉华和尚修建了大龙宫寺后，帝师郎思孝又辟景致阔渺之处，兴建了海云寺。至此，觉华岛的佛教到了鼎盛时期。

南有普陀山，北有觉华岛。

当你站在大龙宫寺前，那坐落在海岛东南圣水盆上方金碧辉煌的寺庙，瞬间给人一种肃穆庄严之感。觉华和尚作为拓岛先师，传承佛法，名扬全国，进而成为海天佛国一代宗师，辽圣宗以师待之。觉华和尚在海岛东南掘八角井，栽菩提树。说来也奇，千年间，这棵菩提树的树根佛手般涌入井内，历经上百次飓风狂袭，数十次地震，依然枝繁叶茂，伞冠如华，蔚为壮观。在举国事佛的辽代，觉华大师不辱使命，在海岛上建成全国唯一的寺院，打造了一个威名远扬的“海天佛国”，成为千年佛岛的奠基先驱。

苍茫云水间，那是胸襟辽阔的人展示的舞台。

这里，有海声，有风声。

正是这海与风的声音，烟波微妙的熏陶，让千年佛岛奠基人的思想得到升华。

郎思孝弃官来岛后，觉华大师发现他佛学的悟性，使他很快成为笃信佛学的兴宗之师。他不畏艰难，潜心钻研，在那气势恢宏的海云寺著书立说，著有《大华严经玄谈钞逐难科》《涅槃》《法华》等著作。行业趋绝，名动天下，他终于成为最著名、最博学的佛学大师之一，亲王贵族皆师事之。

据《觉华岛海云寺空通山悟寂院塔记》记载：其地宫所藏的物品充分体现了显教与密教结合的特点，融合了小乘与大乘的思想，还展示了觉华岛上大小寺院，几乎包含了佛教的各个流派。华严宗为主，其次是密宗、净土宗、律宗。海云寺具有大乘小乘兼容、显密圆通的特征，那个时候，觉华岛的海云寺已经成为辽代的佛学院，也是名僧辈出的寺院。当年，郎思孝开坛讲经法时：“常常座位不足，站立者摩肩接踵，海鸥敛翼而倾听，波涛蹑足而屏息。”可以想象，大师郎思孝给觉华岛佛学文化带来的空前繁荣。

大海无言，有如忍耐；风声猎猎，希望永恒！

古时交通不发达，缺少舟楫之便，去觉华岛就成了难事。神秘感让奢望岛上美景的人们有了期待。如今，木船、汽艇一应俱全，只要你想上岛，随时可以，早已没有“望之咫尺，而杭无一苇，森若蓬瀛”之感了。

当我站在觉华岛上，倾听海涛和风的合唱时，感觉到祖先在注视着我，明天注视着今天。

近年来，芸芸众生的心灵需要净化，摈弃名利私心，在佛家的禅语里，安放自己的魂灵，佛事再度兴盛，海岛再度更名觉华岛。菩提园里，生长着由一百零八棵菩提树培育的万株菩提树，在海风中摇曳着枝叶，那灵动的姿态，仿佛在倾听世间万物的变化。

那是怎样的一种境界？

如今全力打造“海天佛国，觉华圣地”，一上码头，你就会看见一尊尊石佛端坐在道路两旁，护佑着这一方水土和芸芸苍生，充满至善至美。

站立千年的菩提，在海与风的合唱中淡看红尘，脉络里，那灵动的气息袅袅婷婷，让游人所有的烦恼都能随风飘散。

千年佛岛，明天会更美好。

影动春秋

曾几何时，大辽西古风流长、人情摇曳的城镇和乡村，飘荡着驴皮影的唱腔，带着浓郁的地方色彩和风土韵味，回旋在夜的梦里，影动着乏味的春秋，人世间的四季就有了鲜活的色彩。

驴皮影，这个退出中国艺术舞台的古老艺术，早已鲜为人知，它曾有的魅力和力量，却是瑰丽、永恒的。它曾是我们的民族文化细节里非常动人的场景，追溯它，应该是一次十分遥远的跋涉。

山村影腔

二十世纪五十年代，是驴皮影艺人最活跃的岁月。

不论春夏秋冬，在夜晚来临后，随便找个地方，可能是村口的大树下，也可能是农家屋舍、库房、柴房、打谷场，或者路边、小河边、山根下，将糊着两张粉莲纸、五尺长、二点五尺宽的长方形木框影窗悬挂在树木或者墙壁前。后来，影窗上，不再糊粉莲纸，窗框垂下的是一帘白色的小影布，影窗的后面悬着一个大炒勺，搭上四五根棉花捻子，以蓖麻籽或线麻籽油做燃料，直照影布，响板、大锣、铙钹敲响后，就有生、旦、净、末、丑等各色人物像模像样地出现在上面，一举一动惟妙惟肖，拨动着人们的心弦。随着四弦琴的奏响，粗腔细调，就在幕后响起。通常是谁耍的影人谁负责演唱，演员是边耍影人边唱戏，一场戏下来就是一身的臭汗，很是不易。这种手、嘴并用的方式还真是独特，是其他戏种没有的。而且演戏时精力必须集中，一点都马虎不得。

唱戏的时候人群熙攘，父老乡亲看着那一个个栩栩如生的小人，真人似地甩袖起舞，翻腾跳跃，和常人一样有着喜怒哀乐，也就沉醉在剧情中，跟着影帘上的小人哭、笑。

乡村的夜，在掐着嗓子的高声演唱中浓稠着、愉悦着，大人和孩子们拥挤在影窗前，傻傻地张着嘴巴，看得目瞪口呆。这样一种独特、奇特的剪纸样的小人为主的影戏，古韵浓烈，古风昂扬，震人心魄。一戏终了，如痴如醉的男人女人狂热地呼喊："好！好！"那发自肺腑的声音，猛烈地撞击着漆黑的夜空。

据老辈人讲，每逢来了皮影戏班子，大辽西古老的乡镇、静谧的村庄就沸腾起来，像过节一样热闹。可以想象，当年，在文化生活匮乏的辽西农村，驴皮影戏带给人们的是生命的惊喜、族群的欢欣，足以让人屏住呼吸欣赏。每当夜朦胧，月西沉，响板、大锣、铙钹响得焦脆，人心也就开始燥热，大家纷纷赶往驴皮影演场，在自己根深叶茂的家园，围着那一块白色的影帘，痴痴地看着那些驴皮制作的小人舞胳臂、伸腿地表演着人的喜怒悲欢，仿佛进入一个美妙的神话世界。

那时的辽西人，都会吼几嗓子皮影戏。在山上劳作疲乏了，冲着大山吼几嗓子才算痛快，倾听自己的声音撞在山壁上，又折回来，高兴得摇头晃脑，疲劳顿消；在家里拉风匣、掰苞米粒子、纳鞋底子、绣花的女人们，边做活，边哼哼唧唧地唱着。吼唱也好，哼唧也罢，虽歪腔歪调，背后却是回味无穷的快乐。

驴皮影如久旱逢春雨的大地，给了人们愉悦，恰似一老者用其光滑的手掌，抚摩粗糙的光阴。对那时的山里人来说，若一年没看皮影戏，就觉得生活憋屈窝囊，那种美和痛快，是当今这个被光电充斥整个生活空间的时代所理解不了的。

我的祖辈就是唱驴皮影的，因此，我知晓他们及驴皮影艺术。他们在农闲时走村串户地演唱驴皮影，报酬常常是几斗高粱、小米，或者几块银圆。在那个年代，我的父辈们不至于挨饿，跟他们唱驴皮影有不可分割的关系。他们怀揣有别于他人的技艺，穿着家做的粗布鞋，足迹踏遍了努鲁尔虎山脉和大凌河流域。父亲活着的时候，常常忆起他们在排驴皮影时的趣事和爱恨情仇，那些故事在我的心中生了根，发了芽，萌生了写一本书来纪念驴皮影这一文化遗产的想法，于是，2011年，我用了8个月的时间，写了部长篇小说《大影匠》，主要描写了一个驴皮影艺人在20世纪30年代的命运和爱恨情仇。那传奇的故事，感动得自己边写边哭。写完后，言未尽意，又想写点什么来诉说驴皮影那永恒的瑰丽，于是，萌生了写一篇散文的意念，随即诞生了此文。

我的祖辈在年复一年的清冷又寂寞的日子里，选屠宰的灰色或黄色肥壮的驴皮刻成影人和影件，在有灯光的影窗上，演绎着悲欢离合的故事，那独一无二的艺术魅力，曾给父老乡亲带去多少欢悦。那时，我家有一辆简陋的大马车，在当时文化背景的熏染下，拉着驴皮影箱子四处巡演、奔波，地里耕作或割草的村里人，大老远看见它吱嘎吱嘎地走近，破马张飞般地跑回村子，告诉父老乡亲们，驴皮影来了！那辆破旧的马车车轮的吱嘎声，就有了不同凡响的诱惑。

夜晚村口的大槐树下聚集了男女老少爷和天真烂漫的孩子们，在开演前，大家吵吵嚷嚷地斗嘴。一个黑不溜秋的壮年汉子，学着我爷爷的唱腔，张开了嘴巴，冲着俊俏的小媳妇唱道："我的小娘子啊……"他的散板腔悲声如泣，不行腔不拉韵，如诉如唱。

气得那个小媳妇举起手，"啪"的一巴掌打在他的脸上，说："不要脸，谁是你的娘子？"

他也不恼，嬉皮笑脸地说："你这娘们儿，真打啊？"然后，张开嘴就唱，"打是亲啊，骂是爱呀，不打不骂不热闹啊。"

几个小媳妇尖叫着扑上去，骂道："打你个贱种！"那男人夸张地叫着，嘴里的驴皮影腔成不了调了。

开场的锣鼓一敲，他们立即鸦雀无声地盯着影窗那块白色的帘布，眼睛一眨不眨地看着影窗上的小人唱、念、做、打，演到悲哀处，男人们唏嘘着垂下头，女人们掏出小手绢抹眼泪。

我爷爷他们在影窗上的表演，不经意间为民族文化的张扬和传承显现了精神取向，那辆破旧的大马车，也颇有吉卜赛艺人流浪大篷车的韵味。

先辈的献身

在我的太爷爷和爷爷辗转于村落和城镇演出驴皮影的时代，在辽西努鲁尔虎山脉的群山和丘陵上，以及广阔的大凌河流域，留下了深深浅浅的脚印，那些印满驴皮影艺人酸甜苦辣的脚印里，还有一个个小脚窝子，那是我父亲留下的足迹。

我父亲孙廷朝自小天资聪颖，无师自通，学啥像啥。十三岁那年的冬天，他跟着我太爷和爷爷的家族皮影戏班子出去玩，他一路上蹦蹦跳跳地跟在大人的身后，肩上背着响板、大锣、铙钹，叮叮当当地响着，穿过一大片丘陵地带和一个又一个崇山峻岭，走过努鲁尔虎山脉下大小村落，最后走进川州县城，一进县城，他的眼睛就不够用了，好奇地东张西望。在走进一条曲径通幽、颇有历史文化余韵的街口时，他看见一幢颇有古典韵味的建筑，翘檐抱柱，碧瓦曲廊，门楣上写着四个大字——春苑戏院，怀着忐忑不安的心情走进去，看见墙壁上的电灯闪烁着熠熠的光辉，那大大的舞台上，红色的灯芯绒幕布柔软华丽。

惊讶不已的他，心怦怦地乱跳起来，这么大的场子啊！他转过身子对我太爷说："爷爷，还有这么漂亮的戏园子啊！"他如刘姥姥进大观园一般，在闪烁着的顶灯、壁灯的光芒中左顾右盼。那时候，他完全没有想到，他第一次登台唱驴皮影，就是在这家大戏园子里，并且一炮走红。

这是一次很重要的演出，县里招待省里来的专员，包了场子，专门请我家皮影戏班子做专场演出。我的太爷爷诚惶诚恐地告诫大家："一会儿，要《杨家将》是省专员点的戏。这次耍皮影不同以往，有大人物在台下看着呢！你们千万不要出差错，谁出错谁担着！”那时，我的父亲坐在春苑大戏院软软的椅子上，玩他的皮夹子弹弓，他把弹弓举起来，对准墙上的壁灯，使劲拉紧两条皮筋，嘴里“啪”地喊了一声，似乎没有听到太爷爷说了些什么，当然，那皮夹里并没有石弹。他那时心灵纯净得如同一片青草茵茵的绿地，毫无污染。然后，大家就散了，去准备晚上耍影人需要的东西了。

我父亲在场子里来回奔跑。临到开场还剩两个半时辰了，耍佘太君影人的三爷孙三栓子突然肚子痛，疼得他直打滚。太爷爷急得像热锅上的蚂蚁，请来的郎中说，他得到是肠绞痛，吃了药，不能动，得歇着。郎中开了药方后提起箱子走了。我爷爷赶紧去县城的药房抓了药，还没等药煎好，开场的预备锣鼓就响了。我太爷爷急得团团转，他痛苦蹲在地上，大声吼叫：“老天要灭我孙家影戏班子啊！”

我父亲在开场锣鼓声里，不急不缓地对我太爷爷说：“爷爷，别着急，我替三栓子叔唱吧。”

“你中？”我太爷爷惊讶地瞪大了眼睛，看着个子还没有桌子高的我父亲。

“嗯，爷爷，我跟着你们走，听都听会了。”

“那你先唱几句，我听听。”我太爷爷的脸上挂满了狐疑。我父亲放下手中的弹弓子，清了一下嗓子，唱出第一句：“奏凯归来军威壮。”看了看我太爷爷，我太爷爷打了个手势，让他继续唱下去，他就又唱，“忠心赤胆杨家将，浴血沙场保家邦。得胜还朝齐欢畅，建功立业喜还乡……鞭敲金镫拜君王……”还没有变好音的嗓子把佘太君的唱腔模仿得惟妙惟肖，力度恰到好处。

他越唱越起劲，完全沉浸在自己的世界里，那声音高亢有力，娴熟婉转，缠绵激昂，一下子就和角色的灵魂共鸣了，如瀑布般倾泻出来。我太爷爷闭着眼睛摇头晃脑地听着，脸上渐渐现出迷醉的神情。我父亲唱完了好一会儿，他才睁开双眼，那狐疑的神情让我父亲感到好笑。许久，他才说："小子，这是你唱的？"

我父亲笑了，说："爷爷，你咋了？不是我唱的，又是谁唱的呢？"

"好！我的小孙子，是我孙家的种。就你唱佘太君。"我太爷满脸的赞赏。

我十三岁的父亲就在这个大戏园子里，开始了生平第一次的皮影戏演唱，他嗓音清亮圆润、唱腔舒展大方、字音清晰纯正。他拒绝了爷爷给他耍影人，非要自己耍，耍得还真不赖，把处于战乱之中，为保大宋江山失去了丈夫和三个儿子的佘太君演得既典雅高贵，又饱含坚韧果敢和悲壮之色，赢得满堂喝彩。

喜得我太爷爷背着手、挺着胸、捋着山羊胡子，走在村子的小巷子里时逢人便夸："我那小孙子，那叫有心有肺，没有人教他耍驴皮影，人家自己揣摩的，那唱得叫一个好！无师自通啊，比他爹和我都强！"

父亲的聪明，还表现在他对音乐的敏感上。他一辈子不识谱，却会拉四弦琴、二胡、板胡和京胡，也会吹笛子和箫，只要他认真地听几遍曲子，就可以操琴。在孙家的皮影戏班子中，他是全面手，不仅会唱，会耍影人，还拉琴、打响板、敲大锣、打铙钹，小小的孩子忙得团团转。闲暇时间，他就琢磨如何提高驴皮影的艺术魅力。

他先是从雕刻影人、影件上下功夫，虚心向太爷爷请教，如何将大姑娘、小媳妇、老太太、淳朴的农民、稚气的孩子、帝王将相、头戴凤冠的娘娘、一脸奸佞的小人等，以及风云雷电、楼台殿阁、小桥流水雕刻得栩栩如生。他着实下了一番苦功夫，昏黄的油灯下，他劳作的剪影常常映在土墙上，定格于那个艰苦岁月里执着的梦想中；夜色里，他瘦弱的身子在艺术的追求中，如烛光在风中摇曳。他采用阴刻、阳刻并重的雕琢方法，雕这些特有的民间工艺品。他研究人物，雕成五分脸，七分盔、帽，这就需要数点透视，由上五分到下七分雕镂戳子（影人身子）。真是一刀一辛苦，一刀一技术啊！一个皮影不光揉进了汉代帛画、画像石、画像砖，也融进了唐代壁画的手法和风格。雕刻完成后的影人用水浆过，晾干压平，即可染色。传统的影人、影件染色主要用红、绿、黑三种颜色，驴皮本色再上亮油即黄色，红、绿、黑三色，通过父亲有序匀染，形成色彩艳丽、颜色深浅不同的颜料，着色之后涂上亮油，也就是桐油。待完全干透，再用棉线将影人的活动关节钉在一起，再安上脖条和两根手条——三根不可缺少的操纵杆。这样，一件栩栩如生的影人工艺品就诞生了。父亲刻出的影人坐卧、转身、抬胳膊、扬手及做简单的武打动作都很灵活，逐渐形成自己的艺术风格和功力。

随着时代的发展，我家皮影戏班子影人的尺码也加高了，从清末至民国初年，雕刻的影人只有8寸高，到20世纪30年代，影人尺码增到1尺到1.2尺高。父亲还根据皮影戏剧情的需要，雕刻和制作了桌椅、床帐、山石、花树、楼台、殿阁、庙宇、桥亭、车船、轿辇、虎、鹿、牛、兽等影件各种必备的场片和道具。

只可惜，孙家皮影戏班子的影人和影件都没能流传下来。

驴皮影戏是含情带景、情景并茂、以声带画、声画交融的综合艺术，它犹如一枝奇葩，在大辽西川州县龙潭乡绽放，并岁岁芬芳不息，年年代代相传。在那个精神文化生活极度贫乏的时代，驴皮影给山村枯燥的生活添了多少乐趣。那时，谁家婚、丧、嫁、娶请了影戏班子，全村人像过节一样聚在一起看耍影人，有的人家接回出嫁的姑娘连同女婿、外孙，过年一样热闹。

我第一次见到皮影戏，是在20世纪50年代末，大概6岁吧。我和母亲回乡，住在奶奶家，父亲回来看我们，正好赶上霍家老大娶媳妇，请了几个人唱驴皮影。看我父亲回来了，非要他挑大梁，唱《文王访贤》里的文王。我在那块白色的影布上，看见父亲耍的文王穿龙袍戴王冕甩着袖子一步一抖地走到白色的幕帘上，后面跟着一队举着彩旗的宫娥，走向钓鱼的姜子牙。文王随着婉转的唱腔，表达了他求贤若渴的心情，姜子牙欲擒故纵，坚决不肯随其去。我跑到幕帘后，看到父亲满头大汗地一手耍着文王和姜子牙，另一手耍着一队宫娥，嘴里配合动作唱着两个人的戏词，旁边的乐师敲着铜盆似的大铙和鼓，拉着四弦琴。有模有样的，简直就是一个颇有素养的戏班子。

我跑到父亲身边，刚要问他小人怎么会动，就被急得满头大汗的母亲跑来强行抱走。不明事理的我哭喊着要爸爸告诉我，那小人怎么会动。母亲把我抱到一堆苞米秆边上，柔声说："闺女，等你爸爸唱完了再告诉你，好吗？"我擦干眼泪，点了点头，止住了哭声。

第二天，我跟着父亲到田里，听见人们边干活边议论着能腾云驾雾、武打时跳跃灵活的影人，大家手里的锄头铲着杂草，嘴里谈论着驴皮影的神奇，有的一嗓子吼出文王的唱腔，那粗犷的声音在风中回旋，震荡着人们的耳膜，艰苦的劳动变得有滋有味。

看见爸爸来了，大家扔掉锄头围上去，叽叽喳喳地问这问那，我看见爸爸脸上绽放着光彩，他一一地回答着。想着那个会飞的彩色影人是爸爸耍的，心里的自豪，如浪翻涌。

皮影为媒

世上有花为媒、人为媒的，却没听说过皮影为媒的。

当年，我爷爷在我太爷的带领下，跟着家族驴皮影戏班子往来于努鲁尔虎山脉、大凌河流域唱驴皮影，所到之处，如同过大年一般热闹，率真、耿直的山里人接他们到自己家里住，除了在树下、库房里出演，也有搭大戏台唱皮影的时候。那一年，我爷爷的原配妻子也就是我的大奶奶刚刚去世，两个人结婚才一年，还没有留下后代呢。大奶奶突然生急病走了，留下与我爷爷一个人，爷爷也怨也恨，心情沮丧，无精打采地跟着太爷爷和兄弟几个到大辽西的苏家屯唱驴皮影。

他看见，村头的大戏台上五彩缤纷，台眉上挂着长长的红绸绫子，台帮上镶着雕的文柳木。大镲一响，他来了精神，跳上台去唱。他的戏，唱得高亢，极为投入，影人耍得极溜。那种潇洒，让人倾慕。

那一次，驴皮影唱得连台，我爷爷也收获了爱情，这才有了我父亲，以及后来有了我们。

那天晚上，耍完驴皮影，我爷爷他们到住宿的人家里洗漱休息。有一双水灵灵的大眼睛一直跟着我爷爷转，那是这户朴实厚道的山民苏家三女儿枝，她端着一盆洗脸水给我爷爷送到屋里来，大胆地跟我爷爷说话，我爷爷吓得连眼皮都不敢抬一下，嘴里含糊地应着。姑娘“咯咯”

的笑声还是在他心窝里扎了根，他努力收住内心的冲动，洗洗睡了。

第二天一早，我爷爷跑到村外的崖畔练嗓子，枝也悄悄地爬起来，尾随我爷爷来到崖畔，躲在灌木丛的后面，听我爷爷唱。山村的黎明寂静，山风清越，我爷爷的唱腔振聋发聩、余音绕梁，格外铿锵有力。枝感觉那声音美妙得比溪水的声音还好听，山花也一朵朵地灿然开放。

不知枝是咋和她的爹娘说的，第三天，媒人赵快嘴就找我太爷爷提亲。我太爷爷说我爷爷刚死了老婆，过一段日子吧。那赵快嘴说："先定下来，戏唱得再好，终究不是日子。"

我太爷爷答应了。我爷爷心里乱草一样，他低垂着头，一言不发。太爷爷就认为他默认了。枝后来成了我的奶奶，我奶奶终于推开了我爷爷这扇门，为我爷爷生了我父亲他们八人。

那时候，我爷爷还没有忘记我大奶奶。和我奶奶一人住一屋，我奶奶也不计较，很快进入角色，整天忙来忙去地缝缝补补、浆浆洗洗，啥活都干。每当我爷爷出去唱驴皮影，她在家一等就是一两月，她毫无怨言。我太爷爷骂过我爷爷，他始终不肯与我奶奶圆房。

一次，我太爷爷带我爷爷他们哥几个出去演出，遇到了日本鬼子，我爷爷逃出戏场后发了高烧，躺在破庙里等死。不知我奶奶咋知道了，她颠着小脚跑了百里路寻到我爷爷，雇车把他拉回家，用土办法为他降温，吃喝拉撒伺候得很周到，我爷爷终于慢慢地缓过来了。

我爷爷是先结婚后恋爱的。

我太爷爷去世后，我爷爷万念俱灰，一度无心唱皮影戏。我奶奶想尽了法子，让他找回昔日的自己，在驴皮影的台子上一展风采，竟然女扮男装，代替我太爷爷的角色，无师自通地和我爷爷同台唱皮影戏。看着我爷爷又挑起戏班子，从容唱戏、耍影人，如入无人之境，我奶奶开始还很担心地坐在台下，看到我爷爷已经恢复了，就放松了神经，回归到纯粹的观众。

我爷爷在台上，自觉不自觉地把新生之喜融入皮影唱腔，舒缓、激越，一如戏与生活。后来他的唱功炉火纯青，每次表演，都会震惊整个戏场。

哀婉和激情，像浓烈的西风，新奇地与剧情融为一体，我奶奶和观众一起感动得泪流满面。她颠着小脚赶回家，做了顿白面薄饼和小米粥，烫了一壶烧酒，炒了盘鸡蛋木须肉，切了盘酱牛肉。等着我爷爷回家。

我爷爷去世前，我父亲已经在县里工业局上班了，那时叫参加革命。爷爷郑重地把影箱子交给我奶奶，千叮咛万嘱咐，让她保管好，并想办法把前辈的皮影艺术传承下去。

我奶奶在离开前井子小村去城里给我大姑带孩子时，随身带着驴皮影箱子。跟我父亲叨念我爷爷的遗愿。谁知，后来发生了一些不可抗拒的事情，皮影箱子被一把火烧了，奶奶悲痛欲绝，几天没吃东西，说她没有完成我爷爷的遗愿，还毁了驴皮影箱子。直到我父亲答应照我家驴皮影人影件的模样，重新雕刻影人影件，她才肯吃东西。

可惜，随着科技的发展，我父亲利用休息时间刻制的影人影件再也没有发挥作用。

访皮影老艺人

中国皮影艺术从盛到衰，历经风雨劫难。在今天的光电时代，皮影戏已经进入文化遗产的行列，科学的发展决定皮影戏的衰落，但它无疑是中国宝贵的文化遗产。

今年夏初，回到阔别一年有余的家乡川州县城，竟然惊闻，驴皮影老艺人翟风国还在坚持驴皮影艺术。县文化局副局长李秀华安排了我做这次具有划时代意义的采访。

七十三岁的翟老健朗、善谈、率真、耿直、热情。戏文的教化、戏韵的熏染，使他更加热爱生活，如数家珍地说起那个漆黑夜晚的年代，驴皮影在灯下的晃动和腔调的纵情、高亢，给寂静的山村送去回味无穷的快乐。我仿佛看见村口的大树下、库房里，甚至土炕上，人们张大的嘴巴，看那驴皮刻制的影人在一帘白色的幕布上腾转飞跃，一任那粗犷的鼓乐、变化多端的唱腔、动人的故事，把人们带入一个个动人的故事中。

翟老十五岁那年，看了一场驴皮影戏，那是孙大圣大战蜘蛛精，他那根天生的艺术神经被响板、大锣、铙钹响得焦脆，兴奋得真想跳上舞台去吼两嗓子。事后，他跑到山上去，对着大山吼，感觉唱得不错，痛快之余，就开始拜师学耍驴皮影，没多久，他就成了全面手，吹、打、弹、拉、唱，再加上耍影人，样样精通，就一个人挑了个戏班子，走南闯北地开始演出，足迹遍布大凌河流域，以及阜新、赤峰等地，一演就是十天半个月。

他告诉我，最让他感动的是五个妇女，他唱到哪里，她们就跟到哪里，痴痴地坐在台下自带的小木凳上，看着他耍影人，那侧耳倾听的姿势，让他至今难忘。他也就更加卖力气地唱、耍。投入自己，兴奋他人。

他十六七岁的年龄就正式独自支撑戏班子了。那个年代的农村，夜晚漆黑一团，人们只能睡觉，也许，日出而作日入而息就是那个年代的写照。而我的父辈和翟老先生的皮影戏，却给大辽西无数个村庄带去了光亮、欢乐，那温馨的场面，真的很激动人心。

我的父辈和翟老先生踏遍了大辽西的山山水水，有时还去内蒙古、河北等地唱驴皮影，每到一处，就被热情的观众围得水泄不通，树上、房顶上都挤满了人，就像盛大的节日。

有一年夏天，正逢天下大雨，谁都不肯离去，冒雨看耍影人。村里一大户人家把库房收拾好，请翟老先生把户外演唱转移到室内，并沏了上等好茶给他们喝，有的村民回家煮了鸡蛋等稀罕东西，拿来给戏班子的人吃。那个夜晚，翟老他们从天黑一直唱到早上太阳升起，油尽灯灭了，嗓子唱哑了，眼也熬红了，人们才恋恋不舍地离去。

翟老说："那盛况你是没看见啊！为了加深你的印象，最好去我家看看，我家有全套的皮影人和乐器。"于是，第二天，我和两位文友去了他家，他早已搬进县城和儿子住在一起了，享受着天伦之乐。尽管多年不唱了，但驴皮影情结还是那么深切和浓烈。走进他的家门，我又一次惊呆了，我看见所有的驴皮影乐器和影人影件，锣、鼓，还有个类似木鱼的乐器。翟老说："锣不叫锣，叫大铙，像个铜盆似的。"据说，铙在古时是一种化缘的器皿。影人有淳朴少女、刁钻老太、淳朴的农民、稚气的孩童，以及皇帝、文武大臣、凤冠霞帔的娘娘、奸臣小人，还有楼台殿阁、树木花草、风云雷电、闺房野室、小桥流水，驴皮上刻出来的人物、景物栩栩如生。

面对驴皮影这样的艺术，我想起两句诗："一口诉说千古事，两手对舞百万兵。"除了不断称奇，我还能做什么？

正如我的先辈们一样，翟老先生也如当年我的太爷爷、爷爷、父亲一样，对这门艺术有不一般的痴迷。可惜他的子女无人对此有兴趣。这可能是时代进步了、科技发展了的缘故。

翟老的妻就坐在他身旁，翟老边拉边唱时，她打板，节奏清晰，板眼适度。我没见过这种奇特的夫妻组合。他们在日常生活中，一定天天自娱自乐，唱影戏，奏影乐，不然，怎会如此的默契。

老艺人拿起他的宝贝——一把四弦琴，坐在椅子上，很快进入角色，连唱带拉琴，从容唱、念，如入无人之境。声声慢，声声激越。唱了一出《樊梨花》，接着又唱了一个《文王访贤》的段落。然后，又表演耍影人。老人拿出文王的影人，在自家墙上投影，倒也活灵活现。我看见文王龙袍王冕，后边跟着的是两个彩衣飘飘的宫娥，前面迎着的是钓鱼的姜子牙。随着翟老婉转的唱腔，可以听出文王求贤若渴的心情、姜子牙摆架子拉弓的有趣韵味。

翟老唱着、耍着，好像又回到年轻时代，脚踏大凌河流域，流浪演出的精神头。

中国皮影戏对丰富世界艺坛做出了独特的贡献！这是我采访驴皮影老人得出的结论，翟老的执着认真，曾让驴皮影艺术大放光彩，听得出，他唱腔的高亢和哀婉无缝隙地融合，戏一出口，板眼方正，新奇、熟悉，处处入心，一如即可回归。

我的祖上不也是这样一种精神、一种执着，才使驴皮影艺术大放光彩吗？我的祖太爷、太爷和爷爷，以及我的父亲，他们都执着地掌握了多门艺术集于一身的驴皮影技艺，孜孜不倦地为驴皮影艺术贡献青春年华和悠悠岁月，并在唱腔、耍人、刻制等艺术上有所创新。我父亲那时年龄虽小，却在驴皮影的刻制上揉进了汉代帛画，也融进了唐代壁画的手法和风格，使皮影人物和景物的雕刻制作更上了一层楼。他掌握这样一门综合的艺术，并非一日之功、一年之功，也非常人轻易能学得到的。没有天赋与热爱作为基础，是掌握不了这门独特的艺术的。

震惊之余，我回归到了一个纯粹的观众，抱着原始的期待，欣赏那炉火纯青的艺术，只觉得一种从来没有的感动溢满心胸。

翟老唱着、拉着、耍着驴皮影，似乎忘却了学艺的艰难、跋涉的困苦，以及演出路上的种种磨难。他跟我谈得最多的是愁驴皮影没有后来人。

最后，他说："我真想在这小区搭个台子，唱个三天三夜。"

也许他没有看到光电时代科技发展对驴皮影的影响，以及驴皮影艺术早已被电影、电视所取代历史事实；

也许，作为一门艺术的老一代，那种不舍的原始期待，还在心中不肯褪去；

也许，他仍然渴望能找到自己价值的最后证明。

这次家乡行，我最大的收获就是目睹了驴皮影神韵和风采。这是几千年来永恒的瑰丽艺术，它曾经孑然绽放。

兴起与衰落

皮影戏的美，就在于它的艺术魅力，在那个精神生活枯燥的年代，小小的剪人靠着光和影，给中国的千万农民送去了不可缺少的精神食粮，那欢乐和兴奋是现代人无法理解的。明代诗人翟佑在《影戏》一诗中写道：

灯光火中夜漏迟，风轮旋转竟奔驰。
过来有迹人争睹，散去无声鬼不知。
月地花阶频出没，云窗雾阁暂追随。
一场变幻如春梦，线索重看傀儡嘻。

驴皮影戏是传统的民间艺术，起源于我国西汉时期的陕西，距今已有一千多年的历史，是世界上最早由人配音的活动影画艺术，应该说皮影戏是现代电影的始祖。

回首这段故事，还得从汉武帝说起。当晨光越过宫墙落下来，照在宁静大殿的屋顶，琉璃瓦上金光四射，失魂落魄的汉武帝并没有感觉到阳光的温暖，他站在大殿里，目光扫过窗户的木头格子，看微微颤动的光线从窗格子透进来，从繁复的花纹上一一掠过，心里的哀伤和悲痛却无法受到阳光的感染，习惯了三大殿威武浩荡的汉武大帝，此时竟然觉得非常冷清。他想起和已经逝去的最宠爱的妃子李夫人相依相偎的情景，宫殿里，到处都是她温婉妩媚的影子和如兰的气息。除了令人不能忘记的风花雪月，哪里还有什么蕉窗泉阁、琴棋书画？纵然风清月朗，荷花招摇，怎能让一身孤凉的他得以解脱？关河冷落，断鸿声远，他的痛苦万劫不复，导致他哀伤成疾，多日不上朝打理朝政了。面对失魂落魄、日夜相思的汉武帝，大臣们面面相觑，毫无办法。术士李少翁看在眼里，急在心里。

那天，李少翁出门，恰好看见一个小孩手拿小棍挑着个小布人玩耍，棍上的布人影子落在地上，竟栩栩如生。他怦然心动，回到家以后，立即找棉帛裁成李夫人的影像，再涂上色彩，装上棍子。夜晚请汉武帝来到帷帐中，燃起灯烛，舞动那个“人”，再捏着嗓子学李夫人的腔调说话唱歌，竟然如真人一般，把汉武看得目瞪口呆，随后是无比的欢欣。

这就是驴皮影的起源，竟然起始于一代帝王凄美的爱情故事！

都说艺术对人的影响是潜移默化的，其价值无可估量。小小的灯影人，竟然让这位汉武大帝走出相思之痛，随后发挥他的雄才大略，成就了他在位五十四年的休养生息策略，对内奠定了中央集权专制制度“罢黜百家，独尊儒术”的意识形态基础，影响所及，垂两千年而不绝；对外开拓疆土，声威传遍西域三十六国。其鼎盛，足以与同时代的罗马帝国并驾齐驱。

由此可见，生活孕育了艺术，艺术又推动了生活。

有人说，生活的艰难困苦，让很难改变现状的人们，愿意活在艺术里。

驴皮影艺术起源于中国的封建帝制时期，衰落于半封建半殖民地时期，历经两千多年的历史，其社会价值无可估量。

任何新事物的发展，都有独有的过程，驴皮影也不例外，当初，它兴起时，就不断地与旧秩序重叠、纠缠，艰难地发展着，从宫墙之内逐渐走到大千世界，走进百姓之中。到了唐代的中晚期和后来的五代时期，影戏比较盛行。

我不得不折服老祖宗的艺术魄力和鉴赏力。驴皮影的黄金时代应该是宋代，那个时候，驴皮影和说唱艺术结合，它的唱腔高亢响亮，又哀婉绵长，再加上跌宕起伏的故事，更加余音绕梁、耐人寻味，真正成为表演艺术的行当。

13世纪时，驴皮影戏在蒙古军队的军营中开始流传，陆续传到了波斯、土耳其等国，之后彻底在东南亚流传开来。到了18世纪中叶，驴皮影戏居然传到了欧洲，之后又随着法国传教士传到法国，并在巴黎、马赛演出，被称为“中国的灯影”，曾轰动一时。到了明清时期，驴皮影戏得到了蓬勃发展，影偶造型精巧，镂刻技艺高超，形成悦耳动听的影戏唱腔，驴皮影艺人也受到众人的青睐。后来欧洲人对它加以改造，就是今天的电影。中国皮影戏对丰富世界艺坛做出了杰出的贡献，应该说，驴皮影戏是电影的鼻祖。至今，唐山皮影和凌源皮影还在发挥着作用。

纵观世界艺苑，最早用光把影偶舞成真人，唱腔又切切动人的，只有中国人能做到，这是老祖宗智慧的结晶。

皮影戏又称“影子戏”“灯影戏”“土影戏”，有的地区叫“皮猴戏”“纸影戏”等，是用灯光照射兽皮或纸版雕刻成的人物剪影以表演故事的戏剧。剧目、唱腔多同地方戏曲相互影响，由艺人一边操纵一边演唱，并配以音乐。随着军事远征和海陆交往，中国的皮影艺术从13世纪的元代起，相继传入波斯（伊朗）、阿拉伯、土耳其、泰国、缅甸、马来群岛、日本及英、法、德、意、俄等亚欧各国。从世界范围看，18世纪的歌德到后来的卓别林等世界名人，对中国的皮影戏艺术都曾给予高度的评价。可见皮影戏是我国历史悠久、流传很广的一种民间艺术。

从清人入关至清末民初，中国皮影戏艺术发展到了鼎盛时期。很多皮影艺人子承父业，数代相传。无论是从影人造型制作、影戏演技唱腔和流行地域上讲，都达到历史的巅峰。当时很多豪门旺族或乡绅大户，都以请名师刻制影人、蓄置精工影箱、私养影班为荣。在民间乡村城镇，大大小小的皮影戏班比比皆是，一乡一市有二三十个影班并不稀奇。无论逢年过节、喜庆丰收、祈福拜神、嫁娶宴客、添丁祝寿，都少不了搭台唱影。连本戏（连续剧）甚至要通宵达旦或连演十天半月不止，一个庙会可出现几个影班搭台对擂唱影，热闹非凡，其盛状可想而知。

1949年后，全国各地残存的皮影戏班、艺人又开始重新活跃，从1955年起，先后组织了全国和省、市级的皮影戏会演，并屡次派团出国访问演出，进行文化艺术交流，颇有成果。但到“文化大革命”时，皮影艺术遭“破四旧”的噩运，从此元气大伤。

我的一个朋友看了我的长篇小说《大影匠》后，说，你应该写驴皮影的兴衰。我告诉他，我之所以写一个驴皮影艺人在20个世纪30年代的爱恨情仇，而没有写驴皮影的兴衰，是因为驴皮影的衰落不是人为的，而是时代发展、科技进步的结果，它的兴起和衰落无不刻着时代的烙印。

纵观整个世界的艺坛，当时，驴皮影这种傀儡艺术不仅轰动了世界，并占据艺术舞台，历经两千多年。不论是繁华盛世，还是烽火连天的战争年代，驴皮影艺术都是人们的最爱。

乡村寂静，山风清越，曾几何时，人们把驴皮影唱腔当作日子的一部分，如果哪天没听到那熟悉的唱腔，没看到灯影下的小人的喜哀怒乐，就好像烧菜没放盐，寡淡无味，难以下咽。

追根溯源，在那个久远的年代，驴皮影早已在人们心窝子里扎下了根须。除了中国，还有哪个国家有如此智慧？一种艺术，竟然如此广泛地占有百姓的娱乐空间，应该说电影的前身，和驴皮影戏有不可分割的关系。

这是中国皮影戏的卓越贡献。

永远的前所古城

一座城池如何进入历史？当我在六百年后的灿烂冬阳下，站在前所古城广定门的墙顶上，感受时光静静地流淌，脑海里始终徘徊着这个问题。

这一日，阳光灿烂，寒风吹拂，荒草萋萋，是冬季最冷的时光。那寒凉的感觉，却让我的目光，触摸到了古城层层的城和城墙，仿佛那坚硬的质感，是头戴水磨锁子护颈头盔、身穿蓝色制式战袍、披皮布罩甲、斜纹布护腰、手握闪亮的三眼铳或雁翎刀或单手刀、足登柳钉战靴、挥舞着兽盾牌的明朝兵士，大叫着朝我涌来。震天的呐喊声中，我拂去历史的烟云，徘徊在南门、东门和西门之上，仔细端详眼下唯一留存至今的这所名副其实的明代古城，端详城内笔直的十字街和保存完好的城墙，那一块块青砖和白色的石头柱础，记录着这里曾经发生怎样的金戈铁马和铁血的风云际会？

世人可否记得？这里曾经成就过一段段别开生面的中国史。

望着眼前的古城，一种英雄情结和担当之心油然产生。

那是奔腾的稠稠的爱，也是温柔的浓浓的情，在这广度和厚度无限的古城里，流淌着怎样的传奇故事？古城的生命履历，沿着城墙的青砖走向，如呼啸的长风，穿越了漫长的时空，抵达我的面前。

前所古城历史悠久，是多民族经营开发地，包括契丹人、女真人、蒙古人及清代至今的民族，因此有别具一格的时俗风貌与文化生活气息。

历史的沧桑，岁月的变迁，从来不分对方是谁。阳光下的前所古城，以它淡然超脱之姿端坐在关外大地上，回眸当年的英雄气概，悠然而气定神闲。当年，明朝统治者为了加强军事防御，实行了卫所制度，通常卫的建制比州略小，比县稍大，是军政合一的军事机构，主官称指挥使。前屯卫是山海关第一卫，前所镇位于兵家必争的咽喉要地，千户为所，应运而生地建造了前所古城。

关外第一所的称谓，如今早已淹没在历史的云烟中，那炮火和硝烟早已散去，它却依然原汁原味，沉睡在一段静谧守望的历史中。我看到，那古老的青砖，在瑟瑟的寒风中守望曾经的英雄故事，倾诉体内的铁血和刀戟，走进故事的深景，走进历史的废墟。

作为关外一百二十六个明代军事防御城之一，现存最为完好唯一的前所古城，有理由诉说一场场战乱的故事。

此刻，风沿着古城墙体奔跑，夕阳在干枯的枝丫上跳跃，似乎在揣度时空的重量和轻盈。

我平静地抚摩古城千疮百孔的青灰色的墙体。从墙垛望出去，似画的村里，炊烟袅袅，现代人正在平静地繁衍生息，却很少有人记得这里曾经的故事。回望历史，关照足够诱惑浮躁的文明，并感染城市的寄居者。

前所古城是历史在现实的水面上的一个投影，我们看到它折射出来的光芒，却不能真正把握它真实的故事，我们就像《哀郢》中的屈原一样，缅怀历史中的古城，它却永远不可能是历史的本身，而只是历史视觉的呈现，是我们感知历史的“现场”。

明宣德三年（1428），指挥叶兴建前所城。当时，叶兴任前屯卫指挥时，领受了率关内官军在急水河堡修建中前所城的命令，于宣德五年（1430）筑城完工。宣德十年，他代理辽东都司指挥佥事。明正统七年（1442）蒙古兀良哈部外附也先部，攻掠广宁前屯，叶兴奉命率兵抵御侵扰者，作战勇敢无畏，当血染战袍、寡不敌众时，他在奋勇拼杀中阵亡。

据明《全辽志·图考·中前所城》条记载：“城围二里二百六十九步，高三丈，池深一丈，阔二丈，南门一，宣德三年指挥叶兴建。”又据《盛京通志》卷之十五《城池》条记载：“中前所城，城（兴城）西南一百六十五里，明宣德三年指挥叶兴建，周围三里八步。高三丈池深一丈，广二丈，周围四里八百步。有三个城门，东曰定远，西曰永望，南曰广定。”据《绥中县志》记载：“前所城，明宣德三年（公元1428）指挥叶兴建置千户所，于此筑城。城围三里八步，高三丈，门三，东定远，西永望，南广定，无北门，上建真武庙，墙内嵌石匾‘中前所’，池深一丈，高二丈，周四里八百步。清乾隆四十三年（1778）

奉旨重修。”旧志记载与现存的规模基本一致，现存城平面呈方形，东西长528米，南北宽521米，占地面积275 088平方米，东西南三面辟门，门外置瓮城。北墙正中为高大城台，台上原建有真武庙，城四隅有角台，且突出于墙体。城内东门南侧、西门北侧、南门西侧及四隅的南北向均设有马道，遗迹可见（东、西门马道已修复）。城墙外皮均以条石为基础，砌七层，最低一层为土衬石，拔出金边，七层条石以上垒青砖。墙芯为夯土，内皮墙已全部倒塌，不见砖石踪迹，只裸露夯土。墙体顶部为三合土封顶，上砌两层至海墁。城墙、城台收分在14%—18%。东墙墙体南北长528米，外墙皮下面为石砌，上为青砖，内为夯土。东门置于东墙正中，东门平面呈凸形，东门宽3.5米，门洞进深4.13米，上砌三伏三券非同心圆券顶。正面门楣之上以枭混砖砌出匾框，内嵌青石门额，其字迹不清。西、南墙其建筑结构、建筑形式、建筑布局基本一致。北墙东西长521米，其建筑结与其他三面墙体相同，北墙正中有城台一座，平面呈凸形，城台东西宽16.6米，南北宽14.4米、高7.8米。城台之上原建有真武庙，北墙不设城门而建城台的格局，当为明代所城的营造特点。

在强烈的阳光中，观看这全国126座明代所城中唯一保存完好的古老城堡是需要手搭凉棚的，目光所及之处，无不震撼。古城不大，呈四方形，占地只有0.25平方千米，其建筑布局、建筑结构具有典型的明代建筑风格，其城墙高大，建筑精美，是不可多得的古代建筑艺术精品；外修的女儿墙上，一个个垛口像一双双眼睛，警惕地看着世间的一切。城门有瓮圈，现今只有北城的瓮圈保存完好。城墙四角突出，上建敌楼，门外有甕墙，现仅存西门之甕。北边的真武庙东侧，有一石匾，刻有“中前所”三个字。城西有强流河，蜿蜒清澈，绕城而过。强流河原名急水河，有一年，乾隆皇帝出关北上拜谒祖陵时路过前所，上千匹马在此一起饮水，河水竟没有断流。乾隆皇帝见河水湍急，赞叹说：“此河乃强流也。”之后，人们将此河改名为强流河。

前所古城作为关外的重要军事屏障，守卫着大明江山，历经炮火硝烟，在落寞中依然昂首挺立，我触摸那块块青砖，感受英武不屈和顽强向上的精神，试图拉开一重重历史的帷幕，走进这座古城。望着寒风中的荒草，我的心，感到了一丝丝的清凉和落寞，那昔日的盛大、战火和辉煌，已如尘沙，被岁月的风淹没了。

当我以旅人的身份第一次登上前所古城的墙顶徘徊时，细数穿越六百年的斑驳青砖，想象着这里发生的一切，一个念头突然闪现：当年，叶兴修筑前所城完工后，走在城内的十字街上，有着怎样的感受？

一条清亮闪光的河，一个简朴静谧的村庄，构成了前所镇古城最清晰的线条和画面，看上去干净利落，就像画家的白描和作家的写意。

前所古城是历史遗留在这里的一滴墨，还是诗人遗留的一首诗？那残墨凝固了古城和灿烂的村庄，横斜着沧桑，竖立着安详，同时，飘荡着生机活力和希望。它应该是一部厚重的历史华章。

望着城墙斑驳脱落的青砖，以及村里袅袅的炊烟、活泼的家禽，演绎着六百年后生动的画面，那曾经的战火硝烟，留下的前所古城静静地伫立，给我们留下神奇的思绪和感动。顺着城内缘的斜坡马道，依次爬上南、东、西门墙顶，迎着凛冽的寒风，看到城内已经被现代民居房所取代，一排排具有北方特色的现代村居的房屋，顺着十字街紧密排列，一溜溜的，很是韵致。

当我一步步地丈量前所古城的土地，一遍遍地抚摩曾经弥漫着战火硝烟的这片王土，似乎听到那些勇敢的明朝士兵们的呼吸和呐喊，城门里仿佛涌出执刀持枪、盔明甲亮的明代军兵，油然而生的是前所未有的敬意、感动和自豪，似乎看清了古城的生命履历。

我看见古城四角长达14米的隅石，现仅西南角保持较好。深一丈、广两丈的护城池已不见踪影。据考证，当年城内建筑与文物古迹布局合理考究，按照周易八卦之论，结合天文地理风水学，具有较深的文化蕴含，实为历史军事家斗智斗勇的典范之作。城内十字街口北侧，筑有钟鼓楼一座，因年久失修现已坍塌，消失在时空之中。古城内道路布局，井然有序，始终保持着原始面目，其十字形街道贯穿各巷，仿佛古城的空间话语，让进入古城的每个人，像一粒尘埃飘进沙漠，变得无足轻重。

时光流逝，走在这座中国北方天际下的古老城堡，触目皆是的青砖旧瓦，恍如隔世，荒芜的枯草立于城头，风化的砖石倾诉过往岁月。站在瓮城门洞里，背景是身后的古城，是往昔门前车水马龙的当铺，是那条曾走过浩荡人马、穿梭过无数枭雄的寂静古街。我想象着权力的炫耀和战争的残酷，硝烟早已散去，碎片一样的古城却暗藏着时空的秘密，值得我们去探查和研究。

从这一点上说，前所古城是永恒的，它就是以如此的步伐，走进了历史。

此刻，阳光温柔地为这座古老的城堡涂抹上橘黄色的光芒，给它增添了几许神秘。它的故事除了有记载的外，吾辈只能翻检排查，借助文献去想象，毕竟时间已经跨越了六百年。古城故事的真伪有待考证，虽然古城仍旧屹立在前所镇的大地上，其质感真实可触摸，随着时间的流逝，会发现更加别具一格的特性和传奇。

前所古城，地处人杰地灵的辽西走廊的最西端，后倚群山，前临渤海，西距明代蓟镇长城的重要关隘山海关仅18千米，西北17千米为明"京东首关"九门口，其东北42千米是绥中县城（即明中后所城）。是历史上东北通往中原的咽喉要道，其地理位置十分重要，历代都派重兵把守，乃兵家必争之地。

六百年沧桑的历史天空下，古城曾经战事频繁，有谁知道闪现了多少刀光剑影？弥漫着多少炮火硝烟？

据旧志记载，明正德十三年（1518）派指挥张渊守城，后黄宁继之；明嘉靖三十九年（1569）三月，兀良哈部万余骑兵，侵扰中前所，在敌我力量悬殊的情况下，守城明军坚决抵抗，最后城陷，百户武守爵黄廷勋战死。

据《绥中县乡土志》记载，明崇祯十六年（1643）九月十五日，皇太极派济尔哈朗和阿济格征明宁远（今兴城），清军先后攻克中后所，前屯卫城，斩获无算。10月1日又攻下前屯卫。中前所总兵黄色率军退至山海关，当日，中前所城陷，留守的1000人马全部投降清军帐下。

历史就是这样令人啼笑皆非地发展的，一座城池是否存留，要看它在战火中的命运，如果镇守中前所城的明代总兵黄色不是胆小惧怕清军，战端未开便吓得弃城而逃，退守山海关，将中前所这座要塞拱手让于清兵，那么前所古城一定会毁于战火。黄色的不战自溃有辱武将声誉，是民族的耻辱，却使前所古城得以保存，成为当今具有一定历史价值与保护价值的文明古城。

清光绪三年九月，谢蟠龙率匪百余人，由边外西水口万家屯入境，俘掠官吏，人心大惊。宁远州知州冯飞禀盛京将军，派左军门宝桂率师讨平之。光绪二十六年闰八月初八，俄军乘火车占奉天线路，中前所为出关首站，俄军扎营，以致人民离散。清光绪二十六年十月初，八国联军中的俄军侵占前所，以惩办义和团为借口，杀了王文佐等5名当地无辜百姓。1924年9月，第二次直奉战争期间，前所镇为前沿阵地，战争持续40多天，张学良曾将司令部设在前所镇的王家大院，指挥作战56天。1924年11月末，郭松龄倒戈反奉，路经前所镇，居民死伤无数。至今，当年位于广定门下的张学良的指挥所王家大院保存完好。

1931年九一八事变后，省警务处骑兵第三大队驻前所镇，阻止日军西进，在此展开抗敌战争。1945年8月11日，奉八路军总部命令，曾克林统率东进支队挺进辽宁。8月29日，曾克林率领军队出九门口，智取前所城，收缴400多名日伪军武器。8月30日，曾克林部与苏联红军在前所城会师，制定两军攻取山海关的计划。1948年8月30日，人民解放军在前所镇大石桥处，活捉了国民党绥中县长陈再华。1948年10月1日拂晓，独立四师包围驻前所、高岭、陡坡台之国民党26师78团两个营，驻前所镇的国民党从西门突围，被独立四师全部歼灭，俘虏400人。从此，前所镇解放，关内外解放区连成一片！

600年的历史，沧桑了岁月，也沧桑了古城，尽管地处交通要道的前所镇的历史写满了刀光剑影，也随着时光飞速向前，隐没于历史烟云之后。

寒风随着日头西斜，越刮越烈，我拿着相机的手冻得通红，眼睛却一直望向远方，沃野的无限风光尽收眼底，和这里诞生的史诗般的人物和发生的战事怎么也联系不上，脚下的古城却在默默地诉说这里曾经发生的一切。它作为军事防御工程而存在百年，隐藏了多少鲜为人知的故事？但是它坚定地告诉人们，这里，是诞生英雄的地方，它完全可以理直气壮地走进历史。它的每一个墙角，每一块青砖，甚至每一棵在寒风中萧瑟的枯草，都在诉说英雄们的故事，或挺身而出，或高屋建瓴破解困局，为民族、国家的安定牺牲生命，他们不愧为民族的精英。

脚下前所古城纹丝不动，默然屹立着斑驳的身躯。

你可以想象，它的建造者叶兴及历代守卫者，还有张学良的士兵、那些抗日的志士们、解放军的官兵们，在黄昏、深夜、清晨和日光中，在纷飞的战火中挥鞭策马，出入古城的景象，那是多么的壮观和激动人心。

所以，古城永恒，它应该走进壮观、魏巍的中华民族的历史。

也许，乱世出英雄，纵观前所古城的百年历史，曾诞生过陈德懋那样的诗人、白永波那样的名医、商述唐那样的画家，但更多的是将军，这应该符合这座应军事防御而诞生的古城的特性。你看，曾任副总兵、都督同知于崇祯八年在大凌河西与清兵作战阵亡的刘应选朝我们走来，他死后，朝廷赠柱国、荣禄大夫、太子太保的头衔；抚着《明史》字迹，前所古城人士刘肇基呼之欲出，他袭世职指挥佥事，累官至总兵官、左都督、太子太保，顺治二年四月，清军围扬州，他与史可法固守不降，城破，率所部四百人巷战，英勇阵亡；朱梅曾任抚夷参将，崇祯三年任山海关总兵，镇守蓟辽，五挂将军印，守宁远，收复建昌、迁安，名扬边陲。当暮色来临，我们伫立在朱梅墓前，凭吊他的英雄事迹，无不为他的守边抚民、功勋卓著而肃然起敬。当他于崇祯十年春逝世时，崇祯帝为其颁圣旨两道，封爵荫子，修墓赐祭，极尽哀荣，如今，朱梅墓园的碑碣、牌坊、石雕精美，保存完好，常有观光或是研究历史的远近游客前来凭吊。

前所镇古城因战守之地，留下了许多诗章，也为其进入历史增光添色。当年，乾隆皇帝写的御制诗《过中前所》很有特色。

峰堡冈台每相望，耗民无救坠明纲。
柝人久擅杀生柄，怯将徒称守御方。
极目一时警跸路，回思此地战征场。
动关心惧仔肩重，祖业维艰刻敢忘。

乾隆皇帝以此诗总结了明朝灭亡的教训，告诫皇族子弟要时刻牢记祖辈创业之艰辛、守业之任重。

前所古城有太多的可阅之处，它既是军事防御重地，又是文化交融、经济繁荣之地，其广度和厚度令人大开眼界。明代时期，驻守此地的士兵除了练兵、打仗，也将南方生产技术和文化带到前所。到了清代，古城内逐渐住进居民，而这些居民多数是从山东等地抽调过来的汉军旗人，还有部分是河北山西的移民。民族复杂，习俗不同，多民族的文化习俗在这里生存、演进、融合，太平鼓、秧歌、戏曲、皮影、霸王鞭、剪纸等，为前所古镇添了一份厚重的热闹。清朝末年，前所古城内兴起了茶艺园，汇聚四方名家，上演各方曲目，京城名伶也来此地演出。京剧大师梅兰芳曾来前所古城的茶艺园表演了《霸王别姬》《贵妃醉酒》《四郎探母》《木兰从军》等经典曲目，京剧大师马连良也曾在前所古城茶艺园表演了拿手戏《借东风》《甘露寺》。著名评书表演艺术家袁阔成，在前所古城茶艺园表演过评书和京东大鼓。

茶艺园的兴盛，带动了古城的其他行业，那时，古城里的一些当铺、钱庄、客栈、酒楼也生意兴隆。1949年后，多部著名影视剧作品来前所镇取景拍摄，如《江山风雨情》《袁崇焕》《陈圆圆与吴三桂》等。

值得一提的是，前所镇古城独特的地方文艺——霸王鞭，其表演可追溯到清初。这是一种自娱自乐的民间舞蹈，已被列入辽宁省非物质文化遗产名录。前所镇的秧歌、高跷、旱船、太平鼓等街头表演节目颇具喜庆性、娱乐性和地域特色，逢年过节，参与队伍几乎能排到二里地，构成了前所镇一道与众不同的文化风景线。

前所古城另一亮点是饮食文化。前所镇内多民族杂居，饮食文化也五彩斑斓。汉族人吃高粱米饭、水豆腐；满族人吃黄米面饽饽，还有琵琶虾馅水煎饺、水煎包等，味道鲜美无比。每年开春的几个月，绥中一带的海域出产一种小白鱼，此鱼周身银白，肉虽不多，熬汤却大补，乃绥中饮食一绝。

前所的土地堪称神奇，战时烽烟四起，和平时期繁华兴隆，堪称南北文化的交融地，是远近闻名的商业重镇。远在清代，前所镇既是物质生产地，又是商品汇集周转地，有着“挖不败的中前所，填不满的山海关”之说。长期运营的商品有：绸缎、布匹、蚕丝、药材、茶叶、瓷器、瓦器、纸张、竹器、石器、玉器、毡帽、毡鞋、凉帽、草鞋、皮毛、乐器、铁器、木炭等，还有高粱、大豆、花生、棉花、烧酒、酒曲、肉、糖、干果、河鱼、海鱼、山货类，以及各种木材和各种土特产。

清光绪三十二年，前所古城设盐捐局，作为清朝廷之税衙。从清中叶到中华人民共和国成立前，前所古城内大小店铺林立，有粮油加工、日用百货、水产山货、肉食行业等，包含五金店、印刷厂、药铺、书店、铁匠铺、竹器铺、木匠铺、典当行、制衣店、皮麻店及储运站等，奠定了城内的经济基础，“东大增当”“西大增当”“德兴东”“德盛发”“天字号”“五福堂”“聚宝斋”七大商号财源滚滚，自然形成的十大卖场——粮油市、柴草市、席市、鱼市、肉市、菜市、牲口市、估衣市、珠宝市、功夫市更是驰名关内外。

六百年来，前所古城饱经战火洗礼，也历尽人间繁华。它因战事起，因战事兴，曾经的关隘军镇，如今的繁华小城，历史与现实共同昭示着小镇的百年演进。

在前所古城被批准为辽宁省重点文物保护单位后，2006年6月公布为第六批全国重点文物保护单位之一。

永远的前所古城。

虹华集萃　展露芳华

天地有大美，古玩是否列入大美的行列？它的美如何呈现？

对于古玩，总觉得离我很远，玩古玩应该是有钱人的事。每次进古玩店都是走马观花，匆匆掠过，那凌乱的脚步，似乎是昨夜的星辰，和着那些细密丛生的植物的阳光，从窗户玻璃和门的细缝里进来，组成一个意犹未尽的省略号摊在我的面前，留下憧憬、迷茫的影像。

终于在初冬的阳光里，我被朋友拉去虹华古玩店参加市作家协会采风，穿过车水马龙的热闹街道，大老远我就看见了大厦高处的墙体写着红色的店名，内心竟然涌起宾至如归的感觉。

虹华古玩店是葫芦岛最大的古玩市场，现经营面积达1200平方米，共有88个精品屋，主要经营古籍善本、玉石奇石、明清家具等。更让我感兴趣的是，古玩的经营者们，通过古董艺术与文化的融合，来推动传统文化的发展，把虹华办成辽西地区投资、鉴宝、拍卖、交易、展览等最佳艺术交流的场所。这里，每逢月初的周末为古玩大集，设立了我市各大艺术家、收藏家的休闲会所，定期举办各类茶话会，力争每年举办两次全国性的古玩文化艺术节。

这些信息，让我想到古玩市场的兴隆。古玩市场就像小溪，汩汩流淌，永不停息。它所吐纳的气息，醉倒了两千年的时空，走出华夏，醉越重洋。

其实，古玩是有生命的，每一件古玩的背后，都有一个鲜活的故事，只是被我们遗忘得太久太久。

喜欢驻足于玉器店的橱窗前，静静地观赏那些以不同姿态，陈列在橱窗里的各样玉器。它们被柔柔的灯光罩着，斜倚在立体的木质托架上，身下是朱红色的丝绒底布，像一个个待嫁的女子。

橱窗里的那只玉镯，让我的心莫名地疼，似乎那是许多凄美的未果的爱情故事，被放在这里展出，又似乎那玉镯本是一个文静的女子，在朦胧的灯光下，悠悠地说着经年的期许。

玉是石头，可它是有生命的石头。

它是爱情的象征，不可以有丝毫的瑕疵，半句谎言都会破坏它的完美与晶莹。

此刻，我的脑海里旋起了《醉红颜》的歌

我已经无法忘记你动情的双眼，总似梦似醒若隐若现

等待花开花谢岁月的变迁，我对你的爱从不曾改变

狼牙月上弦寄去我的思念，轻叹世间情深缘浅

曾经永恒的誓言犹如风中的花瓣，渐渐飘远

……

这恍如遗世的音符，似乎穿越了红尘，轻轻地抚平我被风吹乱的头发。这世间，谁还会醉红颜，红颜还会为谁去沉醉？只有那玉镯无奈而又安静地躺在橱窗里，守候着那份永恒的相思和期许。

你来或不来，我都在这里！

价值连城的思念，恰如那枚玉镯，皎皎是你的色彩，悠悠是你的气质，绰约是你的风姿，剔透是你的质地，那是智慧和勇者的化身，将生命的价值赋予了玉的思念。

在博古斋，我看见陶的精彩和淡定。

北齐的红陶，汉朝和两晋时期的红蓝绿硬陶，契丹时期的绳纹皮囊壶瓷、红山的玉璧和玉蚕，宋元时期的吉州窑贴花碗，辽金时期的三彩碟，元代的四系壶，以及明代仿哥釉水盂等。

这不能不让人浮想联翩，那黄土、坟茔和窑城，还有那些窑工，他们的作品，或供奉或上贡朝堂或流落江湖。

我的想象驰骋于远古，我看见一对小夫妻守着父母亲送给他们的两只陶罐过着幸福的日子，他们的爱情，像陶罐一样丰腴和饱满。

陶瓷易碎易蒙尘，像最难修复的情感，爱人的精心呵护使陶器锃亮，也暖了心。

那端坐在陶罐上的美人千娇百媚，有一种思念正沿着陶罐的曲线盘旋上升。

在虹华古玩古籍善本店，我看见了一只古砚，在渐行渐远的历史的背面。看着一支狼毫从它的身体里蘸满墨汁，在案头龙飞凤舞。一只古砚，埋着头不吭一声，在一个个日出日落中，生命的不屈，为狼毫注满生命之水，去滋润或阳光灿烂的句子或陈述冥冥中的暗语，无论温暖与牵挂、文明的皱纹，在历史的废墟中延续。

还有北票出土的古果化石和带羽毛的兽脚类恐龙化石、古鸟化石，让我捕捉到一点点生命曾经辉煌的痕迹。在第五届世界古鸟类大会上，辽西的北票被誉为世界上第一只鸟起飞的地方、第一朵花绽放的地方。

从虹华古玩店走出来，我的感动浸入了灵魂，幻想着用纤细的柔情，托起那轮商周的月亮，我看到酒坊的炊烟，摇曳着醉人的月光。从西汉帝王的殿堂，引得天子经略的目光，御着汉唐的雄风，奔向远方。

虹华之韵在于集萃，从两千年的时空走出来，记载着悠长的历史；风从花间穿过，拂去了历史的烟云，让集天地精华的国宝展露芳华。

幽巷深深，石墙毗邻，我却在这里听到了古老的足音。

青藤在墙上攀缘，苔藓静静地依偎着墙体，那些历史，只有被拂去灰尘的古玩知道。

我携着天地的醉意，用热忱的血，朝未来奔去。

梦想的摇篮

中国编剧协会是我的一个梦，这个梦几乎是马丁·路德·金式的。

2013年上半年，我进入中国编剧协会群，那个时候，没想太多，只不过是个群而已，我加入的群人员都超过百个了，能怎么样呢！蹉跎至今，我的剧本还在躺着睡大觉呢。

然而，近一年过去了，我五彩缤纷的梦想在这里竟然发芽了！

在这里，我感受到了那种宁静致远的环境和氛围，文学潮水的鲜活浪花及其内在的自由精神的清新张力，让我感受到群的温暖，并激发了奋斗的精神。

中国编剧协会是培育编剧英才的发祥地，是当今无愧的编剧摇篮！

明代李诩《戒州漫笔·三·摇篮》中说："今人眠小儿竹篮名摇篮。郭晟《家塾事亲》：古人制小儿睡车曰摇车，以儿摇则睡故也。盖摇车即摇篮。”

今人借喻某事物之发源地、发祥地为摇篮。

世界上唯一会随着时光的流逝而变得美好的东西就是梦想。而中国编剧协会就是我们实现梦想的摇篮。要知道，这个摇篮不是催你昏昏欲睡的育儿摇篮，而是催你夜夜如梦、天天如梦，使你的编剧创作和整个人生充满了梦想的摇篮；是清醒地引领你对社会进行审视、透视，展开你的思维，调整好你的视角，集中你的视点，写出杰作，尝到“成功”悄然来到你身边的喜悦和激动。

我在这个催发梦想的摇篮里珍惜时间，珍爱生命，全身心地深入生活，扩大视野，接受磨炼，体验生活，使我的编剧创作充满智慧的哲理和感悟的结晶。我的编剧生涯从此抹上了一层光泽。

我的感动和奋力一搏的冲动夜以继日，与日俱增。

在编协这个大家庭里，有效地唤醒了我们的编剧之梦，大家不论年龄大小，不论水平高低，不论生活在哪里，在中国这片热土上，在协会这个大摇篮里，我们齐聚一堂，时聚时散，调动着我们的信心和勇气，让我们坚守梦想的绿洲并努力扩而展之。让我们在编剧创作中，忘记尘世喧嚣，忘记岁月无情，只留有年轻的纯净梦想。大家一起“会挽雕弓如满月，西北望，射天狼”。

我们都需要在摇篮里淬火、放大、整合，也需要躲藏在这里，汲取编剧知识、苦修与沉淀！

这里是我们没有院墙的校园，容得下我们的种种疑问和多种生命的态度，或感恩，或疼痛，你可以尽情地去表达。

长久以来，我像个没有长大的婴孩，在我们编协这个大摇篮里，长久地收留与慰藉；我又像个文学漂泊者，感觉到家一般的终极温暖，又时刻准备向更远的地方跋涉。

我在我们的摇篮里，跳跃、满足、欣慰地栖息着，艰难地进行思维的转换，等待水到渠成。

编剧是文学的一种，伟大的法国大作家雨果就是小说家和编剧。编剧，多元而又复杂，深刻而不生涩。

中国编剧协会给了我一个放大的文学氛围，收留了我的梦想和追求，让我简单而纯真地生活着。

朴素，远离喧嚣，这是中国编剧协会情景的写照；教育，增强编剧的实战能力，是中国编剧协会的任务；温暖，则是中国编剧协会是会员的家；培养，塑造编剧英才是中国编剧协会的使命。

编协总部的老师们都为工作尽职尽责，从抓培训入手，到呕心沥血地推荐大家的剧本，再到维护群里的纪律，一丝不苟地为大家服务。从群成立到目前，已经讲课近八十场。刘韧忠老师一人就讲课十多场，为了尽早让年轻编剧成熟，他精心准备讲课文本，竟然把《桥》整部进行细致分析，还以通俗易懂的方式讲了人物的塑造、剧本的结构等编剧理论。许多编剧从江鹏程老师的课里，知道了电影的三幕写法；从张平喜老师那里学到历史剧的写作技巧；从徐德新、林莺老师那里学到如何设置电影的结构和场景；从臧子怀和葛若凡老师那里学到悬疑剧的创作手法；从曹成老师那里学会如何签合同；从郑光春和裴美琴、兰泊宁老师那里学来了坚韧、不退缩的精神。协会还推荐剧本数百部，并已有成功拍摄剧本的事例。策划宣传30部影视剧参与2013年中国优秀剧本拍卖会，30部影视剧参与西安剧本交易。李佳谕老师尽心尽力为编剧们联系影视公司和电视台，徐德新老师也是如此，为大家的剧本推出去而奔走，他联系了保险专题剧、城市名片和少数民族剧，还有中国警察系列剧。协会为了维护大家的著作权不被侵害，在推荐剧本前详细考察影视公司的可信度。还为大家争取福利，比如，免费可信时间戳、西安免费版权登记等。

每当有课的夜晚，我都踏着一地银白色的月光，急急忙忙地从健身场地赶回家，八点准时打开电脑，端庄地坐着看荧屏上精灵般跳跃的文字，咀嚼着老师们传递的思想和编剧理论，这写知识要领就像汩汩的泉水一样滋润着我们干漓的心田。我的面前，展开了广阔深邃的天地。

编协的老师们对编剧理论的思考是那么的深入，他们的讲解中包含对年轻编剧的期盼，每一篇讲课文本都像春雨一样润物无声。

在这样的场景里，还有令我们尊敬的袁榆林主席，他学识渊博、大气沉稳，举手投足间透着睿智与从容，感染着每一个人。他严格要求大家，自己身先士卒。他领导者的风范和充沛的创作精力，深深地触动了我。

在中国编剧协会这个大摇篮里，我们的内心日渐丰盈，我们的友谊逐渐深厚。

2014年，我们齐心协力，紧紧围绕在协会周围，把协会打造成传奇的影视组织，建起自己的丰碑。我们相信，中国编剧协会一定会姹紫嫣红开遍。

成为名编不是梦，中国编剧的大摇篮正汇集编剧精英，正在一步步地发展壮大。正如美国乡村音乐里唱的那样："比树古老，比山年轻，成长如微风。"不管我们多大年龄，我们都在中国编剧协会的大摇篮里放飞梦想。

“日月之行，若出其中。”借用曹操的两句诗，巧妙地把编剧协会会员所有的梦想写满其间。独吟此句，再改为“水何澹澹，文山竦峙。万物丛生，文坛丰茂。幸甚至此，歌以咏志”。

代后记

聆听心灵的天籁

谁来慰藉饱受磨难的心灵？让自己离开的身影潇洒得像一个歌者，唱过的余音，永不停歇地响在经过的花园、马路，或者墙边、山冈、森林，抑或城市、乡村，任风狂雨潇。

谁的脸上永远挂着满足的微笑，任清风刮过所有的风景，在天地间的大美中，穷极物理，妙想迁得，以空灵深情的姿态折射人生的七彩生活，触摸灵魂的温度。

聆听心灵天籁声，长将赭墨代胭脂。和文字一起奔跑，我的一生只剩下文字做伴，那黑色的幽灵，带着我所有的幸福或者不幸的感受，去抒情言志或赋物达理，大到安邦定国，小至细物感怀，在散文大境界里播撒人间大爱，拨动空灵心曲，在码汉字长城中，搭建一座心灵小屋，让灵魂驻足。

因而，我的散文集《蓝雪》诞生了，这里的人生感悟深邃、壮美，折射了七彩人生的精彩；这里的精美语言温婉、细腻，礼赞了人间大爱无疆；这里的灵魂隐忍、坚守，释放着阳光般的光华；这里有心曲的律动，豁达、纯真，定格在美的瞬间。

全书分为四辑：“心灵情韵”“朝花夕拾”“血脉亲情”“往事如烟”。全书在表现手法上追求细腻的描绘、疏淡的勾勒，力求有静，有动，有实，有虚，以做到起伏跌宕，变化多姿。

在散文创作中，我常常抓住某个意象，从各个角度进行描绘和渲染，逼真地再现了当代生活美的境界。在散文中描绘出一幅幅生活的画卷，文题也是画题，用最细腻的笔触，描写画面形象的位置、色彩和形态，通过具体的描绘，不但生动地写出了画面的内容，而且也描写了大散文的意境，如“梦雨长烟”。

无论是叙事散文还是写景散文，篇章布局都是十分精当的，都可以当诗来读。其实，我在散文创作中，很注意文字逻辑是否清晰，语言是否凝练明净、细腻，以精雕细刻的工夫，准确、具体地反映当代的生活。

《蓝雪》几乎使用了我所拥有的独一无二的生活、记忆及表达方式，运用象征主义意识流幻觉的手法、诗一样的语言、精确的文字，写生命的痛，以及蓝雪一样遗世独立的寂寞和孤独。那痛和孤寂是悲哀的，又是美丽的，是个人独有的生命体验，给人一种流畅、深邃、厚重的感觉。我选择了雪后断腕这一极为平常的事件，把握那些原先只能是一瞬即逝的飘忽的触动，给予我的敏锐感受，倾情描写了孤独女子断腕后，所经历的友情、亲情和人世间的冷漠，以及寂寥给予我心灵的安慰和创伤，从而揭示了生命疼痛的美丽和悲伤文学审美意义。是一篇极美的极具现代人生命状态的抒情散文，全篇起伏曲折、语言自然优美、结构严谨缜密、语音和谐匀称，并精致细腻，声情并茂，充满诗情画意。

更难得的是我那浓烈的感情、坚强的性格、深邃的思想和热爱生活的品质，毫不保留地流露出来，使作品具有极强的艺术个性，该文发表在《大家》杂志上，其艺术性产生了很大的影响。我的博客和天河钓日文学网站的点击率和评价都是非常高的。

汪曾祺曾说过："散文写作是需要阅历的。"我在散文创作中，注重日常事件的描绘，注重过程、细节和独特的感受，重视内心体验的倾诉，关注生活中美和趣味的发现，关注遣词造句的革新，并努力开掘词语深层的奥义。尝试把直接经验和间接经验融化为作者的个体经验，把现实世界和想象世界转化成自己的心灵世界，把形象语言、抽象语言、声像语言熔铸成表达主观的感性语言，求异、求变的意识和实践。这样的追求，让我的散文面貌一新。特别是近几年的作品开始走向开阔和辽远。在我这本散文集里，有些篇章在感觉、情绪、意境上隐约透出向上生长、厚重和大气，我在一步一步地迈向丰博和深邃。

在这个物欲横流的时代，我还在努力，还在坚守，不浮躁，不牢骚，踏踏实实地坚守着最后的精神堡垒。我常常被那涌动的思绪所打动，像大海的波浪翻卷着向前去。我的思想在这无形的冲击下激起粼粼的波光。

头顶苍天，脚踩大地，礼赞生活，微笑着面对人生。迎着归来的光芒，铁马冰河，无可阻挠。就像带着无声的记忆，等着爱人无声地归来一样，那一篇篇文章滋润了我干涸的心田。

我所有文章看似散淡，实则有心，我喜欢用心来写作，像朋友之间促膝而谈，不求闻达，只求真实。也感谢我的文友们对我每篇文章的认真点评和指导，感谢著名的作家、评论家、散文家王向峰先生给我写了序言《读孙琳蓝雪有所感识》，感谢他对我的文字做了中肯的评论；感谢文学前辈张庆荣先生给我的关心、帮助和支持。这本散文集《蓝雪》想献给我的亲人，献给关心、支持我的朋友们，也献给所有热爱生命的朋友。

沉醉在思想的心岸，总有一种别样的欣喜！

我为自己灵魂的栖居搭建了一座小木屋，而日复一日的创作，那是我的心灵灯火，它在引领我前行行。倏忽间，五千年灿烂文化的清香竟然悠然飘来。

孙 琳

2013年9月14日